Festspielsommer in der Provence: In Orange, Aix-en-Provence, Avignon und anderen Städten reiht sich Konzert an Konzert, als plötzlich namhafte Musikerinnen verschwinden. Die Ermittlungskommission unter Leitung von Caterine Castel und Alain Theroux tappt im Dunkeln. Es gibt keine Hinweise oder Forderungen im Zusammenhang mit der Entführung. Obwohl Ex-Commissaire Albin Leclerc mitten in den eigenen Hochzeitsvorbereitungen steckt, kann er es mal wieder nicht lassen: zusammen mit seinem Mops Tyson nimmt er die Spur auf. Als es zu einer weiteren Entführung kommt und auch die kostbaren Instrumente verschwinden, stellt sich für ihn die Frage, ob in der Provence ein Wahnsinniger unterwegs ist ...

Pierre Lagrange ist das Pseudonym eines bekannten deutschen Autors, der bereits zahlreiche Krimis und Thriller veröffentlicht hat. In der Gegend von Avignon führte seine Mutter ein kleines Hotel auf einem alten Landgut, das berühmt für seine provenzalische Küche war. Vor dieser malerischen Kulisse lässt der Autor seinen liebenswerten Commissaire Albin Leclerc gemeinsam mit seinem Mops Tyson ermitteln.

Weitere Informationen finden Sie auf www.fischerverlage.de

Pierre Lagrange

TRÜGERISCHE PROVENCE

Ein neuer Fall für Albin Leclerc

FISCHER Taschenbuch

Aus Verantwortung für die Umwelt hat sich der S. Fischer Verlag zu einer nachhaltigen Buchproduktion verpflichtet. Der bewusste Umgang mit unseren Ressourcen, der Schutz unseres Klimas und der Natur gehören zu unseren obersten Unternehmenszielen.

Gemeinsam mit unseren Partnern und Lieferanten setzen wir uns für eine klimaneutrale Buchproduktion ein, die den Erwerb von Klimazertifikaten zur Kompensation des CO_2-Ausstoßes einschließt.

Weitere Informationen finden Sie unter: www.klimaneutralerverlag.de

MIX
Papier | Fördert gute Waldnutzung
FSC® C083411

Erschienen bei FISCHER Taschenbuch
Frankfurt am Main, Mai 2023

Dieses Werk wurde vermittelt durch die
Literarische Agentur Thomas Schlück GmbH, 30161 Hannover.

Redaktion: Susanne Kiesow
Satz: Dörlemann Satz, Lemförde
Druck und Bindung: CPI books GmbH, Leck
Printed in Germany
ISBN 978-3-596-70646-4

1

Michel Noliot schwitzte wie ein Tier, als er das Messer nahm und zustach. Die Klinge fuhr mitten ins Herz und glitt wie durch Butter in das Fleisch zwischen den Rippen. Ein kurzes Quieken, dann zuckten die Beine und das Augenlicht brach. So schnell ging es. Aus und vorbei.

Trotzdem eine Heidenarbeit bei diesen irrwitzigen Temperaturen. Die Sonne stand hoch und glühte an den Hängen der Nesque-Schlucht. Zwischen Pinien, deren Wurzeln sich wie verdorrte Finger um die grauen Felsen krallten, grobem Buschwerk und wilden Kräutern ging kein einziges Lüftchen. Bis auf das Gluckern des Flusses ungefähr fünfzig Meter tiefer und Noliots Ächzen war es totenstill.

Verdammt, er war nicht mehr der Jüngste, weiß Gott nicht, und auch nicht gerade der Schlankste. Die Haare klebten in Strähnen an seinen Wangen, wo sie eine Allianz mit dem struppigen Bart eingingen. Schließlich zog er das Messer aus dem kleinen Körper und entfernte mit einem Tuch das Blut von der Klinge. Dann nahm er die Baseballkappe mit Tarnmuster ab, fuhr sich mit der flachen Hand über den klatschnassen Schädel und wischte die Finger am Saum seiner olivgrünen Cargohose ab.

Ein Königreich für einen Schluck Wasser, dachte Noliot. Er leckte sich über die trockenen Lippen. Die Feldflasche hatte er im Rucksack, der einige hundert Meter entfernt von hier bei seinen anderen Sachen lag. Na egal, dachte Noliot, er müsste jetzt sowieso dorthin, denn die Beute musste erst mal ausbluten, bevor er weitermachen konnte.

Es war ein stattliches Jungtier, und Noliot hatte verfluchtes Glück gehabt, es zu erwischen. Er war in der Hoffnung durch die Schlucht geschlichen, vielleicht ein paar Hasen zu schießen. Mit einem Wildschwein hatte er ganz und gar nicht gerechnet. Der gar nicht mehr so kleine neugierige Bursche musste sich von der Rotte entfernt haben, um die Gegend zu erkunden – und hatte das Pech gehabt, Noliot vor die Füße zu laufen, der schnell reagieren und einen sauberen Schuss platzieren konnte.

Der Pfeil lag neben der Blutlache, die die Steine dunkel färbte. Noliot hatte ihn eben herausgezogen, bevor er den finalen Stich gesetzt hatte. Die Spitze war rasiermesserscharf und nach wie vor intakt, so dass der Pfeil nochmals verwendet werden konnte. Was gut war, denn diese Pfeile waren sehr teuer und Noliot wirklich kein reicher Mann. Er lebte in einem alten Bruchsteinhaus mit windschiefem Dach, umgeben von Schrott, den er in der Gegend sammelte, auf die Ladefläche seines rostigen Pick-ups lud und für ein paar Euro verkaufte, wenn er einen Abnehmer fand.

Das Essen schoss er sich gelegentlich selbst, was natürlich illegal war. Deswegen verwendete er einen Compoundbogen mit Rollen und einer komplizierten Sehnenstruktur, der sich kinderleicht spannen ließ und absolut geräuschlos war. Er hatte ihn vor einigen Jahren in dem großen Sportartikelmarkt gekauft, wo es alles für die Jagd gab, auch Munition, wenn man welche brauchte. Jagen hatte im Süden des Landes Tradition. Viele Leute hier besaßen ein

Gewehr, Noliot natürlich auch. Wenn man wollte, gab es in speziellen Geschäften auch welche zum Leihen. Aber er konnte ja schlecht mit der Schrotflinte herumballern. Das würde sofort auffallen. Zudem war die Schlucht im Sommer voller Touristen, die durch den Fluss wanderten, und Einheimischer, die sich an den Ufern sonnten.

Die Schlucht verlief zwischen dem Mont Ventoux und dem Vaucluse-Hochplateau. Rundherum gab es zwischen Méthamis, Villes-sur-Auzon, Monieux und Sault eine Panoramastraße mit einigen Haltepunkten, von denen aus man spektakuläre Ausblicke ins Tal hatte. Viel befahren war die schmale und an Serpentinen reiche Route allerdings nicht, meistens nur von wandernden Touristen, Radlern oder Motorradfahrern, weil man mit Lastwagen sowieso nicht durch die engen Tunnel passte und es in der Gegend auch nichts zu beliefern gab. Am Anfang war die Gorges de la Nesque kaum als Schlucht wahrzunehmen, und auf dem Weg dorthin konnte man sich kaum vorstellen, dass das Rinnsal entlang der D5 wenige Kilometer weiter einen atemberaubenden, bis zu vierhundert Meter tiefen Canyon in den Fels gefressen hatte.

Wenn man bei Méthamis stoppte, sah man nur den türkisfarbenen Fluss, hellen Kalksandstein und dichten, sattgrünen Wald. Je tiefer man jedoch in die Schlucht vordrang, desto schroffer, höher, karger und einsamer wurde sie. Doch selbst hier würde man einen Schuss noch in einigen Kilometern Entfernung hören können, wenn er zwischen den Felswänden widerhallte. Also besser den Bogen nehmen, der auf kurze Distanz sogar präziser als ein Gewehr war.

Noliot fasste sich ins Kreuz, stöhnte, weil die Kletterei

ihm wegen seiner Bandscheibe zu schaffen machte, und steckte das Messer zurück in die Scheide. Er blickte auf das junge Wildschwein und stöhnte innerlich bei dem Gedanken daran, das sicherlich zwanzig Kilo schwere Exemplar bergauf bis zum Auto schleppen zu müssen, wo der Pick-up versteckt im Schatten von Pinien am Rande eines Wirtschaftsweges geparkt war. Der Gedanke an eine gut gefüllte Gefriertruhe wiederum ließ Noliot mit einem Lächeln aufatmen.

Er rollte den Kopf im Nacken, fuhr sich nochmals mit der Hand über den feuchten Schädel und blinzelte in die Sonne. Am Himmel drehten schon zwei Krähen die Runde, die wohl bereits das Blut witterten. Mit dem Blick folgte er ihrem Flug – und stockte, als er auf der anderen Seite der Schlucht hoch oben auf einem Felsplateau etwas aufblitzen sah.

Das mussten die Reflexionen im Glas einer Windschutzscheibe sein. Hielt da jemand an einem Aussichtspunkt, der nur einige hundert Meter von seinem Standort entfernt war? Nein, soweit Noliot die Geographie im Kopf hatte, gab es dort drüben keinen. Mist, dachte Noliot, waren das dann womöglich Gendarmen, Wildhüter oder Förster? Ganz schlecht, wenn die ihn sehen würden.

Rasch hockte er sich hinter einen duftenden Rosmarinbusch, fasste in die Seitentasche seiner Cargohose und zog das kleine Fernglas heraus. Er nahm es hoch, richtete es auf die betreffende Stelle und fokussierte mit dem kleinen Rädchen zwischen den Okularen. Nein, dachte er, das waren weder Wildhüter, Förster noch Gendarmen. Und das Auto, in dessen Windschutzscheibe sich das Licht der Sonne brach, war ein ziviles. Silberfarben, ein SUV. Da war auch ein kleiner Hund zu sehen. War das vielleicht ein Mops? Er hüpfte wie von der Tarantel gestochen im Wagen auf und ab und schien sich von innen regelrecht gegen das Fenster zu werfen. Außerdem sah Noliot zwei Personen.

Vor dem Wagen und mit dem Rücken zur Schlucht stand ein Mann, der im Verhältnis zu dem anderen direkt vor ihm sehr groß wirkte und älteren Semesters zu sein schien, denn er hatte fast schlohweiße Haare. Noliot stockte kurz, als er am Arm des Mannes eine signalrote Armbinde erkannte. Er wusste, dass solche manchmal von der Polizei im Einsatz getragen wurden. Aber das viel größere Problem war etwas ganz anderes. Denn der etwas kleinere Mann hielt dem größeren eine Schrotflinte vors Gesicht. Die beiden schienen miteinander zu reden, aber der Ernst der Lage war vollkommen klar.

Noliot schluckte trocken. Er musste sich entscheiden. Tatenlos zusehen. Weglaufen. Einschreiten. Letzteres war von hier aus kaum möglich. Den Standort der beiden würde er niemals schnell genug erreichen. Einen Pfeil abzuschießen kam auch nicht in Frage, das war die blödeste aller Möglichkeiten. Warum sollte er sich überhaupt da einmischen? Besser nicht, das war viel zu gefährlich. Trotzdem konnte er die Situation nicht ignorieren. Nein, er musste Hilfe holen, unbedingt. Allerdings hatte er sein Handy nicht hier. Es war im Rucksack, der einige hundert Meter entfernt im Gras lag, was nicht viel war. Dennoch würde er bis dahin und bergauf ein paar Minuten brauchen.

Noliot nahm das Fernglas wieder runter und lief los. Er zwängte sich durch das Gestrüpp, stolperte über Felsen und fiel fast hin, rappelte sich wieder auf und erreichte schließlich die Stelle, wo er den Bogen und die anderen

Sachen abgelegt hatte. Hektisch öffnete er den Rucksack, durchwühlte ihn nach dem Handy und fand es – ein uraltes Gerät von Nokia, das seinen Dienst noch nie versagt hatte. Allerdings zeigte es nur einen Balken für den Empfang an, kein Wunder hier in der Schlucht, und die Batterie war fast leer.

Noliot wählte gerade den Notruf, als ein Schuss krachte, dessen Echo durch die Schlucht hallte. Er zuckte heftig zusammen, riss die Augen auf und blickte sich um. Am anderen Ende der Leitung hörte er die zerhackte Stimme der Polizeizentrale.

»… endarmerie … Was … ehm … elfen …«

»Noliot hier! Ich bin in der Nesque-Schlucht! Hier geschieht ein Mord!«

»… was … icht … erstehen … erholen?«

»Mord! In der Nesque-Schlucht!«

»… ich … at … ucht? … o … in … Sie?«

Das hatte keinen Zweck. Noliot drückte das Gespräch weg. Er nahm das Fernglas wieder hoch – aber von hier aus war es unmöglich zu sehen, was da los war. Jede Menge Bäume und ein großer Felsen versperrten die Sicht.

Also lief Noliot los, das Handy immer noch in der Hand, zurück zum vorherigen Standort, wo er fast im Blut des Wildschweins ausrutschte. Durch das Fernglas suchte er das Terrain ab. Doch er sah nichts. Nur Landschaft. Kein Lichtreflex, kein Auto, kein Hund, keine Männer. Gar nichts. Allesamt waren verschwunden.

Verflucht, dachte Noliot, wie war das möglich? Hatte er sich das alles nur eingebildet? Nein, das konnte nicht sein. Der Schuss war mehr als deutlich zu vernehmen gewesen. Innerhalb von nur wenigen Minuten, die er das Fernglas nicht zur Hand gehabt hatte, waren die Männer und das Auto fort, und …

Und es lag vielleicht eine Leiche in der Nesque-Schlucht.

Kein Zweifel, der Kerl mit der Schrotflinte hatte abgedrückt. Der Körper des großen weißhaarigen Mannes mit der Polizeibinde war in die Schlucht gestürzt, sein Mörder mit dem silbernen SUV geflohen.

Noliot kaute auf der Unterlippe herum. Starrte das Handy in seiner Hand an. Es kam kein Rückruf von der Polizei, die Zentrale hatte wohl sowieso kein Wort verstanden. Er schob das Handy in die Seitentasche der Cargohose, suchte mit dem Fernglas noch einmal das Terrain ab. Doch ihm fiel nichts weiter auf. Er überlegte, ob er ins Tal einsteigen sollte, um an dem Abhang des anderen Ufers nach dem Toten zu suchen. Doch er entschied sich dagegen. Besser, er mischte sich nicht ein und hielt die Klappe. Alles andere würde ihn nur in Schwierigkeiten bringen. Die Polizei würde ihn zu Hause aufsuchen, und er müsste erklären, was er in der Schlucht an dieser Stelle gesucht habe. Dann würde man womöglich ein zerlegtes Wildschwein in seiner Gefriertruhe finden sowie im Haus einige andere Sachen, die sich Noliot nicht vollständig legal besorgt hatte.

Nein, dem Risiko sollte er sich besser nicht aussetzen. Wenn die Polizei einen ihrer Leute vermisste, dann würde sie schon nach ihm suchen.

Außerdem: Wer sagte denn, dass da drüben wirklich etwas Schlimmes passiert war? Vielleicht waren die beiden ja zusammen ins Auto gestiegen und weggefahren, und der Schuss … Ja, der ging vielleicht bloß in die Luft. War ein Warnschuss. Falls überhaupt. Eventuell waren die beiden nur hergekommen, um ein Gewehr zu testen, und Noliot hatte sich geirrt, die Perspektive ihm einen Streich gespielt, und der andere hatte gar nicht auf den älteren Mann gezielt, sondern es hatte nur so ausgesehen als ob.

Ja. Vermutlich war es so gewesen, dachte Noliot. Er hatte sich das nur eingeredet, ganz bestimmt, und er sollte deswegen besser nicht alle Welt verrückt machen und sich gleichzeitig Probleme an den Hals laden. Nein, er sollte sich besser um seine eigenen Angelegenheiten kümmern.

Abgesehen davon hatte er sowieso ganz andere Sorgen, nämlich dieses Wildschwein zum Auto schleppen, ohne einen Herzkasper oder Kreislaufkollaps zu bekommen. Aber es half ja nichts, dachte Noliot. Er packte das tote Tier am Hinterlauf – und machte sich an die Arbeit.

2

Einige Tage zuvor

Das ganze kulturelle Paris fiel im Sommer im Midi ein, um dort in den Ferien oder an einem verlängerten Wochenende den alljährlichen Festivalreigen zu genießen. Und nicht nur die Pariser Kulturgurus, o nein. Die Musik- und Theaterbegeisterten kamen aus aller Herren Länder. Zigtausende strömten alljährlich wie die Lemminge in die Provence, um sich die zahllosen Aufführungen mit Stars und Sternchen und aufstrebenden jungen Musikern, Orchestern, Ensembles und Dirigenten anzusehen.

Zur Festivalsaison verwandelte sich der komplette Landstrich in eine einzige große Bühne. Überall gab es Konzerte, Theater- und Opernaufführungen unter freiem Himmel oder in historischen Bauwerken. Man mochte Straßentheater oder modernen Tanz? Kein Problem. Man konnte es quasi rund um die Uhr auf einem der vielen Plätze genießen und unter Arkaden mit einem Pastis oder Rosé sitzen, während der Abendhimmel die Farbe von Lavendel annahm.

Wenn man die Oper bevorzugte, bekam man im Théâtre Antique d'Orange die prunkvollsten Inszenierungen vor römisch-antiker Kulisse geboten, vor allem im Rahmen der großen Festspiele *Chorégis d'Orange*.

Oder doch lieber kleine, feine Kammerkonzerte? Nur zu. Sie waren quasi an jeder Straßenecke, auf Marktplätzen oder in Klöstern zu erleben – zugegeben: in unterschiedlicher Qualität.

Schon im Frühjahr ging es los mit dem *Festival de Pâques d'Aix-en-Provence*, dem später das *Festival International d'Art Lyrique d'Aix-en-Provence* als eines der großen europäischen Musikfestspiele auf dem Fuß folgte. Die Konzerte und Aufführungen verteilten sich über die gesamte Stadt, wobei der ehemalige Bischofspalast und die Kathedrale Saint-Sauveur den Kern bildeten. In Arles gab es das *Les Suds, à Arles*, das alle Plätze der Stadt in Beschlag nahm, inklusive des antiken Theaters. Römische Bauwerke bildeten auch beim *Festival de Nîmes* zugleich Bühne und atemberaubende Kulisse.

Auch beim *Festival d'Avignon* war viel zu erleben. Wenngleich der Schwerpunkt hier eher auf Theater und Tanz lag, gab es auch eine Menge Konzerte, die zum Beispiel im Hof des Papstpalastes, aber auch an anderen spektakulären Plätzen der Stadt stattfanden. Zudem schlossen sich regelmäßig andere Orte und Gemeinden wie Villeneuve-lès-Avignon, Boulbon, Vedène, Montfavet, Le Pontet oder Cavaillon mit eigenen Programmen an die Festspiele an. Schließlich gab es noch das feine *Luberon International String Quartet Festival* mit verschiedenen Schauplätzen, zum Beispiel in Goult, Roussillon, L'Isle-sur-la-Sorgue, Cabrières d'Avignon oder Fontaine-de-Vaucluse.

Genau dort sollte an diesem Abend das renommierte *Quatuor Balzac* vor der Kirche Saint Véran auftreten. Das Gotteshaus stammte aus dem 11. Jahrhundert und war an der Stelle eines karolingischen Gebäudes mit dem Grab des

Heiligen Véran aus dem 6. Jahrhundert errichtet worden. Noch früher hatte sich an dieser Stelle ein Wasserheiligtum befunden, was kein Wunder war, denn in dem Dorf entsprang die Sorgue aus einem Felsmassiv. Die Quelle lag in einer sehr tiefen Höhle und wurde schon in römischer Zeit verehrt. Wie bedeutend die Sorgue für die ganze Region war, sah man schon daran, dass das gesamte Département Vaucluse nach der Gemeinde benannt war, in der sie entsprang.

Auf dem Kirchplatz war an diesem Abend für das Konzert eine kleine, von mittelhohen Boxentürmen flankierte Bühne aufgebaut worden, auf der sich bereits vier Stühle, Notenständer und vier Mikrophone befanden. Es gab eine mobile Umzäunung. Vor der Bühne standen mehrere Reihen von Stühlen in Reih und Glied, auf denen bald die Konzertgäste Platz nehmen würden. Sogar die Avenue Robert Garcin war gesperrt worden, und zwar schon ab dem Kreisverkehr, in dessen Mitte zu Ehren von Francesco Petrarca eine Säule aufgestellt worden war: Der 1304 in Arezzo geborene Dichterfürst, der neben Dante Alighieri und Giovanni Boccaccio zu den wichtigsten Vertretern der frühen italienischen Literatur gehörte und sich vor allem durch seine Liebeslyrik auszeichnete, hatte in der Nähe zur Quelle einen großen Teil seiner Gedichte geschrieben. Er war in den Ort gezogen, in dem auch sein bester Freund lebte, der Bischof von Cavaillon Philippe de Cabassoles, dem damals das Château gehörte, das heute als Ruine pittoresk auf einem Felsen über Fontaine-de-Vaucluse thront.

Etwas abseits des Kirchplatzes befanden sich unter den Platanen einige Stände, an denen man Champagner, Wein und kühle Erfrischungsgetränke sowie kleine Snacks bekommen konnte. Die Theken waren von festlich gekleideten Konzertgästen regelrecht umlagert. Getuschel, Lachen und das Klingen von Gläsern erfüllten den Hof, dessen Steinboden noch die Wärme des Tages abstrahlte. Bald würde die Sonne untergehen und die an allen Seiten des Kirchplatzes aufgestellten Scheinwerfer eingeschaltet werden.

Am Rande des Geschehens stand ein großer, weißhaariger Mann unter einer mächtigen Platane. Er trug einen schwarzen Anzug, dazu ein hellblaues Hemd und eine Krawatte, die ihm etwas zu fest am Hals saß, und hatte sich eine Zigarette in den Mundwinkel geklemmt. Er suchte nach einer Möglichkeit, sich die Gitanes anzuzünden, um vor Konzertbeginn noch schnell eine zu rauchen. Aber wegen der zwei randvollen Gläser mit eiskaltem Champagner in seinen Händen war das nicht gerade einfach, eigentlich sogar unmöglich. Bevor es ein Unglück geben würde, erlöste ihn die deutlich kleinere Frau vor ihm. Sie trug ein elegantes schwarzes Kleid, ein Tuch über den Schultern, hochhackige Schuhe und würde in jedem Fall für Mitte fünfzig durchgehen, obwohl sie bereits über sechzig war. Wortlos schlang sie sich die Leine um das Handgelenk, an deren anderem Ende sich ein Mops befand, der das Treiben nachdenklich betrachtete, und nahm dem Mann die Gläser aus der Hand.

Veronique rollte mit den Augen und sagte: »Albin. Muss das jetzt sein mit der Zigarette?«

Albin nickte, zog das Feuerzeug aus der Hosentasche und steckte die Gitanes an. Er stieß den Rauch durch die Nasenlöcher aus und sagte: »Unbedingt«, bevor er seiner Verlobten eines der Gläser wieder aus der Hand nahm, um mit ihr anzustoßen.

Seine Verlobte.

Teufel auch, dachte Albin, wer hätte gedacht, dass es jemals dazu kommen würde? Der pensionierte Kommissar und die hübsche Blumenhändlerin mit der Audrey-Hepburn-Sonnenbrille in Kürze nicht nur ein Paar, sondern auch Eheleute. Verrückte Welt.

Heiligabend hatte Albin ihr im Beisein der ganzen Familie den Heiratsantrag gemacht, und er fühlte sich als echter Glückspilz, dass Veronique ihn angenommen hatte. Seit der Ring an ihrem Finger steckte, war sie wie ausgewechselt und noch lebhafter als zuvor, was sich zuspitzte, je näher der Termin in der kleinen Kirche in Venasque rückte. Nun stand er in wenigen Tagen bevor, und die Vorbereitungen hatten Veronique so sehr in Beschlag genommen, dass Albin die Notbremse gezogen hatte, um sie auf andere Gedanken zu bringen. Zum Beispiel mit einem Konzert zum Entspannen und Runterkommen. Ein eleganter Abend, der die Routine und den Stress unterbrach. Ein Konzert mit dem weltberühmten *Quatuor Balzac*, dessen Namen Albin noch nie zuvor gehört hatte.

Nicht, dass sich Albin etwas aus Musik machte, vor allem nicht aus klassischer. In der Hinsicht war er ein regelrechter Kulturbanause, was viele Jahre auch für die Ernährung gegolten hatte. In seiner aktiven Zeit bei der Polizei in Carpentras hatte er sich fast ausschließlich von Mikrowellen- und Dosengerichten sowie Fastfood ernährt, bis er schließlich in den Ruhestand und Veronique in sein Leben getreten war und seine Essgewohnheiten gründlich verändert hatte. Musik war für ihn eigentlich nicht mehr als hübsches Beiwerk, pure Unterhaltung. Aber Victor Picard von der in Fontaine-de-Vaucluse ansässigen Internationalen Petrarca-Gesellschaft, die das Konzert veranstaltete, war der Auffassung, dass sich Albins Meinung mit dem Auftritt des *Quatuor Balzac* deutlich ändern dürfte. Picard hatte Albin die Karten für heute Abend organisiert. Er und Albin kannten sich von einem Fall, den Albin zu seiner aktiven Zeit nicht mehr hatte lösen können – eine Mordserie an mehreren rothaarigen Frauen –, sehr wohl aber danach im Ruhestand.

Picard stand gerade in einer Traube von Menschen und löste sich aus ihr, weil ein Tontechniker etwas mit ihm zu besprechen hatte, das Picard nach wenigen Augenblicken besorgt und noch etwas mehr wie einen alten Geier aussehen ließ. Vermutlich, nahm Albin an, war das die allgemeine Aufregung vor dem Konzert mit einer so renommierten Truppe. Schließlich ging der Techniker zurück zum Mischpult, und Picard winkte Albin grüßend zu, bevor er herüberkam und sich Veronique mit einem angedeuteten Diener vorstellte. Alte Schule, da konnte man sagen, was man wollte. Picard wirkte nervös, aufgeregt. Seine mit Altersflecken bedeckte Hand war feucht und kalt, als er Albins schüttelte.

»Wie schön, Monsieur Leclerc«, sagte er, »dass Sie und die Frau Gemahlin es einrichten konnten, meiner Einladung zu folgen.«

»Baldige Frau Gemahlin«, sagte Albin.

Veronique lachte, nickte und erklärte: »In wenigen Tagen heiraten wir.«

»Oh, wie entzückend, meine herzlichen Glückwünsche«, erwiderte Picard. »Ja, die Liebe, nicht wahr? Wie wunderbar und ganz im Geiste unseres Mottos heute Abend. *Une soirée d'amour.* Unser Patron hat zahllose unsterbliche Liebesgedichte geschrieben, die Oden an seine Muse Laura de Noves, die er in der Kirche in Avignon gesehen hat und ihr in unerwiderter, heimlicher Liebe verfiel, denn sie war ja die Gattin des Grafen Hugues de Sade.«

Veronique seufzte selig und lächelte. Albin und Picard wechselten einen Blick. Laura de Noves. Bis vor einigen Jahren hatte Albin keinen Schimmer gehabt, wer das war, genauso wenig wie Francesco Petrarca. Aber das hatte sich in jenem Sommer, als eine weitere Rothaarige in der Provence ermordet aufgefunden worden war, auf dramatische Weise verändert.

»Übertriebene Liebe«, sagte Albin, »kann schon mal im Wahnsinn enden.«

Picard zog ein Taschentuch mit Monogramm aus der Sakkotasche und tupfte sich die Stirn und die Hakennase ab. »Zu viel des Guten ist uns niemals zuträglich.«

Albin nickte und schlürfte am Champagner, bis das Glas leer war. »Geht es denn gleich los?«, fragte er.

Picard ließ das Taschentuch wieder verschwinden. »Wir beginnen etwas verspätet. Wir warten noch auf die zweite Violinistin.«

»Stars lassen gerne auf sich warten«, sagte Veronique, leerte ihr Glas ebenfalls und gab es Albin, der es sich zusammen mit seinem in die linke Hand klemmte und die rechte weiter zum Rauchen nutzte.

Ein Star war diese Kim Ju Lyn wohl in der Tat, wenn man dem Programm glauben konnte. Albin hatte Veronique vorhin im Auto von der außerordentlichen Klasse des international besetzten Quartetts vorgeschwärmt, das schon in Königshäusern und sämtlichen großen Konzertsälen der Welt gespielt hatte. Die französisch-koreanische

Violinistin trat zudem als Solistin auf. Veronique hatte Albin den Musikkenner abgekauft, obwohl er nur den Inhalt des Programmflyers wiedergab.

»Ich dachte immer«, sagte Albin und zog an der Gitanes, »Petrarca sei ein Dichter gewesen.«

Picard lächelte und blickte zur Bühne. Drei Musiker standen wartend dahinter. Sie hatten ihre Instrumente dabei und schienen sich mit einem der Techniker zu beratschlagen. Ein weiterer telefonierte, schien aber niemanden zu erreichen und sich darüber aufzuregen.

»Oh«, sagte Picard, »Petrarca hatte einen großen Einfluss auf die Musik. Seine Sonette lieferten zahlreiche Vorlagen, und das nicht nur im 16. Jahrhundert. Claudio Monteverdi schrieb vier Petrarca-Madrigale, Franz Schubert drei Sonette, Franz Liszt und viele andere ebenfalls. Auch Arnold Schönberg hat welche vertont. Natürlich sind das alles Lieder – die Texte wollen ja gehört werden. Dennoch widmen wir den heutigen Abend Petrarca, und wir haben das Glück, dass das Quartett ein Programm mit Werken der Komponisten zusammengestellt hat, die sich seiner angenommen haben. Zudem ist es ja offensichtlich an Literatur orientiert, da es sich nach Honoré de Balzac benannt hat, nicht wahr?«

»Absolut«, sagte Albin und beugte sich nach unten, um die Zigarette auf dem Boden auszudrücken. Er warf Tyson einen Blick zu, der an Albin vorbei zur Bühne schaute.

»Verzeihung«, sagte Picard, nickte Veronique und Albin zu und deutete in Richtung der debattierenden Musiker, »ich glaube, ich sollte einmal nach dem Rechten sehen.«

»Natürlich«, erwiderte Albin.

Im nächsten Moment verschwand Picard.

»Ein reizender und sehr höflicher Mann«, sagte Veronique.

»Das ist er. Ein großer Freund der Literatur.«

»Dich habe ich noch nie mit einem Buch in der Hand gesehen.«

»Weil ich alle wichtigen Bücher schon gelesen habe«, erwiderte Albin. »Noch einen Champagner?«

Veronique lachte und verdrehte die Augen. »Gern«, sagte sie, »solange wir noch auf den Beginn des Konzerts warten müssen. Aber nur noch einen. Sonst bin ich betrunken.«

Albin schmunzelte. »Und willenlos?«

Veronique versuchte, nach Albin zu hauen. »Jetzt geh schon, du schmutziger alter Mann.«

Albin grinste. Tyson blickte zu ihm hoch und schien ebenfalls zu grinsen.

Schmutziger alter Mann. Wo sie recht hat, hat sie recht, schien Tyson zu sagen.

»Mein Lieber«, dachte Albin, »du da unten halt den Ball mal ganz flach.«

Wer? Ich?

»Ich sage nur: Mopsfrau. Mila. Ukraine.«

Tyson blickte wieder zur Seite. *Ich weiß überhaupt nicht, wovon du redest, Chef.*

Schließlich setzte sich Albin in Bewegung, ging im Slalom durch die Stuhlreihen und wich einigen kleinen Grüppchen von wartenden Konzertbesuchern aus, bis er zur improvisierten Theke gelangte, die von einem örtlichen Wirt betrieben wurde. Das Personal war komplett in Schwarz gekleidet und trug lange weiße Schürzen. Die Champagnerflaschen ruhten in großen, silbernen Kübeln voller Eis, die einen allein vom Hinschauen erfrischten. Direkt vor Albin stand ein hagerer Kerl mit rasiertem Schädel, der sich unwirsch umdrehte und mit seinem Orangensaftglas vor Albins Brust stieß. Etwas schwappte über.

»Passen Sie doch auf!«, keuchte der Typ, der etwas kleiner war als Albin. Was nicht schwer war, denn Albin hatte das Format eines Kleiderschranks.

»Ich?«, fragte Albin und untersuchte seine Krawatte. Sie war nach wie vor in tadellosem Zustand. Glück gehabt.

Der jüngere Kerl richtete sich seine Nerdbrille, funkelte Albin an und schlürfte etwas von dem übergelaufenen Saft von seiner Hand ab. Er gab ein genervtes Schnauben von sich und drängte an Albin vorbei. Wenigstens war jetzt ein Platz am Tresen frei.

»Da hätten Sie fast großen Schaden angerichtet, Leclerc, und ein aufstrebendes Talent über den Haufen gerannt«, hörte er eine schnarrende Stimme neben sich. Der Tonfall war sarkastisch.

Albin wendete sich dem Mann zu. Eric Bouyer glich einem schlanken Pavarotti, der die Freude am Leben verloren hatte. Seine Haut war fahl und wirkte teigig. Er war unrasiert, und die grauen Haare standen ihm wirr vom Kopf ab. Sie hatten so dringend einen Schnitt nötig wie sein Anzug ein Bügeleisen. Er hielt einen Zigarillo zwischen den Fingern und betrachtete Albin mit einem Blick, an dem schwer abzulesen war, ob er nun erfreut oder nicht erfreut war, Albin hier zu entdecken. Er schenkte ihm dennoch ein joviales Lächeln und hob sein Glas zum Gruß.

Albin sagte: »Vielmehr hätte der Bursche um ein Haar Schaden an meiner neuen Krawatte und meinem neuen Hemd angerichtet. Beides war nicht gerade preiswert.«

Bouyer schmunzelte und deutete mit der Stirn in die

Richtung, in die der Hagere verschwunden war. »Das war Cédric Guerin, ein junger Nachwuchskomponist, der sich für hoffnungsvoll und talentiert hält. Er fehlt zurzeit auf keinem Festival, um auf sich aufmerksam zu machen.«

»PR ist sicher wichtig«, erwiderte Albin und bestellte zwei Champagner.

»Vor allem«, meinte Bouyer, »wenn man der Einzige ist, der von den eigenen Talenten überzeugt ist.«

Albin grinste. »Verstehe.«

Eric Bouyer war ein Insider der Szene, wie Albin wusste. Er war Ruheständler wie Albin, ein früherer Tierarzt, Kulturpolitiker und langjähriges Aufsichtsratsmitglied im Vorstand des *Orchestre National Avignon-Provence.* Albin kannte ihn von einem einige Jahre zurückliegenden Fall, in dem es um Einbrüche in seiner Praxis und seiner Wohnung ging.

»Mit Ihnen«, sagte Bouyer, »hätte ich bei einem solchen Konzert nicht gerechnet. Normalerweise trifft man fast immer die gleiche Klientel.«

»Ich dachte, es ist eine schöne Abwechslung für meine zukünftige Frau.«

»Gratulation.«

»Danke. Picard hat mir die Karten besorgt.«

»Eine treffsichere Auswahl. Falls das Konzert denn heute überhaupt noch stattfindet.«

»Warum?«

Bouyer deutete in Richtung Bühne, wo sich Picard aufgeregt mit dem Techniker und den Musikern unterhielt. »Es scheint Probleme zu geben.«

»Man wartet wohl auf eine Violinistin aus Korea, die sich verspätet. Kim …«

»Kim Ju Lyn?«

»Genau die.«

»Ohne die können sie in der Tat schlecht spielen«, sagte Bouyer.

»Wie geht's sonst so?«, fragte Albin und bezahlte.

Bouyer zuckte mit den Schultern. »Man schlägt sich so durch. Seit Lorraines Tod mache ich nicht mehr viel.«

»Oh«, machte Albin und nahm die Gläser. »Ihre Frau ist tot? Das tut mir leid.« Lorraine Bouyer hatte Albin als attraktive und lebenslustige Frau kennengelernt. Sie hatte ein Instrument im Orchester gespielt – war es Geige? Cello? – und hatte Privatunterricht gegeben.

»Krebs«, erklärte Bouyer.

»Wann?«

»Vor einem Jahr ist sie gestorben. Es hat sich lange hingezogen. Um bei ihr zu sein und sie zu begleiten, habe ich die Praxis aufgegeben und mich aus allen Ämtern zurückgezogen. Daher habe ich im Moment nicht mehr viel zu tun.«

»Tut mir sehr leid, das zu hören«, sagte Albin. »Es ist sicher wichtig, etwas zu machen, sich abzulenken.«

»Die Musik hält mich aufrecht.«

»Ein Hund kann helfen. Meine Kollegen haben mir einen zum Ruhestand geschenkt.«

Bouyer lächelte matt und nickte. »Ihr Champagner«, sagte er, »wird warm.«

Albin lächelte ebenfalls. »Einen schönen Abend noch, Bouyer.«

»Ihnen auch.«

Albin setzte sich wieder in Bewegung, ging zurück durch die immer unruhiger werdenden Gäste, die alle mitbekamen, dass hinter der Bühne Aufregung herrschte. Dort unterhielt sich Picard immer noch mit dem Techniker und den Musikern – und ging schließlich mit einem Quartettmitglied und dem Techniker die abgesperrte Straße entlang in Richtung Kreisverkehr.

»Was ist denn da los?«, fragte Veronique, als Albin wieder vor ihr stand, um ihr das Champagnerglas zu überreichen.

Albin zuckte mit den Schultern. »Wie Picard schon gesagt hat: Es scheint offensichtlich Probleme mit der koreanischen Violinistin zu geben.«

»Sie hat doch wohl kein Lampenfieber?«

»Wer weiß«, sagte Albin und stieß mit Veronique an. »Kann ich mir aber nicht vorstellen.«

»Fällt das Konzert denn jetzt aus?«

Albin schlürfte etwas Champagner und zuckte nochmals mit den Schultern.

»Und wohin gehen die nun?« Veronique sah besorgt aus. »Ihr ist doch hoffentlich nichts passiert?«

»Veronique …«

»Ob sie einen Unfall gehabt hat?«

»Liebste …«

»Vielleicht hat sie ja doch Lampenfieber bekommen. Wo sind denn die Musiker untergebracht?«

Albin seufzte.

»In einem Hotel? Hier im Ort? Das wäre ja am wahrscheinlichsten, nicht?«

»Madame Leclerc.«

Veronique drehte sich zu Albin. »Hm?«

»Ich weiß es nicht. Ich habe auf keine deiner Fragen eine Antwort.«

Veronique blickte Albin irritiert an. »Woher solltest du das auch wissen. Ich meine ja nur.«

»Prost«, sagte Albin und stieß nochmals mit Veronique an.

Sie lächelte. »Du hast mich gerade Madame Leclerc genannt.«

»Daran wirst du dich gewöhnen müssen.«

»Ja. Es klingt so ungewohnt. Aber schön.«

»Finde ich auch.«

»Wir müssen übrigens dringend ein paar Dinge umorganisieren. Ich würde gern noch ein paar Veränderungen in der Sitzordnung vornehmen. Ich möchte, dass Manon zusammen mit Charlotte und Nicole und Caterine sitzt, gegenüber dann jeweils Antoine, Paul, Jean und Alain sowie selbstverständlich Matteo und Iris. Clara dann am Kindertisch natürlich, das ist ja klar.«

Manon war Albins Tochter, die mitsamt Albins Enkelin Clara aus Paris vor ihrem psychopathischen Mann geflohen war und nun in der Provence bei Albin lebte. Sie steckte mitten in der Scheidung. Charlotte und Nicole waren Veroniques Töchter, die jeweils auch Kinder hatten. Antoine und Paul hießen ihre Männer. Matteo war Albins Kumpel, der Wirt vom Café du Midi, nebst seiner Frau Iris. Die anderen Erwähnten waren die frischgebackenen Capitaines de Police Alain Theroux und Caterine Castel, die alle nur Cat nannten, mit ihrem Lebensgefährten Jean Villeneuve. Dass Theroux' Frau kommen würde, war eher unwahrscheinlich: Sie stand kurz vor der Geburt. So oder so sollte mit den ganzen Namen und Personen noch einer zurechtkommen. Albin hatte längst den Überblick verloren, obwohl es ja eigentlich eine sehr überschaubare Zahl an Hochzeitsgästen war.

Veronique hatte die Sitzordnung bereits einige Male umgeworfen. Denn sie wollte nicht, dass Manon, die ohne Partner war, sich irgendwie als nicht dazugehörend fühlen würde, weil Veroniques Kinder und Enkelkinder zahlenmäßig die Oberhand hatten. Albin fand das nicht so wichtig, und er nahm an, dass es Manon ebenfalls gleichgültig wäre. Aber für Veronique spielten die Gewichtung am Tisch, die richtige Balance und Harmonie eine entscheidende Rolle.

Albin beugte sich vor, um Veronique zu küssen und ihren Redeschwall zu stoppen. »Es ist verboten«, sagte er, »heute über derlei Dinge zu reden.«

»Ich weiß«, seufzte Veronique.

Albin lachte. Seine Zukünftige war eine Perfektionistin. Darüber hinaus führte sie ein Blumengeschäft, in dem sie auch stilvolle Dekorationsartikel anbot. Die perfekte Kombination für einen Overkill an Ausstattung ihrer eigenen Hochzeitsfeier. Er hob den Blick und sah Picard, der gerade mit großen Schritten zielstrebig auf Albin zumarschierte und atemlos vor ihm stehen blieb. Er schwitzte, und die Farbe war aus seinem Gesicht gewichen.

»Es … tut mir sehr leid. Madame. Monsieur le Commissaire, kann ich …«

Albin machte eine beschwichtigende Geste. »Excommissaire«, sagte er. »Polizeilicher Berater im Ruhestand. Immer ganz ruhig, Picard. Was ist denn passiert?«

Picards Mund öffnete und schloss sich wie bei einem Fisch auf dem Trocknen. Aus seinen Augen sprach das pure Entsetzen.

»Es ist grauenvoll«, sagte Picard leise. »Einfach … grauenvoll.«

3

Marseille – Stadt der Träume und des Verbrechens, Fischerort und pulsierende Metropole zwischen Armut und Glamour, Tradition und Moderne. Eine Stadt voller Moscheen und Kirchen, errichtet auf griechischen Ruinen, Tor zu Afrika und der Welt, Kloake und Juwel.

Von dem leicht erhöhten Standpunkt aus lag ihr die Stadt regelrecht zu Füßen. Das Pulsieren war bis hierher zu spüren.

Castel fummelte den Autoschlüssel aus der engen Jeans, zu der sie ein olivfarbenes Tanktop und weiße Chucks trug. Sie schloss den Wagen auf, öffnete die Türen und ließ die Hitze entweichen, die sich im Inneren aufgestaut hatte. Dann öffnete sie die Wasserflasche, die sie eben im Automaten gezogen hatte, und blinzelte durch die grün gefärbten Gläser der Pilotensonnenbrille in die Abendsonne, deren warmes Licht sich im Mittelmeer spiegelte. In wenigen Minuten würde sie als feuerroter Ball untergehen.

Im fernen Dunst sah Castel den alten Hafen und das Château d'If, dessen Umrisse mit dem Himmel und den Wellen verschmolzen. San Francisco hatte Alcatraz, »The Rock«, und Marseille hatte seine eigene Felseninsel, die Île d'If, von der ein Entkommen unmöglich schien. In der dortigen Festung hatten zunächst Soldaten gelebt, um die Stadt zu verteidigen, und später eingekerkerte Gefangene – der berühmteste von ihnen Alexandre Dumas' Graf von Monte Christo – ihr klägliches Dasein gefristet.

So wie es die Menschen im *Maison de Retraite Général de Gaulle* auf der anderen Seite des Parkplatzes taten, auf dem Castel stand. Der heiße Wind wehte den intensiven Duft von Lavendel aus dem Vorgarten des Alten- und Pflegeheims herüber, der wie ein kleiner Park vor dem früheren Verwaltungsgebäude aus dem vorletzten Jahrhundert angelegt worden war. Die von Bienen umschwirrten Büsche standen jetzt im Juli in voller Blüte. Ihr leuchtendes Lila kämpfte vor der sandfarbenen Fassade mit dem kräftigen Grün der kleinen Stechpalmen, dem Knallpink der Bougainvilleen und den roten Hibiskusstauden um den Sieg im Wettstreit der intensivsten Farben des Tages.

Ja, dachte Castel und leerte die Flasche in einem Zug, es war wirklich schön hier. Unvergleichlich viel schöner als auf der Île d'If. Und trotzdem gab es kein Entkommen von hier. Wie hieß es bei Dante? »Lasst, die Ihr eintretet, alle Hoffnung fahren.« Denn das Heim mochte noch so hübsch sein, von außen wie von innen – es war dennoch eine Vorhölle und das Leben darin trostlos.

Zumindest kam es Castel stets so vor, wenn sie ihre Eltern besuchte, die hier wohnten. Beide waren gerade mal etwas über siebzig. Ihre Mutter war dement. Ihr Vater litt an Multipler Sklerose und hatte vor ein paar Jahren entschieden, dass sie beide hier besser aufgehoben wären, da sie ihrer einzigen Tochter Caterine oder mobilen Pflegediensten nicht zur Last fallen wollten. Was solle er denn machen, hatte Papa gesagt, wenn Mama ihn eines Tages nicht mehr erkennen und in ihrer Verwirrung davonlaufen und nicht wieder nach Hause finden würde – er sei mit seiner Gehhilfe nicht in der Lage, ihr zu folgen. Und er hatte sich für das *De Gaulle* entschieden, weil hier einige Exmilitärs lebten und außerdem eine Stiftung die Aufenthalte von früheren Soldaten finanziell unterstützte.

Castel war stets deprimiert, wenn sie das Gebäude wieder verließ. Denn hier wurde ihr jedes Mal die Endlichkeit der Dinge vor Augen geführt sowie die Gebrechlichkeit ihrer Eltern. Papa hatte nichts mehr von dem Offizier in Fallschirmjägeruniform, der auf dem Foto auf der Kommode seine kleine Tochter auf dem Arm hielt. Und Mama fragte Caterine jedes Mal, wer sie eigentlich sei, weil sie die inzwischen fast vierzigjährige Frau mit den raspelkurzen Haaren nicht mit der kleinen Tochter aus ihrer Erinnerung übereinbringen konnte.

Von daher war Castels miese Stimmung an diesem strahlenden Tag nicht verwunderlich. Sie wurde auch nicht besser, als sie eine Stimme von hinten ansprach. Castel drehte sich um.

»*Marhaba*, Castel«, sagte Martinet.

Er kam betont lässig auf sie zu. Allein dafür, dass er sie auf Arabisch grüßte, hätte er ein paar in die Fresse verdient, dachte Castel.

»Leck mich, Martinet«, antwortete Castel.

»Jederzeit.«

Martinet grinste sein gewohnt überhebliches Haifischgrinsen.

Seine schmale Figur steckte in einem beigen Sommeranzug, zu dem er ein weit aufgeknöpftes, hellblaues Hemd trug. Er schob die Sonnenbrille auf der Nase zurecht, fuhr sich durch die mit Gel zurückgekämmten Haare und ließ die rechte Hand dann wieder in der Hosentasche verschwinden. Am linken Handgelenk trug er einen massiven Chronographen. Dort, wo sich bei Castel an der Innenseite eine arabische Tätowierung befand. Es war der Name eines Mannes aus Castels Vergangenheit, auf den Martinet mit dem arabischen Gruß zynisch anspielte.

Martinet stoppte vor Castel. Sein Schatten fiel auf sie. Einige Meter hinter ihm stand ein anderer Mann neben einem silbernen Mercedes mit Marseiller Kennzeichen. Er nickte Castel zu. Sie kannte ihn. Sein Name war Dennier. Er war deutlich massiger als Martinet, hatte gelocktes Haar und trug ebenfalls einen hellen Anzug, der diesen Sommer augenscheinlich zur Ziviluniform der DGSI gehörte – der dem Innenministerium unterstellten *Direction générale de la sécurité intérieure*, für deren Marseiller Sektion die beiden arbeiteten. Der Inlandsgeheimdienst befasste sich mit Gegenspionage, Terrorismusabwehr, Bekämpfung von Cyberkriminalität und der Überwachung gefährlicher Gruppen und Organisationen. Letzteres war der Spielplatz von Martinet und Dennier.

Es war zwei Jahre her, dass Castel die beiden zum letzten Mal gesehen hatte. Damals ging es um Laila Hadjali – die Schwester des Mannes, dessen Namen sich Castel hatte unter die Haut stechen lassen. Sie konnte Martinet nicht ausstehen, aber er hatte einen gut bei Castel – und wie es aussah, war der Zeitpunkt gekommen, um die Schuld einzuholen. Sie konnte sich keinen anderen Grund vorstellen, aus dem die beiden ihr gefolgt waren – denn das mussten sie. Und es gefiel ihr überhaupt nicht, dass Martinet nun noch mehr Details über ihr Privatleben kannte als zuvor schon.

Castel schwieg, streckte das Kinn vor und starrte Martinet, der gut zwei Köpfe größer war als sie, herausfordernd an. Schließlich brach er die Stille.

»Bertrand Vollant, Tarek Calvar, Tanguy Martin, Leon Dombois«, sagte Martinet.

Castel verschränkte die Arme vor der Brust und zuckte mit den Schultern. Drei der Namen sagten ihr etwas, der vierte nicht.

»Dombois kenne ich nicht«, erwiderte sie. »Die anderen drei sind Polizisten.«

»Dombois auch.«

»Ebenfalls BRI-BAC?«

»Inzwischen alle vier nicht mehr. Dombois und Martin sind bei der Police Nationale, Vollant und Calvar arbeiten für einen privaten Sicherheitsdienst.«

Castel hatte früher bei der *Brigade de Recherche et d'Intervention et Brigade Anti-Commando*, kurz BRI-BAC, gearbeitet. Die Such- und Eingreiftruppe war eine schwer gepanzerte Spezialeinheit der Polizei, die dann zum Einsatz kam, wenn es richtig ernst wurde. Castel war damals für die Planung, Koordination und Logistik im Hintergrund mit zuständig gewesen. Später war sie als Ermittlerin ins Dezernat für Schwerverbrechen und Bandenkriminalität gewechselt, wo sie so tief in die Scheiße geritten worden war, dass sie sich am Ende als Streifenpolizistin in der Provence wiederfand und dort von unten hocharbeiten musste. An dem Schlamassel trug der Mann, dessen Name in Castels Haut tätowiert war, einen erheblichen Anteil. Er war längst tot, woran wiederum Castel nicht ganz unschuldig war.

»Und?«, fragte sie.

Martinet fuhr sich über die Stirn. Er schwitzte. »Was für

eine Hitze, oder? Sogar noch am Abend. Wo soll das hinführen?«

Castel fragte: »Weswegen lauerst du mir hier auf?«

»Dombois, Martin, Vollant und Calvar.«

»Du wiederholst dich. Was ist mit denen?«

»Wir glauben, dass sie zu einer rechten Terrorzelle gehören und haben Hinweise darauf, dass sie im Drogen- und Waffengeschäft tätig sein könnten. Diese Zelle gehört zu einer Gruppierung von Franzosen, die das Staatssystem nicht anerkennen und nach ihren eigenen Regeln leben. Das sind keine rechtsextremen Hardcore-Nazis, eher eine Melange aus Reichsbürgern, Royalisten und Nazis. Wir befürchten, sie bauen zurzeit eine Miliz auf. In jedem Fall planen sie etwas. Sie waren alle vier bei der Legion und haben sich dort kennengelernt, bevor sie zur Brigade gelangten. Ein eingespieltes Team. Gemeinsame Einsätze in Afghanistan, an der Elfenbeinküste und Mali sowie im Inland bei der Anti-Terror-Bekämpfung. Später dann die BRI-BAC, wie du weißt. Sie sind also in der Lage, ziemlich Ärger zu machen, und vermutlich auch willens. Wir haben zurzeit keine Handhabe gegen sie und sind einige alte Fälle durchgegangen. Da sind wir auf etwas gestoßen, das zu einem Einsatz gegen einen Drogenring vor ein paar Jahren in den Cités zurückführen könnte, den du koordiniert hast. Martin, Vollant und Calvar waren daran beteiligt. In der Dokumentation sind uns ein paar Ungereimtheiten aufgefallen, die zu dem Schluss führen könnten, dass von dem damals beschlagnahmten Heroin etwas verschwunden ist und die drei es sich vielleicht unter den Nagel gerissen haben.«

»Das kann ich mir nicht vorstellen. Wie soll das gehen? Die hatten niemals Zugriff auf …«

»Es geht nicht darum, ob sie sich tatsächlich etwas unter den Nagel gerissen haben. Es bietet uns einen Hebel, um bei Ihnen Hausdurchsuchungen vorzunehmen.«

»Was soll ich da tun?«

»Wir brauchen eine Aussage von dir über den Ablauf des damaligen Einsatzes, die unseren Verdacht untermauert, damit wir ein Go bekommen.«

»Und wenn ich nichts Entsprechendes zu sagen habe?«

»Es ist ganz einfach und tut nicht weh. Wir unterhalten uns. Zeichnen deine Aussage auf. Den Rest sehen wir dann. Abgesehen davon«, sagte Martinet und lächelte schwach, »glaube ich, dass ich etwas gut bei dir habe.«

Castel schwieg. Sie erinnerte sich an damals. An Laila Hadjali, daran, was Martinet und Dennier getan hatten. Sie nickte.

»Perfekt. Das ist mein Mädchen«, sagte Martinet. »Ich melde mich.«

Er grüßte Castel, indem er sich an die Stirn tippte, und schwirrte ab zu seinem wartenden Kollegen. Castel sah ihm nachdenklich hinterher, bis er ins Auto stieg und den Parkplatz verließ. Auch sie musste jetzt endlich losfahren, um sich nicht zu verspäten.

Sie hatte eine Verabredung mit ihrem Lebensgefährten zum Abendessen in Aix-en-Provence, wo er als Kurator im Musée Granet arbeitete. Sie merkte auf, als das Handy in der Hintertasche ihrer Jeans summte. Sie zog es heraus, sah auf das Display, las den Namen des Anrufers und ging dran.

»Castel«, sagte die Stimme von Albin Leclerc. »Wo auch immer Sie sich gerade herumtreiben: Schwingen Sie die Hufe und kommen nach Fontaine-de-Vaucluse. Sofort. Und bringen Sie Theroux am besten gleich mit.«

4

Das *»Bastide de la Lézardière«* lag unmittelbar am Ortsausgangsschild und wäre Castel in der Dunkelheit fast gar nicht aufgefallen, wenn Theroux ihr nicht den Google-Maps-Standort geschickt hätte. Direkt nebenan grenzte eine weitere Ferienanlage an das Areal. Auch bei Tag wäre man schnell an der kleinen Residenz vorbeigefahren. Das Werbeschild an der schmalen Einfahrt war kaum zu erkennen, und zur Straße hin wirkten die verfallene Mauer und die graue Bruchsteinfassade nicht besonders einladend. Als sie einbog, sah sie zwei Polizeifahrzeuge der Gendarmerie, die davor parkten, zudem ein Rettungswagen und ein Fahrzeug von der Rechtsmedizin. Castel erkannte auch den Privatwagen von Theroux. Den von Leclerc sah sie nicht. Er hatte sich wohl entschieden, doch besser den offiziellen Kräften das Feld zu überlassen, und war mit seiner Zukünftigen nach Hause gefahren. Offensichtlich lernte er langsam loszulassen.

Besser so, dachte Castel.

Schlechter dagegen war, dass Jean ziemlich ungehalten reagiert hatte, als Castel ihn von unterwegs anrief und das Abendessen absagen musste. Es war beileibe nicht das erste Mal, dass das passierte, und obgleich er sich damit abgefunden hatte, dass Castels Job sehr unstet sein konnte, hieß das noch lange nicht, dass ihm das auch gefiel. Aber damit musste er nun mal leben. Genau wie sie damit, dass er permanenten Stress mit seiner Exfrau und damit einhergehende Finanzsorgen hatte. Na ja, dachte Castel beim Einparken, sie würde es wiedergutmachen und Jean bald einfach einmal überraschen, ihn aus dem Museum entführen und ein Picknick mit ihm machen. Irgendwo, wo es schön war, vielleicht bei Roussillon mit Blick auf die Ockerfelsen, wo er dann davon schwärmen könnte, wie viele große Maler ihre Pigmente von dort bezogen hatten. Mit solchen Dingen kannte er sich sehr gut aus. Mit der Vergangenheit, die immer wieder in die Gegenwart hineinreichte.

Das tat die Vergangenheit beileibe nicht nur in der Kunst, nein. Sie tat es auch in Form von Martinet und Dennier. Castel fragte sich, ob sie mit ihrer Zusage das Richtige getan hatte. Andererseits war ihr keine Wahl geblieben. Hätte sie abgelehnt, hätte Martinet sie sowieso vorgeladen …Von daher war es besser, Bonuspunkte zu sammeln und Martinet zu helfen, statt ihn abblitzen zu lassen.

Abgesehen davon: Martin, Vollant und Calvar bei einer Vereinigung militanter Verschwörungstheoretiker. Das konnte kein harmloser Club sein, denn die drei waren schwere Jungs und Profis, die keine halben Sachen machten. Zudem eine rechte Gruppierung. Castel kannte die politische Einstellung des Trios zwar nicht, aber es war keine sonderliche Überraschung. Es gab viele Rechte im Süden, vor allem bei der Polizei, wobei das niemals jemand offiziell zugeben würde. Was nicht von ungefähr kam. Die Brigade steckte bis zum Hals in teilweise sehr gefährlichen Einsätzen, bei denen es in der Regel um Drogendelikte, Bandenkriminalität und Waffenhandel ging.

Statistisch gesehen waren daran überproportional viele

Menschen mit Migrationshintergrund beteiligt, und für Polizisten im Einsatz kam die Bedrohung gegen Leib und Leben damit ebenso überproportional aus genau dieser Bevölkerungsschicht. Mit manchen Kollegen machte das etwas. Und solange sich keine Regierung darum kümmern würde, dass mehr für die Integration und gegen Arbeitslosigkeit, soziales Gefälle und Alltagsrassismus getan wurde, dürfte sich daran auch nichts ändern.

Das *Bastide de la Lézardière* war ein hübsches, aufwendig renoviertes Bauernhaus aus Bruchstein mit blauen Fensterläden aus Holz, hinter denen sich die Apartments befanden. Viele konnten es nicht sein, dachte Castel. Zu der Anlage gehörte auch ein Pool. Vor dem Haupteingang wies sich Castel bei zwei Gendarmen aus, die ihr sagten, in welches Zimmer sie gehen sollte. Sie bedankte sich, stieg die Treppe hinauf und warf einen Blick in das betreffende Apartment, das im Augenblick von der Spurensicherung belegt war. Einer der in faserfreien Overalls steckenden Forensiker wandte sich an Castel. Es war Bruno Grinamy, dessen kahler Schädel im Licht der auf Stativen stehenden LED-Scheinwerfer glänzte. Grinamy sollte längst im Ruhestand sein, aber er hatte seine Dienstzeit noch etwas verlängert.

»Castel«, sagte Grinamy und nickte ihr zu. »Ganz schöne Sauerei hier.«

»Das heißt?«

Grinamy machte einen Schritt zur Seite und gab den Blick frei auf einen kurzen Flur, an den sich ein kleines, aber gemütlich eingerichtetes Wohnzimmer mit moderner Couch, zwei antik wirkenden Kommoden sowie einer Kitchenette anschloss. Der Boden war mit dunklen Kacheln gefliest, die zu einem großen Teil von getrocknetem Blut bedeckt waren. Auch die Wände waren mit Blut bespritzt, ebenso wie der Couchtisch, auf dem sich aufgeschlagene Notenhefte befanden. Das Blut musste zu einem Mann gehören, der auf dem Rücken lag und aus toten Augen an die Decke starrte. Selbst von hier aus konnte Castel erkennen, woran er gestorben war.

»Schnitt durch die Kehle«, sagte sie.

Grinamy nickte. »Es muss schon ein paar Stunden her sein. Berthe hat sich das eben angesehen.«

Berthe war die Rechtsmedizinerin aus Nîmes, die offensichtlich schon eine erste kurze Leichenbeschau vorgenommen und dann das Feld der Spurensicherung überlassen hatte.

»Wo ist sie denn?«, fragte Castel.

»Unten. Die sitzen draußen. Theroux auch. Hat mit anderen Gästen und dem Patron gesprochen oder ist noch dabei.«

»Okay, dann gehe ich da mal hin.«

»Nur zu. Dauert hier ohnehin noch einen Moment«, sagte Grinamy und machte sich wieder an die Arbeit.

Castel ging die Treppe hinab, orientierte sich kurz und bewegte sich dann auf eine offen stehende Flügeltür zu, die in einen mit Kies bestreuten Innenhof unter Pappeln führte, auf dem kunstvoll geschwungene Jugendstiltische und dazu passende Stühle aus Gusseisen standen, was den Eindruck unterstrich, dass hier eine gut betuchte Klientel ein- und ausging und das *Bastide* nichts für den kleinen Geldbeutel war. Die dezente Außenbeleuchtung tauchte alles in ein stimmungsvolles Licht. Unter einem Baldachin saßen einige Personen an einem Tisch, unter denen Castel

Theroux erkannte, der in ein Gespräch vertieft war, sich Notizen machte und nur kurz zu ihr aufblickte.

Der Geruch von Zigarettenqualm stieg ihr in die Nase. Sie drehte sich um und sah unter einer Pappel Berthe, die gerade ihre Brille putzte. Neben ihr stand ein großer Mann mit weißem Haar, der rauchte und einen kleinen Mops an der Leine hielt, der zuckte, aufstand und ein keuchendes Bellen von sich gab, als er Castel erkannte.

»Castel«, sagte Albin Leclerc, der in der einen Hand die Gitanes hielt und in der anderen die Leine. »Sie kommen ja doch noch.«

»Albin«, erwiderte Castel in einem seufzenden Tonfall. Sie ging zu ihm und stoppte vor einem Metalltisch, auf dem eine Flasche Wein, ein halbvolles Glas und ein Aschenbecher standen. Sie hockte sich hin und begrüßte Tyson, der außer sich vor Freude war.

»Ich habe Ihr Auto gar nicht gesehen. Ich nahm an, Sie wären da, wo Sie hingehören: zu Hause auf dem Sofa.«

Leclerc erwiderte: »Veronique ist schon nach Hause gefahren. Das Konzert ist ja nun ausgefallen, und ich wollte sie nicht mit herbringen. Ich habe ihr gesagt, dass Sie oder Theroux mich dann später fahren können.«

»Aha«, sagte Castel knapp und richtete sich wieder auf.

Berthe lächelte leicht und setzte ihre knallrote Nerdbrille zurück auf die Nase. »Hallo, Cat, geht es Ihnen gut?«

»Danke, den Umständen entsprechend. Ich habe die Leiche gesehen. Was genau ist hier passiert?«

Leclerc paffte, nahm das Weinglas und trank einen Schluck. »Auch ein Glas, Castel?«, fragte er.

»Ich bin im Dienst.«

»Berthe stellt sich deswegen ebenfalls an. Meine Güte,

das ist doch nur Wein.« Berthe gab Albin einen Knuff, der daraufhin weiterredete. »Der Hausherr hat ihn ausgegeben, das ist kein schlechter. Ich bin jedenfalls nicht im Dienst. Die Segnungen des Ruhestandes.«

»Was also ist passiert?«, wiederholte Castel. »Und was machen Sie überhaupt hier, Albin?«

Leclerc setzte das Glas wieder ab. »Im Ort sollte es vor der Kirche ein Petrarca gewidmetes Konzert mit dem international renommierten Kammermusikquartett *Quatuor Balzac* geben. Ich hatte Veronique dazu eingeladen und vom Veranstalter Karten bekommen. Aber das Konzert konnte nicht anfangen. Es gab helle Aufregung, weil die Violinistin Kim Ju Lyn fehlte. Man versuchte, sie telefonisch zu erreichen, was aber nicht gelang. Die drei anderen Musiker waren zusammen in einem Hotel untergebracht, sie hingegen hier in dieser Ferienwohnung. Weil sie auf dem Handy nicht erreichbar war und das Konzert losgehen sollte, rief man im ›Bastide‹ an. Die Hotelleitung sah im Zimmer nach und fand eine männliche Leiche. Von Kim Ju Lyn keine Spur.

Die Polizei wurde verständigt und das Konzert abgesagt. Der Leiter der Petrarca-Gesellschaft Victor Picard bat mich, nach dem Rechten zu sehen, da wir uns kennen und ich sowieso vor Ort war. Das habe ich getan und Sie von hier aus dann angerufen, Castel. Bei dem Toten handelt es sich allem Anschein nach um einen Park Yong Choi. Er hatte seine Dokumente bei sich. Die Identifikation war kein Problem. Nach Aussagen der anderen Ensemblemitglieder ist er Ju Lyns Lebensgefährte.«

»Was ist mit der Violinistin?«

»Das ist das Problem«, erwiderte Leclerc, zog an der

Gitanes und stieß den Rauch durch die Nasenlöcher aus. »Sie ist verschwunden.«

Berthe schaltete sich ein: »Ich habe einen kurzen Blick auf den Leichnam geworfen. Ich nehme an, dass er bereits seit einigen Stunden in dem Zimmer liegt, mindestens seit heute Nachmittag. Das Blut ist getrocknet, die Leichenstarre längst eingetreten.«

»Dem Mann wurde der Hals durchgeschnitten.«

»Ein Stich mit einer Klinge in den Bauch«, schilderte Berthe, »und ein Schnitt durch den Hals, der Schnitt war tief genug, um die Luftröhre zu durchtrennen. Ich würde annehmen, dass dem Mann zunächst in den Torso gestochen wurde. Das Messer wurde dann wieder herausgezogen und mit einer kräftigen Bewegung von vorne der Hals durchtrennt. Es muss sich um eine sehr scharfe Klinge und ein großes Messer gehandelt haben. Die Details kann erst die Obduktion ergeben.«

Albin sagte: »Jedenfalls ist die Frau verschwunden. Und mit ihr ihre Geige.« Er paffte, drückte dann die Gitanes aus und leerte sein Weinglas. »Kim Ju Lyn«, sagte er, »ist ein internationaler Star, auch als Solistin. Ihr Quartett hat schon vor Königshäusern gespielt, bei allen renommierten Festivals und in jedem wichtigen Konzertsaal. Hinzu kommt, dass sie sehr hübsch ist. Sie hat Werbeverträge und macht sogar Musikvideos. Klassische Musik natürlich.«

Castel pfiff anerkennend. »Und woher wissen Sie das alles?«

Leclerc sagte: »In meiner Hosentasche trage ich ein Gerät, das mir per Knopfdruck innerhalb von Sekunden den Zugriff auf das gesamte Wissen der Menschheit ermöglicht. Man nennt es Smartphone, und es nutzt das Internet.«

Castel verdrehte die Augen.

»Außerdem habe ich mit den anderen Musikern des Quartetts gesprochen und ausführlich das Leporello zu dem geplatzten Konzert gelesen.«

»Verstehe«, sagte sie, zog ihr eigenes Smartphone heraus und googelte nach Kim Ju Lyn. Ein Bild poppte auf. Sie war hübsch, zierlich und klein, etwa Mitte dreißig, Kirschmund und schwarze Mandelaugen, die rabenschwarzen Haare zum Bubikopf frisiert. Geboren in Lyon, der Vater ein koreanischer Diplomat, die Mutter Musikerin aus Paris. »Ist schon eine Fahndung nach ihr raus?«

Leclerc sagte nichts, nahm sein Weinglas, goss nach und schaute überdeutlich an Castel vorbei. Sie blickte sich über die Schulter um. Theroux kam herüber und rieb sich im Gehen den Nacken.

»Und ob die draußen ist«, sagte Theroux, blätterte in seinem Block und blieb neben Castel stehen. Er trug heute ein Polohemd, das mit aufgestickten Symbolen regelrecht übersät war, und eine Jeans mit übergroßen Löchern an den Knien. Seine in Gold gefasste Sonnenbrille hatte er ins Haar geschoben. Er sagte: »Zum mutmaßlichen Tatzeitpunkt am Nachmittag waren alle übrigen acht Hotelgäste, bei denen es sich durch die Bank um Touristen handelt, unterwegs. Die Reinigungskräfte waren schon fertig mit der Arbeit und nicht mehr hier, sondern bereits in der benachbarten Anlage. Die Hausleiterin hielt sich zwischen 13 und 14 Uhr im Baumarkt auf, um einige Dinge zu besorgen. Der Patron war damit beschäftigt, den Hausmeister beim Reparieren eines Ablaufs am Pool zu überwachen. Niemand hat etwas gesehen, gehört oder bemerkt.«

Castel fragte: »In der Mittagshitze repariert der den Pool?«

»Er sagt, er hat diese Zeit genutzt, weil zu der Zeit ohnehin keiner am Pool liegt und alle ausgeflogen waren. Die Leute nehmen wohl gerne ein Bad, wenn sie von ihren Ausflügen zurückkehren.«

»Also war nur der Patron zum möglichen Tatzeitpunkt vor Ort.«

Theroux nickte. Er sagte: »Ja, aber es gibt bisher keine Anhaltspunkte, die für ihn als Täter sprechen. Er hat von sich aus angeboten, Fingerabdrücke und DNA abzugeben. Zudem haben wir den Todeszeitpunkt noch nicht allzu genau eingegrenzt. Es könnte auch sein, dass die Hausleiterin zu dem Zeitpunkt bereits wieder zurück war und dem Patron dann mit dem im Baumarkt beschafften Material geholfen hat.«

»Okay«, sagte Castel.

Schließlich kam Bruno Grinamy hinzu, der im Gehen seinen Overall öffnete und sich bei Leclerc eine Gitanes schnorrte. Auf dem Tisch stand ein noch unbenutztes Weinglas, das der freundliche Hauswirt wohl für Berthe mitgebracht hatte. Grinamy nahm die fast leere Flasche und goss sich etwas ein, stieß mit Leclerc an und ließ sich dann von ihm Feuer geben.

»Ich dachte, du bist längst auf Martinique?«, fragte Leclerc.

Grinamy paffte und sagte: »Bald.«

»Vielleicht sollte ich selbst mal dahin.«

»Meine Zeit kommt noch.«

»Kannst wohl nicht loslassen und endlich in Pension gehen, mein Lieber?«

Theroux lachte kurz auf und hustete dann in seine Hand, nachdem Leclerc ihm einen »Was-denn?«-Blick zugeworfen hatte.

»Also«, sagte Grinamy. »Es gibt Blutstropfen auf dem Boden, außerdem jede Menge Spritzspuren. Demnach würde ich von folgendem Tathergang ausgehen: Es klopft an der Tür. Park Yong Choi ist in der Wohnung und öffnet. Jemand rammt ihm ein Messer in den Bauch. Der Mann torkelt zurück. Der Angreifer kommt herein, schneidet ihm den Hals durch. Der Koreaner fällt um und stirbt. So dürfte es aufgrund der Spuren gewesen sein. Wir haben Hunderte von Fingerabdrücken gefunden. Die Zimmer wurden zwar gut geputzt, aber an Türrahmen, Griffen und ähnlichem nicht. Ein paar Fußabdrücke haben wir ebenfalls, allerdings deutlich weniger, da die Kacheln regelmäßig gewischt wurden.«

»Und die Violinistin?«, fragte Castel.

»Unklar«, sagte Grinamy. »Die Dusche war nass. Ein benutztes Handtuch lag dort. Außerdem ein Fön. Wahrscheinlich war sie im Bad und hat zunächst nichts von dem Angriff mitbekommen. Im Bad haben wir kein Blut gefunden, aber ein paar blutige Fußabdrücke auf dem Boden, was dafür spricht, dass sie wahrscheinlich in eine der Blutpfützen getreten ist, nachdem sie das Bad verlassen hatte.«

»Dann wurde sie also entführt?«

Grinamy sagte: »Das festzustellen ist euer Job. Wir haben keine Kampfspuren gefunden. Ob etwas von ihrer Bekleidung fehlt, können wir ebenfalls nicht sagen. Ihr Handy, Autoschlüssel und Geldbörse mit persönlichen Dokumenten waren im Schlafzimmer.«

Theroux sagte: »Sie wird wohl kaum nackt und nur mit ihrer Geige aus dem Haus gelaufen sein.«

Leclerc bemerkte: »Du hast eine abartige Phantasie, Theroux.«

»Ich meine ja nur.«

»Wie gesagt – das ist jetzt euer Part.« Grinamy löschte die Zigarette und leerte sein Glas. »Ich mache mich auf den Heimweg.«

»Nimmst du mich und Tyson mit?«, fragte Leclerc. »Der Rest der Belegschaft dürfte ja jetzt erst richtig mit der Arbeit anfangen.«

»Logisch nehme ich dich mit«, sagte Grinamy und ging zu seinem Auto.

»Ach«, sagte Leclerc zu Castel und Theroux, bevor er Grinamy folgte. »Eine Sache noch. Den Fall müssen wir bitte bis zum Hochzeitstermin in Venasque gelöst haben. Nicht dass ihr da während der Feier irgendeinen wichtigen Anruf erhaltet und wegmüsst.«

Theroux machte ein genervtes Geräusch. Castel ebenfalls, aber nur innerlich.

»Was heißt hier denn *wir*?«, murmelte Theroux. »Konzentrier du dich mal auf ganz andere Dinge, Albin.«

»Sagt mir ausgerechnet der Mann, der kurz vor der Geburt steht.«

»Du meinst meine Frau.«

»Wer auch immer.«

Castel stemmte die Arme in die Hüften, legte den Kopf etwas schräg und taxierte Leclerc. »Sie sind unverbesserlich, wissen Sie das, Albin?«

Er zwinkerte ihr zu. »Ich weiß. Ich bin unverbesserlich, weil manches so perfekt ist, dass man es einfach nicht mehr verbessern kann.«

Berthe schaltete sich ein und machte eine »Verziehdich«-Geste. »Also wirklich! Diese älteren Herrschaften heutzutage! Jetzt aber husch, husch zu Grinamy und dann ab ins Bett, Albin!«

Leclerc grinste, duckte sich spielerisch und schwirrte dann ab. Endlich.

»Ob er eigentlich weiß«, fragte Theroux, »was er für eine Plage sein kann?«

»Das weiß er sehr viel besser als jeder andere«, sagte Berthe.

»Bloß«, ergänzte Castel, »dass es ihn nicht interessiert.«

5

»Ist mir egal«, sagte Albin.

»Wie kann dir das egal sein?«, fragte Matteo und kratzte sich den Bauch, der weder von seinem etwas zu kurzen Poloshirt noch von der speckigen, tief auf den Hüften sitzenden Jeans im Zaum gehalten wurde.

»Ist mir egal, weil es keine Rolle spielt«, erwiderte Albin, steckte sich eine Gitanes an und schlug die Beine übereinander. Er saß im Schatten an seinem Stammplatz unter einer Platane, den Bouleplatz im Rücken. Der Verkehr floss am Café du Midi vorbei. Sprinter von Paketdiensten, Motorräder, Kleinwagen, Fahrräder. Gerade wurde auf der anderen Straßenseite der Bäcker beliefert. Schräg gegenüber war Veronique in ihrem Laden mit dem Einräumen neuer Blumen beschäftigt. Carpentras war emsig an diesem Morgen, der einen weiteren heißen Tag in einer nicht enden wollenden Reihenfolge heißer Tage versprach.

Matteo machte: »Pfft« und stellte ein Glas Wasser und den Kaffee in einer dickwandigen Tasse auf dem Bistrotisch laut klirrend vor Albin auf der zusammengefalteten Tageszeitung ab. Albin bevorzugte gedruckte Nachrichten. Natürlich konnte man heutzutage alles online lesen. Aber wer wollte das denn auf einem Smartphone tun – selbst, wenn er eine Lesebrille besitzen würde? Hätten Flaubert oder Baudelaire ihre Texte einfach so ins Netz gehackt?

Nein, hätten sie nicht. Sie hätten gewollt, dass ihre Worte Bestand haben und nicht, dass sie kopierbar und jederzeit von einem Praktikanten abänderbar waren. Gedrucktes blieb und war nicht flüchtig, weshalb man sich mehr Mühe geben musste. Genauso war es nach Albins Meinung mit Nachrichten, Interviews und Reportagen.

Eben hatte er in der Zeitung den Bericht vom Verschwinden der berühmten Violinistin und dem Mord an ihrem Lebensgefährten gelesen und es beachtlich gefunden, dass die Redaktion das noch in die gedruckte Ausgabe bekommen hatte, wenn auch nur als kurzen Text und ohne Fotos. Außerdem gab es einen Bericht über ein Crowdfundingprojekt in Carpentras. Es ging um die Erweiterung der bereits durch ein vorheriges Crowdfunding finanzierten Sonnenkollektoren am Fußballplatz. Die Bürgerinitiative hatte nun einerseits eine Spende des Front National abgelehnt und andererseits eine des Gastronomenverbandes Vaucluse – und beides brachte Matteo in Rage. Mit dem einen Club sympathisierte er, das Foto von Marine Le Pen mit Originalunterschrift über der Theke des Cafés sprach Bände. Und im anderen Verein war er als Wirt natürlich Mitglied. Er echauffierte sich gerade in allen Details darüber, dass die Initiative sich zu fein war, Spenden »von ordentlichen Bürgern« anzunehmen, kaum zu glauben, was die sich auf sich einbildeten.

Matteo stellte Tyson, der unter dem Tisch lag, eine Schale Wasser hin. Dann zog er das Wischtuch aus der Hintertasche seiner Jeans und verscheuchte damit eine Wespe, bevor er mehr aus Reflex damit über den Tisch wischte und es dann wieder zurücksteckte.

»Sehr wohl spielt es eine Rolle, Monsieur«, sagte Matteo

und streckte sich, um etwas größer zu wirken. Albin war selbst im Sitzen noch ein Riese.

»Ist doch völlig egal«, sagte Albin, paffte und drehte den Henkel der Kaffeetasse in seine Richtung. »Wenn sie sagen: Wir nehmen gerne Spenden von Bürgern an, die etwas für ihre Stadt tun wollen, aber nicht von Parteien oder Interessenverbänden, dann spendet ihr eben als Privatleute, meine Güte. Am Ende kommt Geld für eine gute Sache zusammen, das ist doch das Gleiche.«

»Es ist eben nicht das Gleiche.«

»Doch. Ob zehn Leute einzeln oder als Gruppe spenden: Im einen wie im anderen Fall kommt doch dieselbe Summe zusammen. Das ist simple Mathematik.« Albin trank einen Schluck Kaffee. Er war heiß und stark. Der beste Kaffee, den man in der Stadt bekommen konnte. Albin verzog dennoch das Gesicht und murmelte: »Du solltest dein Geld lieber für bessere Qualität ausgeben, statt jeden Morgen deine alten Socken auszukochen und den Sud in die Tassen deiner Kunden zu füllen.«

Matteo ignorierte die Bemerkung, trat nervös von einem Bein auf das andere und gestikulierte mit den Händen. »Die Partei will mit der Spende klarmachen, dass wir die Jugend von der Straße weghaben wollen, dass Sport und körperliche Ertüchtigung etwas Gutes sind und …«

»Da haben wir es doch«, sagte Albin, dem Politik herzlich gleichgültig war, Dummheit aber nicht. Und Matteo schien gerade irgendeine Blockade im Gehirn zu haben, oder eine Lötstelle war gebrochen oder etwas falsch verdrahtet. »Ihr verfolgt also einen politischen Zweck, und genau das wollen die nicht.«

»Was ist denn an Sport so falsch, mein Gott?«

Albin stieß den Rauch durch die Nase aus. »Du solltest mal lieber selbst welchen treiben. Auf deiner Wampe kann man bald ein Tablett abstellen.«

»Sagt ausgerechnet der Mann, der sich jeden Tag eine Packung Gitanes durch die Lungen zieht.«

»Eine halbe.«

»Das ist immer noch zu viel. Außerdem war ich früher ein erfolgreicher Boxsportler. Was man von dir nicht behaupten kann«, erwiderte Matteo, keuchte und streckte sich.

Albin musterte ihn. »Meine Güte, was ist denn los mit dir? Dauernd diese Hampelei heute.«

»Ich muss mal pinkeln«, sagte Matteo.

»Du warst doch gerade erst?«

»Ich weiß«, murmelte Matteo.

»Sextanerblase?«

»Irgendeine Entzündung, was weiß ich, am Wochenende zu lange in der nassen Badehose draußen herumgestanden.«

»Bei der Hitze?«

»Fühlt sich auf der Toilette jedes Mal an, als würde man mit Napalm gesättigte Salzsäure durch einen wunden Schlauch pressen.«

»Du solltest damit mal zum Arzt gehen.«

»Was von alleine kommt, geht auch von alleine wieder.«

»Das ist Blödsinn.«

»Und wer führt dann meinen Laden? Du etwa?«

»Nie im Leben. Will ich wegen eines Hygieneskandals verhaftet werden, falls das Gesundheitsamt mal hinter deinen Tresen schaut?«

Matteo lachte kurz auf, presste ein Keuchen hervor und drehte sich dann auf dem Absatz um. Mit schnellen Schritten huschte er die zwei Stufen unter der verblichenen

Markise hinauf und wurde vom Halbdunkel der Bar Tabac verschluckt. Albin sah ihm hinterher.

»Meine Güte, hat der es eilig«, murmelte Albin und lupfte eine Braue.

Tyson gab unter dem Tisch schlabbernde Geräusche von sich und blickte mit tropfenden Lefzen zu Albin auf.

Du weißt doch genau wie das ist, wenn man dringend mal muss.

»Ja. Aber doch nicht jede Viertelstunde.«

Sicherlich hat er sich eine Blasenentzündung eingefangen, wie er sagt.

»Wohl eher eine croissantgroße Prostata, die ihm auf die Blase drückt.«

In deinem Alter kommt das irgendwann auch noch auf dich zu, Chef.

»Na, hoffentlich nicht«, brummte Albin, zog an der Gitanes und trank an seinem Kaffee. Dann wandte er sich wieder dem Geschehen auf der Straße zu.

Nach einer Weile warf er einen Blick zur Kirchturmuhr. Zwanzig vor zehn. Es würde noch etwas dauern, bis die ehemaligen Kollegen ihre Pause einlegten. Normalerweise kamen sie dann im Café du Midi vorbei, um sich einen Kaffee oder ein Eis zu holen. Und falls es etwas Neues gab, bot sich stets eine Bombenchance für Albin, etwas auf kurzem Dienstweg in Erfahrung zu bringen. Er war zwar schon seit einiger Zeit im Ruhestand, gehörte aber noch längst nicht zum alten Eisen, das hatte er in der Vergangenheit so einige Male unter Beweis gestellt. Sie hatten ihm sogar den Titel »Polizeilicher Berater« verliehen. Castel hatte ihm Visitenkarten mit der entsprechenden Aufschrift geschenkt, und wo immer es sich anbot, brachte sie

Albin unter die Leute. Bald würde man bestimmt welche nachdrucken müssen.

Als er den Blick wieder senkte, sah er auf der gegenüberliegenden Straßenseite einen Mann aus der Bäckerei kommen, der ihm bekannt vorkam. Auf den zweiten Blick erkannte er ihn – und der Mann schien Albin ebenfalls bemerkt zu haben. Er hob die Hand zum Gruß. Albin grüßte zurück. Eric Bouyer klemmte sich die Papiertüte mit seinem Einkauf unter den Arm, lief über die Straße und kam direkt auf Albin zu. Sie begrüßten sich, und Albin deutete auf den freien Stuhl. Bouyer nahm mit Blick auf die Armbanduhr Platz.

»Ich habe nicht viel Zeit«, sagte er. »Aber für einen kleinen Kaffee reicht es.« Er sah sich um. »Netter Platz.«

»Ich sitze oft hier. Eigentlich jeden Tag.«

»Ich kaufe normalerweise woanders ein. Aber ich war gerade in der Stadt.«

»Klar«, sagte Albin.

»Eine fürchterliche Sache, die da in Fontaine passiert ist. Ich habe es in der Zeitung gelesen und im Radio gehört. Weiß man inzwischen mehr?«

»Ich weiß auch nur, was in der Zeitung steht.«

»Aber Sie waren doch vor Ort? Ich habe gesehen, wie Sie mit Picard aufgebrochen sind.«

»Das stimmt. Man kann aber noch nicht sagen, was geschehen ist. Außer, dass der Lebensgefährte von Kim Ju Lyn tot und sie mitsamt ihrer Geige verschwunden ist.«

»Ein teures Instrument«, sagte Bouyer.

Matteo trat gerade aus dem Café und witterte Kundschaft. Er musterte Bouyer, der einen Kaffee bestellte, und watschelte wieder zurück. Kurz darauf ertönte aus dem Inneren das Zischen und Fauchen von Matteos mit zahllosen Hebeln, Ventilen und Anzeigen ausgestattem Kaffeeautomaten, den Albin manchmal mit dem verchromten Block eines V8-Motors verglich.

Albin zog an der Zigarette und drückte sie dann aus. »Teuer?«, fragte er. Sein Interesse war geweckt.

Bouyer lehnte sich etwas zurück und dachte kurz nach.

»Kim Ju Lyn spielt eine Violine des venezianischen Geigenbauers Matteo Goffriller aus dem Jahre 1695. Es gibt eine starke Spanne zwischen den Preisen, die für seine Instrumente bei Auktionen erzielt werden. Sie liegt zwischen vierzig- und vierhunderttausend Euro. Kim Ju Lyns Violine ist etwa eine Viertelmillion wert.«

»Mein lieber Schwan«, sagte Albin, trank etwas Wasser und lehnte sich im Stuhl zurück. »Eine Viertelmillion Euro? Und damit läuft sie einfach so herum?«

Bouyer lachte. »Nun, was soll sie denn sonst tun? Instrumente sind zum Spielen gemacht. Wenngleich es natürlich Sammler gibt, die solche seltenen Stücke als Wertanlage betrachten. Weltklassemusiker haben natürlich mehrere Instrumente und spielen nicht immer auf denselben.«

»Aber sie hatte die teure Violine dabei?«

»Das war angekündigt, ja.«

Albin blähte die Backen. »Hört man denn den Unterschied zwischen einem Instrument für zweitausend oder zweihunderttausend Euro?«

Bouyer nippte an seinem Kaffee. »Ich kann Ihnen versichern, dass es immer darauf ankommt, wer damit spielt, und für einen Laien sind die Feinheiten vielleicht gar nicht so offensichtlich. Dennoch sind sie in jedem Fall zu spüren. Man sagt gerne, dass ein Musiker und ein Instrument sich gegenseitig finden müssen. Der eine kann mit einer besonderen Violine nur einen eher durchschnittlichen Klang erzeugen. Der andere bringt dasselbe Instrument erst wirklich zum Klingen und macht es lebendig. Bei meiner Frau war es zum Beispiel gleichgültig, ob sie ein Cello vom Flohmarkt spielte oder ihr hochwertiges. Es klang immer nach ihr. Unvergleichlich. Es herrscht stets etwas Magie zwischen einem Musiker und seinem Instrument.« Bouyer schmunzelte.

»Eine ziemlich kostspielige Magie. Offensichtlich verdienen diese Musiker deutlich mehr, als ich dachte.«

»Sie verdienen sicherlich nicht schlecht. Es ist ein wenig wie im Reitsport mit erstklassigen Pferden. Instrumente wie die Goffriller-Violine werden häufig von Sponsoren erworben – von Firmen, die den Ankauf als Investition betrachten. Sie geben die Instrumente als Leihgaben im Rahmen von Sponsoringverträgen an renommierte Künstler – in der begründeten Annahme, dass der Wert dadurch wiederum steigt und die Investition sich damit enorm verzinst.«

»Da denkt man an Kulturförderung …«, sagte Albin.

Bouyer schmunzelte. »Unternehmen geht es immer nur um die Dividende.«

»Sie stecken uns allen ihre Strohhalme in die Adern und saugen unser Blut aus.«

»So ist es. Sie machen sich keine Vorstellungen, was es für ein Aufhebens war, meine Praxis aufzulösen, und welche Kosten mit der Krankheit und dem Tod meiner Frau verbunden waren. Selbst damit verdienen sich die Unternehmen dumm und dämlich.«

»Ist sicher einsam ohne Ihre Lorraine. Es tut mir sehr leid.«

Bouyers Lippen bewegten sich stumm. Er blickte in den Himmel, dann wieder zu Albin. »Danke. Ja, das ist es. Aber ich habe die Musik. Die Kultur. Gelegentlich gehe ich zur Jagd – öfter als früher, da kam ich nur selten dazu. Aber viel mehr mache ich nicht.«

»Sollten Sie mal ändern.«

»Das sagt sich so leicht.«

Albin nickte und erwiderte: »Ich weiß, was Sie meinen. Aber sagen Sie: Violinen wie die von Kim Ju Lyn sind doch sicherlich versichert?«

»Aber ganz bestimmt. Jeder versichert seine Instrumente. Auch die übrigen Mitglieder des Quartetts, davon können Sie ausgehen. Ich habe übrigens mit ihnen gesprochen. Sie sind sehr geschockt – zumal ihre Tournee nun jäh unterbrochen wird, was ja auch finanziellen Schaden mit sich bringt.«

»Das stimmt«, sagte Albin.

Bouyer leerte seinen Kaffee. Er wollte seine Geldbörse ziehen, aber Albin bedeutete ihm, dass er sich eingeladen fühlen sollte.

»Das alles«, sagte Bouyer und warf einen Blick auf die Uhr, »wird jedenfalls Catania schwer ins Schwitzen bringen.«

»Catania?«

Bouyer bewegte erneut kurz die Lippen, bevor er erklärte: »Das *Quatuor Balzac* und Kim Ju Lyn sind bei der Agentur *Rondo Classique* unter Vertrag. Sie gehört Ramon Catania, ein hochgeschätzter Mann. Er vertritt die Interessen der Künstler, bucht ihre Auftritte, macht die Abrechnungen, veranstaltet und produziert aber auch selbst Konzerte und Festspiele. Manche halten ihn für einen windigen

Burschen. Das tue ich ebenfalls. Obwohl er nicht den besten Ruf hat, wird er jedenfalls von Musikern geliebt, weil er seinerseits die Musiker liebt. Manchmal etwas zu sehr, wie man hört.« Bouyer zwinkerte Albin verschwörerisch zu.

Die Kirchturmuhr schlug zehn. Bouyer erhob sich, griff seine Tüte vom Bäcker und bedankte sich für die Einladung.

»Ich wünsche Ihnen noch einen schönen Tag, Leclerc«, sagte er. »Vielleicht sieht man sich ja mal wieder bei einem Konzert?«

»Wer weiß«, erwiderte Albin und lehnte sich im Stuhl zurück. Er leerte das Wasserglas und sah Bouyer hinterher, bis er um eine Straßenecke verschwunden war.

Matteo kam, um abzuräumen. »Wer war das denn?«, fragte er.

»Eric Bouyer. Ein großer Kenner der Musik.«

»Was machst du denn mit einem Kenner der Musik?«

»Er kam zufällig vorbei. Wir trafen uns gestern.«

»Ging es um diese verschwundene Musikerin?«

»Ja.«

»Ich habe davon gelesen.«

»Lesen schadet nicht.«

»Eine Chinesin. Und ihren Freund haben sie umgebracht. Auch ein Chinese.«

»Nein, beides Koreaner.«

»Warum lassen sie in unseren Orchestern keine Franzosen spielen?«

Albin rollte mit den Augen. »Sie ist Französin. Koreanische Mutter. Das ist alles.«

Matteo brummelte: »Muss ich mit dir ja nicht besprechen. Du fährst ja auch ein asiatisches Auto.«

»Und dein französisches steckt voller asiatischer Elektronik. Frag nur meinen psychopathischen Exschwiegersohn, den Autoverkäufer, der wird es dir erklären.«

»Mit einer Schmeißfliege wie dem rede ich kein Wort.«

»Er wird demnächst herkommen.«

Matteo streckte sich und stemmte die Hände in die Hüften. »Ach. Warum das?«

»Ein Gerichtstermin in Avignon, der noch vor der Scheidung umzusetzen ist.«

»Na endlich. Gott sei Dank geht es voran.«

»Ja.«

»Verhält er sich zurzeit ruhig oder setzt er deine Tochter immer noch unter Druck?«

»Je näher es dem Termin zugeht, desto unruhiger wird er. Eine Zeitlang war er auffallend still. Nun bombardiert er Manon mit Mails, dass er das Kind sehen will und dergleichen, außerdem mit Briefen seines Anwalts.«

»Wirklich?«

Albin nickte und machte eine abwinkende Geste. »Da muss man drüberstehen«, sagte er.

Matteo wirkte nachdenklich. »Hm. Ja.«

Albin konnte die Reaktion nicht einordnen. »Ist was?«

»Nein, alles gut.« Matteo drehte sich mit den Tassen in der Hand dem Eingang zu. »Ich bringe das gerade mal weg und gehe dann noch mal pinkeln.«

Damit marschierte er ab.

»Geh zum Arzt!«, rief Albin ihm hinterher.

Dann nahm er sein Handy, denn der polizeiliche Berater hatte dringend etwas mit der Mordkommission zu besprechen.

6

Claude Montfavet lehnte mit der Hüfte am Schreibtisch und hatte die massigen Arme vor der Brust verschränkt. Sein Uniformhemd spannte. Unterkiefer und Hals schienen eine Symbiose einzugehen, als er das Kinn senkte, um über seine randlose Brille hinwegzuschauen, weil deren Gläser vermutlich für den Einsatz am Arbeitsplatz geschliffen waren und Theroux und Castel sich gerade in dem Bereich aufhielten, für den die Brille nicht gemacht war. Der Chef de Police galt als wortkarg. Dafür sagte sein Blick umso mehr: Mir geht das hier fürchterlich auf den Wecker – kriegt eure Sachen auf die Reihe und lasst mich damit in Ruhe.

Im Moment hatte er ohnehin nicht viel zu sagen, weil Staatsanwalt Luc Bonnieux seit einer gefühlten Viertelstunde den Alleinunterhalter gab. Er hielt seine Brille am Bügel und schwang sie wie einen Taktstock, um seinem Redeschwall hier und da Akzente zu verleihen. Er trug einen hellgrauen Anzug mit hellblauem Hemd und roter Krawatte und wirkte wie immer über die Maßen gepflegt. Bonnieux war ein dynamischer Typ, dem mit Anfang fünfzig das Bedürfnis, seiner Karriere als langjähriger Staatsanwalt noch einmal richtig Schub zu geben, aus jeder Pore drang. Allerdings saß er schon seit geraumer Zeit in den Startlöchern, und nicht einmal der geklärte Kunstraub mit den Bildern von Cézanne hatte seiner Karriere bislang so viel Schwung verliehen, dass er sich aus Carpentras in den Palais de Justice von Avignon oder direkt nach Nîmes und von dort aus in die Politik katapultieren konnte. Er war ein Mann, der auf seine Chance wartete – doch wenn Chancen ständig an einem vorbeizogen, ging es einem allmählich an die Nerven.

»Ganz Frankreich«, wiederholte er zum zigsten Mal, »schaut auf uns. Ich kann das gar nicht oft genug betonen. Eine Musikerin von solchem Rang direkt vor unserer Nase entführt – zudem noch eine so attraktive. Und mit Migrationshintergrund. Da wird noch viel genauer hingeschaut. Sie wissen schon, was ich meine. Reden wir doch nicht drumherum. Ich habe sogar einen Anruf aus Paris erhalten, weil der stellvertretende Staatssekretär im Ministerium für territorialen Zusammenhalt Karten für einen Auftritt des *Quatuor Balzac* in zwei Wochen hat, und er fragt, ob wir die Violinistin bis dahin finden oder ob er die Karten nun zurückgegeben muss.«

»Der hat Probleme«, sagte Montfavet.

»Wir reden hier von zwanzig Karten in der ersten Reihe, die er aus eigenem Budget finanziert und mehrere regionale Firmenvorstände nebst Gattinnen eingeladen hat. Mit Übernachtung und Diner und allem.«

Montfavet zuckte mit den Schultern.

Bonnieux sagte: »Ich will Ihnen nur die Dimensionen verdeutlichen.«

Castel atmete tief durch. Gott, ging ihr dieser Karrierist auf die Nerven. Sie konnte gut verstehen, warum er und Albin Leclerc sich spinnefeind waren. Albins Angewohnheit, sich einfach über Grenzen und Hierarchien hinwegzusetzen, musste jemanden wie Bonnieux wahnsinnig machen – und umgekehrt Bonnieux' ganze Art Albin. Trotzdem musste man Bonnieux eines lassen: Mochte er auch noch so sehr auf sein eigenes Ansehen in der Öffentlichkeit und bei den Ministerien fokussiert sein, so stand er doch voll und ganz hinter der Polizei und versuchte stets, das Beste für sie rauszuholen – wenngleich vielleicht auch das nicht immer ganz uneigennützig war.

Theroux blinzelte, wollte etwas sagen, schluckte es dann aber wieder herunter.

»Ja?«, fragte Bonnieux.

Man konnte Theroux beim Nachdenken regelrecht zusehen. Schließlich öffnete er den Mund. »Was wollen Sie uns eigentlich sagen? Ich meine: Wir haben einen Mord sowie eine mutmaßlich entführte prominente Violinistin. Was hat der Staatssekretär damit zu tun?«

»Meinen Sie das jetzt ernst?«, fragte Bonnieux.

Castel unterdrückte ein Grinsen. Alain Theroux war ein gewiefter Ermittler und langjähriger Protegé von Albin. Aber manchmal stand er einfach auf dem Schlauch und kam nicht von alleine auf die einfachsten Sachen. Seine Naivität konnte fürchterlich nerven, aber gelegentlich – so wie jetzt – war sie erfrischend offen wie die eines Kindes.

Theroux nickte und sagte: »Klar meine ich das ernst. Das ist doch völlig egal mit den Karten vom Staatssekretär und hat überhaupt keine Relevanz für die Ermittlungen. Natürlich muss er die zurückgeben, weil das Quartett ja nicht spielen kann. Aber warum ist das unser Problem, und warum ruft der dann deswegen an? Woher sollen wir denn wissen, was mit der Violinistin ist? Wir stehen doch gerade erst ganz am Anfang.«

»Theroux …«, sagte Bonnieux.

»Wenn der sich nach dem Stand der Dinge erkundigt, dann kann ich das ja verstehen, obwohl das ja überhaupt nicht seine Zuständigkeit ist – aber was haben wir denn für eine Verantwortung für sein geplatztes Event?«

»Theroux, also wirklich …«

»Der spinnt doch, oder?«

»Ich muss doch sehr bitten!«

Montfavet wirkte offensichtlich amüsiert, hustete aber in die Hand, um zu intervenieren. »Vielleicht«, sagte er, »kommen wir wieder zum eigentlichen Thema zurück. Wir werden Amtshilfe von einer anderen Präfektur brauchen und einen Durchsuchungsbeschluss für den Wohnsitz von Mademoiselle Ju Lyn und ihrem Lebensgefährten in Paris.«

»Kim«, sagte Castel.

»Was?«

»Mademoiselle Kim. Koreaner tragen den Nachnamen vorne. Ju Lyn ist der Vorname.«

»Ach«, erwiderte Montfavet. »Wie auch immer, jedenfalls benötigen wir außerdem die Berechtigung für das Auslesen ihres Telefons und …«

Während Montfavet sprach, bemerkte Castel ein Summen in der Hintertasche ihrer Jeans. Sie zog das Handy heraus, sah auf das Display und runzelte die Stirn. Dann bedeutete sie Montfavet mit einer Geste, dass sie mal kurz rausgehen müsse, um zu telefonieren. Einen Moment später stand sie auf dem Flur im *Hôtel de Police* und nahm das Gespräch an. Es war ein FaceTime-Call, was ziemlich merkwürdig war, denn der Anrufer nutzte niemals FaceTime oder ähnliche Apps. Castel musste kurz lachen, als sie ein Ohrläppchen in Großaufnahme sah.

»Castel«, klang es aus dem Lautsprecher. »Sperren Sie die Lauscher auf, ich habe etwas für Sie.«

»Ihre Lauscher sind ja bereits weit offen.«

»Was?« Das Bild zeigte jetzt einen Ohrknorpel.

»Warum rufen Sie denn über FaceTime an, Albin?«

»Wie?«

»Sie haben einen Videoanruf gestartet.«

»Unfug.«

»Ich sehe Ihr Ohr riesengroß. Sie müssen die Kamera vor Ihr Gesicht halten.«

»Ich?«

»Ja.«

»Für ein Telefonat?«

»Albin, halten Sie sich bitte das Display vors Gesicht.«

Das Bild zeigte nun ein Kinn. Den blauen Himmel. Baumkronen. Dann eine Straße, und schließlich Leclerc.

»Ich kann Sie auf meinem Telefon sehen«, sagte er.

»Weil Sie einen Videoanruf gestartet haben.«

»Das war ein Versehen. Ich habe noch nie zuvor einen Videoanruf gestartet. Ich weiß gar nicht, wie das geht.«

»Na, jetzt wissen Sie es.«

»Gestochen scharfes Bild. Sagenhaft.«

»Ja, ich sehe Sie auch gut. Albin – wir haben gerade eine Besprechung mit Staatsanwalt Bonnieux …«

»Bitte grüßen Sie ihn nicht von mir.«

»Worum geht es?«

»Kim Ju Lyn. Die Geigerin. Ich hatte eben ein Hintergrundgespräch mit Eric Bouyer, ein alter Bekannter von mir. Er kennt sich in der Szene der klassischen Musik sehr gut aus und hat eine entsprechende Reputation. Ju Lyn spielt die Violine eines venezianischen Geigenbauers namens Matteo Goffriller aus dem 17. Jahrhundert. Das Instrument ist etwa eine Viertelmillion Euro wert.«

»Ernsthaft?«

»Ernsthaft. Bouyer meinte, sie habe das Instrument an dem Abend auch spielen wollen. Aber eine Geige haben wir am Tatort nicht gefunden. Die fehlte.«

Castel musste schlucken. Sie hatte natürlich schon davon gehört, dass es sündhaft teure Instrumente gab, Stradivaris und so weiter. Und falls die verschwundene Violine einen so immensen Wert hatte, konnte das ein erstklassiges Motiv sein und den Vorfall in Fontaine-de-Vaucluse zu einem Raubmord machen. Doch warum war die Geigerin dann ebenfalls verschwunden?

»Verstehe«, sagte Castel. »Ich erinnere mich an den Kunstraub seinerzeit. Die Gemälde von Cézanne und van Gogh. Die Interpol-Abteilung für geraubte Kunstschätze hatte uns erklärt, dass die Besitzer oder die Versicherungen häufig mit der Rückgabe des Diebesguts erpresst werden.«

»Ja. Eben. Solche Instrumente werden wohl häufig von Firmen gesponsert und sind natürlich auch hoch versichert. Zudem gibt es Sammler, die sich die Finger nach so was lecken. Castel, Sie müssen mehr über das Instrument in Erfahrung bringen sowie über Kim Ju Lyn selbst. Wer kann ein Interesse daran gehabt haben, sie zu entführen? Gibt es bereits Forderungen?«

»Es gibt bislang keine Forderungen, und …«

»Kim Ju Lyn wird vertreten von der Agentur Rondo Classique, der Chef ist ein gewisser Ramon Catania. Mit dem müssen Sie ebenfalls sprechen, und auch mit den anderen Musikern.«

Castel machte ein genervtes Geräusch. »Albin ….«

»Hatte die Geigerin einen Stalker oder finanzielle Schwierigkeiten? Oder hatte sie vielleicht psychische Probleme? Sie haben viel zu tun, Castel.«

»Hallo? Leclerc? Sind Sie fertig?«

Albin starrte auf den Bildschirm, steckte sich eine Gitanes an, inhalierte und fragte dann: »Was denn? Warum unterbrechen Sie mich dauernd?«

»Wir wissen durchaus, was wir zu tun haben, okay? Das müssen Sie mir nicht jedes Mal aufs Neue diktieren.«

»Ich will nur nicht, dass Sie etwas vergessen.«

»Ja, aber …«

»Ich bin polizeilicher Berater.«

»Mhm.«

»Ich tue nur meine Pflicht, Sie Mimose, jetzt stellen Sie sich mal nicht so an!«

»Albin?«

»Ja?«

»Sie gehen mir wirklich außerordentlich auf die Nerven.«

»Ich weiß, aber …«

Castel klickte das Gespräch weg. Ein paar Sekunden später summte es wieder. Castel schaltete ab.

Wie hatte Theroux noch gesagt? Leclerc konnte eine Plage sein. Manchmal, dachte Castel und ging zurück in die Besprechung, aber auch alle sieben Plagen gleichzeitig.

7

Am nächsten Morgen hatte Albin gerade den ersten Kaffee getrunken, eine Zigarette vor der Tür geraucht und war bereit, mit Tyson Gassi zu gehen, als sich das Festnetztelefon meldete. Wer rief denn heute noch auf dem Festnetz an, dachte Albin. Bevor er das Gerät gefunden hatte, hörte er bereits, wie Veronique dranging. Sie war im oberen Stock von Albins kleinem Häuschen, das an der Stadtmauer lag, die einen Teil des Gartens eingrenzte. Unten befanden sich das Wohnzimmer und die Küche. Oben waren das Schlafzimmer, das Büro sowie das Bad. Und genau dort schien sich Veronique gerade aufgehalten zu haben. Wahrscheinlich, dachte Albin, hatte das Telefon auf der Kommode im Flur gelegen – für den Fall, dass nachts ein wichtiger Anruf per Festnetz kam und man vom Klingeln geweckt werden würde …

Veronique kam im Bademantel aufgeregt die Treppe hinabgelaufen.

»Albin? Albin, bist du noch da?«

»Ja«, erwiderte Albin, der mit Tyson auf dem Flur vor der Haustür stand.

»Iris hat angerufen, Matteos Frau. Sie musste heute Nacht mit ihm in die Klinik fahren. Er hat es wohl mit der Prostata und konnte nicht mehr … Nun ja …«

»Nicht mehr pinkeln?«

»Genau. Sie haben ihm einen Katheter gelegt, und er bekommt Antibiotika. Ein paar Tage wird das wohl dauern, bis es besser wird. Wenn nicht sogar länger.«

»Autsch«, sagte Albin, dem sich bei dem Gedanken an Katheter und daran, nicht mehr aufs Klo zu können, die Nackenhaare aufstellten. Jeder wusste ja, wie es sich anfühlte, wenn man sehr dringend musste. Und wenn dann gar nichts mehr ging – mein lieber Schwan. Es hatte sich ja schon abgezeichnet, dass bei Matteo etwas nicht in Ordnung war. Diese verfluchte Drüse machte irgendwann fast allen Männern zu schaffen, manchen früher, manchen später. Das war der Lauf der Dinge, weshalb man regelmäßig zur Kontrolle gehen sollte.

»Ja«, sagte Veronique. »Und Iris kann das Café nicht öffnen, weil sie Dienst im Pflegeheim hat. Ihr Cousin Nicolas hilft ja manchmal aus, aber der hat in den kommenden paar Tagen auch keine Zeit. Deswegen hat sie in ihrer Not gefragt, ob du als Matteos Freund ein oder zwei Tage aushelfen könntest.«

Albin stand regungslos da. Schluckte. Blinzelte. Deutete sich selbst auf die Brust. »Ich?«

»Ja.«

»Ich? Im Café?«

Veronique nickte.

»Ich soll das Café führen?«

»Na ja, sicher, Albin. Es ist auch nur für kurze Zeit. Ich kann wohl schlecht. Ich muss den Blumenladen öffnen. Vielleicht kann Manon dich unterstützen. Sie kennt sich mittlerweile mit den Kassensystemen ganz gut aus und kann dir alles zeigen. So schwierig ist es gar nicht. Und du hast ja sowieso nichts zu tun.«

Veronique ging in die Küche, um sich einen Kaffee zu holen. Sie wirkte so, als sei alles bereits beschlossene Sache und ergänzte: »Iris ist dir jedenfalls sehr dankbar und hat gesagt, dass du ein toller Freund bist, weil man so auf dich bauen kann.«

»Ich?« Albin stand immer noch unbeweglich da. »Ich? Ein toller … Freund?«

»Natürlich bist du das. Iris sagt, du sollst gleich vorbeikommen und den Schlüssel abholen, nach der Arbeit kommt sie dann ins Café und löst dich und Manon ab.«

»Ich habe doch noch gar nicht zugesagt! Ich … Ich weiß auch überhaupt nicht, was ich da machen muss … Und es gibt einen laufenden Fall, also bitte …«

»Albin, jetzt rede nicht so albern. Ich habe ihr natürlich zugesagt. Du hast den ganzen Tag nichts zu tun, da kannst du in einer Notsituation ruhig mal deinem Freund Matteo aushelfen. Und rede dich nicht mit laufenden Fällen raus, das zieht bei mir nicht.«

»Warum machen sie denn das Café nicht für ein paar Tage zu?«

Veronique zuckte mit den Schultern. »Na, weil sie sich den Verdienstausfall nicht leisten können? Weil sie noch Lieferungen erhalten, die angenommen werden müssen? Was weiß denn ich? Außerdem ist das kein Hexenwerk. Da hast du endlich mal etwas Sinnvolles zu tun und langweilst dich nicht den ganzen Tag – und wenn Manon dir dabei hilft, dann ist das doch hübsch: Vater und Tochter, zusammen im Café.« Veronique lächelte. »Ich komme auch rüber, wann immer ich kann. Das ist doch selbstverständlich.«

»Ja, aber … Ich bin polizeilicher Berater und im Augenblick gar nicht abkömmlich.«

Veronique winkte ab. »Papperlapapp. Die sind alle schon erwachsen und können auch sehr gut ohne dich ermitteln.« Mit der Kaffeetasse in der Hand ging sie zurück die Treppe hinauf. »Du musst jetzt außerdem los. Iris wartet auf dich.«

»Du … Du kannst doch nicht einfach zusagen, ohne mich zu fragen …« Albin fuchtelte mit den Armen herum und suchte nach Worten.

Veronique ging die Stufen hinauf und erwiderte, ohne sich umzudrehen: »Natürlich kann ich das. Siehst du ja. Sag bloß, du willst Matteo hängenlassen?«

»Natürlich nicht.«

»Na bitte. Ich weiß überhaupt nicht, was du hast. Und jetzt husch, husch, du hast es eilig.«

Damit verschwand sie nach oben.

Albin blickte zu Tyson. Tyson blickte zu Albin.

»Ist das ein Grinsen? Du grinst doch nicht etwa?«, murmelte Albin.

Tyson knurrte etwas Unverständliches und drehte sich schnell zur Seite.

So weit ist es schon gekommen, dachte Albin. Mein Hund lacht mich aus!

8

»Das ist wirklich nicht witzig«, sagte Theroux.

»Natürlich nicht«, erwiderte Castel, »das hat ja auch keiner behauptet.«

Sie trank an ihrem Wasser. Das Fenster im Büro stand sperrangelweit offen. Trotzdem war es stickig heiß, denn die Sonne hatte den ganzen Morgen lang auf die Fenster geschienen und wanderte erst langsam um die Ecke. Es würde ein heißer Tag werden.

»Es ist wirklich beschwerlich für sie, vor allem das Laufen. Sie kommt kaum noch in ihre Flipflops hinein. Wassereinlagerungen. Dieses Mal ist es schlimmer als in der letzten Schwangerschaft.«

»Zum Glück dauert es ja nicht mehr lange.«

Theroux lachte auf. »Nein, aber dann löst das eine gleich das andere ab, denn es geht mit dem Babystress weiter.«

»Aber das ist doch bestimmt positiver Stress, oder?«, fragte Castel und fütterte den Computer mit weiteren Anfragen.

»Warten wir es ab«, antwortete Theroux und tippte in sein Laptop. »Aber natürlich freuen wir uns, klar.«

»Klar«, murmelte Castel und kniff die Augen zusammen, um die kleine Schrift lesen zu können.

Erst ein einziges Mal in ihrem Leben hatte sie wirklich ernsthaft in Erwägung gezogen, eine Familie zu gründen und selbst ein Kind zu bekommen. Damals, als ihre Freundin und Kollegin Nicole schwanger geworden und Castel mit dem Mann ihrer Träume zusammengekommen war, der sich am Ende als Mann ihrer Albträume herausstellte. Mit Jean – na, das würde sich erst noch zeigen müssen. Castel würde auf jeden Fall den Panzer weiter lockern müssen, den sie um sich selbst herum errichtet hatte. Wie lange das noch dauern würde, war schwer zu sagen. Allerdings wurde sie nicht jünger, und die bedrohliche Vier am Anfang lag in nicht mehr allzu weiter Ferne.

Castel scrollte auf der Website herunter, vergrößerte dann die Ansicht, um die Einträge in den Registern besser lesen zu können. Sie waren wirklich verflucht klein geschrieben. Oder brauchte sie bald eine Brille?

Theroux las halblaut vor, was sein Bildschirm anzeigte. Nicht, damit Castel es hörte, sondern weil er sich immer selbst vorlas. Eine blöde Angewohnheit. Cat hatte ihn schon einmal gefragt, ob er das beim Bücherlesen auch so machen würde. Aber Theroux hatte gemeint, dass er sowieso nie Bücher lesen würde, weil ihm TV-Serien mehr liegen würden. Und ehrlich gesagt: Theroux und ein Buch in der Hand – dieses Bild konnte sich Castel kaum vorstellen.

»… Agentur für Künstler«, murmelte Theroux, der sich gerade auf der Website von *Rondo Classique* befand, »Ramon Catania …« Er machte sich nebenbei Notizen. »Wir sollten den mal anrufen oder direkt vorbeifahren. Die Agentur befindet sich in Arles.«

»Ich hätte Catania eher in Paris vermutet. Zumindest hat er dort auch eine Adresse«, sagte Castel und machte sich ebenfalls Notizen.

»Es gibt zwei Standorte«, erwiderte Theroux. »Ein Büro ist in Paris und eines in Arles. Aber seine private Adresse ist in Arles. Außerdem ist Festivalsaison. Da wird er wohl eher hier in der Gegend sein.«

»Okay«, sagte Castel und nickte. Der Ton für den Eingang einer neuen E-Mail erklang. Sie öffnete sie, las sich alles durch, öffnete zwei angehängte Pdfs. Sie tippte mit dem Fingernagel gegen den Computerbildschirm. »Ich habe eine Mail von unserem Mann für Wirtschaftskriminalität erhalten. Sie haben sich nach Catania umgeschaut und sind direkt fündig geworden.«

Theroux lugte um den Bildschirm herum. »So schnell?«

Castel nickte. »Es gibt eine Vorstrafe wegen Steuerhinterziehung und Einträge bezüglich Zwangspfändungen einer größeren Immobilie in Südspanien. Steht alles in einem Zusammenhang, und es gibt noch Schulden bei der Steuer.«

»Ach«, machte Theroux.

»Ja«, erwiderte Castel.

»Erhält der eigentlich seine Provision auch bei ausgefallenen Konzerten?«

»Keine Ahnung, wie das läuft. Aber wir müssen sowieso mit ihm wegen seiner verschwundenen Klientin reden. Da können wir ihn das direkt fragen.«

Theroux dachte nach. »Wenn er verschuldet ist, könnten ihm eine Viertelmillion Euro für eine Geige vielleicht gerade recht kommen. Und er würde Leute kennen, die an einem solchen Instrument interessiert wären.«

Castel nickte und stand auf. Sie griff nach ihrer Umhängetasche und sagte: »Komm. Lass uns gehen.«

»Okay«, erwiderte Theroux.

Fünf Minuten später saß Castel am Steuer und Theroux neben ihr. Er fütterte das Navigationssystem mit der Adresse, die sie in Arles aufsuchen wollten. Das Display bestätigte eine Wegstrecke von rund achtzig Kilometern und etwas über eine Stunde Fahrzeit – je nach Verkehrslage.

Während Castel vom Hof fuhr, fragte Theroux: »Nehmen wir uns für unterwegs noch einen Kaffee mit?«

»Klar«, sagte Castel.

Und steuerte in Richtung des Café du Midi, das sowieso auf dem Weg lag.

9

Albin stand vor dem großen Kaffeeautomaten und kam sich vor wie ein U-Boot-Kommandant, der im Maschinenraum den Motor zum Laufen bringen sollte. Mit dem Unterschied, dass ein Kommandant vermutlich wenigstens den Hauch einer Ahnung hatte, welche Hebel oder Räder er bewegen und welche Anzeigen er kontrollieren musste. Albin kannte lediglich den Ein- und Ausschalter an der Kaffeemaschine zu Hause. Aber dieses Monstrum hier …

Manon hatte sofort zugesagt, Albin im Café auszuhelfen, und bereits von sich aus behauptet, dass er alleine sowieso nicht klarkommen würde. Sie hatte die Kasse eingeschaltet, ihm ein paar grundlegende Dinge erklärt, etwa wie man das EC-Karten-Lesegerät verwendete, und sich anschließend selbst mit allem anderen vertraut gemacht. Währenddessen hatte Albin als erste offizielle Handlung das mit einem Autogramm versehene, gerahmte Foto von Marine Le Pen von der Wand genommen. Es war das einzige Bild, dessen Glas auf Hochglanz poliert war. Alle anderen Bilder wirkten im Halbdunkel des Inneren eher staubig und verblichen. Manche zeigten Fotos von der Tour de France, Zeitungsausschnitte von großen Boxkämpfen, es gab auch ein Jugendbild von Matteo in Boxhandschuhen – er hatte diesen Sport früher betrieben und war gar nicht mal so erfolglos gewesen.

Tyson lag derweil im Türeingang und blickte nach draußen auf den Verkehr, als ob ihn das alles, was hier drin geschah, nichts anging.

Manon war immer noch an der Kasse beschäftigt, während Albin ins Regal nach links griff und aus dem Schrank mit den Zigaretten eine Schachtel Gitanes nahm, um sie zu öffnen. Er hatte nicht vor, das irgendwo als Entnahme zu verbuchen. Wäre ja noch schöner. Er würde es vielmehr als Honorar betrachten. Schließlich wandte sich Manon zu ihrem Vater um und erklärte ihm, wie man den Kaffeeautomaten anstellte und damit die verschiedenen Sorten zubereitete.

»Woher weißt du so was?«, fragte er.

»Freunde in Paris haben ein Café. Leider haben wir wegen Gilles den Kontakt verloren. Sie hatten sich so ein Monstrum wie dieses hier gebraucht gekauft. Ich habe beim Tragen geholfen und dann später beim Enträtseln der Bedienungsanleitung. Es ist auch gar nicht so schwierig.«

»Irgendwann verkehren sich die Rollen«, sagte Albin. »Da erklären einem die Kinder, wie es im Leben läuft.«

»Papa, das tue ich doch nicht erst seit gestern, oder?«

»Nein, aber manchmal spürt man es deutlicher.«

»Du hast ja Clara und kannst deiner Enkeltochter das Leben erklären«, meinte Manon mit einem breiten Grinsen.

Albin lachte auf. »Von wegen. Clara hat mir kürzlich gezeigt, wie ich mein Handy richtig einstellen muss.«

»Die Kinder bedienen solche Geräte intuitiv, während du viel zu viel über alles nachdenkst.«

»Nachdenken hat noch niemandem geschadet.«

»Handeln«, sagte Manon und betätigte einen Schalter

am Kaffeeautomaten, »auch nicht.« Zischend und fauchend erwachte das Gerät zum Leben.

Albin betrachtete das Ungetüm. »Mehr nicht? Einfach den Schalter umlegen?«

»Ja, das habe ich dir doch eben erklärt, schon vergessen? Und dann hier und da drücken und dort den Kaffee einfüllen oder die Milch. Der Rest läuft automatisch ab. Aber ich bin ja noch etwas hier und gebe acht, dass du keinen Unsinn anstellst.«

»Gott sei Dank«, sagte Albin schwitzend.

»Ansonsten schicke ich dir halt Clara vorbei.« Manon lachte wieder. Albin spürte ihre Blicke auf sich. »Du bist übrigens ein toller Opa.«

Albin wurde es noch wärmer. Er wurde sogar ein wenig rot. »Bin ich das?«, fragte er leicht beschämt.

Manon nickte.

»Weißt du«, sagte er, »ich mache drei Kreuze, wenn dein Gerichtstermin mit Gilles wegen des Sorgerechts und der anderen Details erledigt ist. Ich möchte dich gerne begleiten. Einfach nur, um sicherzustellen, dass dieser Gilles … Du weißt schon. Dass er dich in Ruhe lässt.«

»Ich weiß. Ja.« Manon schwieg einen Moment. Dann sagte sie: »Ich freue mich übrigens wirklich für dich und Veronique. Sie passt sehr gut zu dir. Wenn ich ehrlich bin: sogar besser als Mama.«

Albin wusste nicht, was er sagen sollte.

»Natürlich habe ich mir als Kind immer gewünscht, ihr würdet wieder zueinanderfinden. Aber mit den Jahren, und wo ich nun selbst vor einer Scheidung stehe – da sieht man vieles klarer. Ich war oft ungerecht.«

»Nein, nein, Manon, sag das bitte nicht. Dafür konntest

du nichts. Ein Kind hat alles Recht dieser Welt, sich zu wünschen, dass seine Eltern zusammenbleiben. Die Fehler haben Mama und ich gemacht, Manon, niemals du, zu keinem Zeitpunkt. Und später habe ich ebenfalls viele Fehler gemacht.«

»Ich auch.«

»Gut, sagen wir ein oder zwei Dinge hättest du anders machen können«, erwiderte Albin.

Manon zuckte mit den Schultern. »Jedenfalls freue ich mich für dich und Veronique. Es wird eine sehr schöne Hochzeit werden.«

»Das wird es.«

»Warum macht ihr eigentlich keine Hochzeitsreise?«

Albin zögerte, kratzte sich am Kinn. »Ich habe ihr gesagt, dass wir lieber später eine machen werden als sofort nach der Trauung. Ist ja Unsinn, im Sommer in die Sonne zu fahren.«

»So ein Quatsch.«

»Und ihr Laden hat ja Hochsaison.«

»Den kann ich doch führen?«

Albin kratzte sich erneut am Kinn, dachte nach und sagte: »Also – das ist jedenfalls das, was ich ihr gesagt habe.«

»Wie meinst du das?«

Albin erklärte es ihr.

»Ach«, grinste Manon schließlich und nickte, »ach, so ist das, verstehe.«

»Genau«, erwiderte Albin. »So ist das.« Er hob drohend den Zeigefinger. »Nur ein Wort, Manon …«

»Niemals.«

»… nur eine Andeutung …«

»Never ever.« Sie machte eine Reißverschlussgeste an den Lippen.

»... sollte nur ein Deut durchsickern ...«

»Nein! Was denkst du von mir, Papa?«

Albin lächelte. »Nur das Beste«, antwortete er.

Schließlich riss er die Gitanes-Packung auf. Zeit, eine zu rauchen. Oder gleich drei wegen dem ganzen Stress. Er wollte gerade noch etwas zu Manon sagen, als ein Auto vorfuhr, parkte und zwei Personen ausstiegen, die auf den Eingang zusteuerten. Sofort stand Tyson auf, spitzte die Ohren – und sprintete mit dem Geräusch auf die Gäste zu, das man bei einem Mops als Kläffen bezeichnete, was aber mehr wie ein heiseres Brummen oder Räuspern klang.

»Oh«, machte Manon, »deine erste Kundschaft.«

Verdammt, dachte Albin, als er erkannte, wer da ins Café kam. *Ausgerechnet ...*

Castel und Theroux traten in die Bar Tabac und schoben sich unisono die Sonnenbrillen von der Nase. Dann starrten sie Albin auf der anderen Seite des Tresens an. Theroux war der Erste, der laut lachte.

»Was ist denn hier los?«, fragte er.

Albin legte die Hände flach auf den Tresen und fragte: »Der Herr wünscht?«

Jetzt lachte auch Castel. Dann begrüßte sie Manon über die Kasse hinweg mit einer Umarmung und zwei Wangenküssen. Die beiden verstanden sich gut.

»Übernimmst du jetzt das Café, oder was?« Theroux konnte sich nach wie vor das Lachen nicht verkneifen.

»Einen Kaffee für Monsieur? Cappuccino für Madame?«, fragte Albin, der wusste, dass Castel und Theroux immer dasselbe bei Matteo bestellten.

Theroux lachte sich schlapp, während Manon erklärte, was los war.

»Albin, der Wirt, ich krieg mich nicht ein.« Theroux wischte sich die Tränen aus den Augen.

Albin sagte: »Noch so ein Spruch, und du bekommst Hausverbot auf Lebenszeit.«

Castel lächelte und sagte: »Ich finde es reizend von Ihnen, dass Sie Ihrem Freund aushelfen.«

»Freund? Dieser Rechtsradikale und mein Freund? Niemals.«

»Mhm, schon klar«, machte Castel.

Albin spürte einen Knuff von Manon. Er drehte sich wortlos zum Kaffeeautomaten und nahm zwei Tassen.

»Zum Mitnehmen«, sagte Castel.

Albin sagte: »Von mir aus. Aber bringt die Tassen bloß heil wieder zurück.«

»Papa.« Manon schob Albin zur Seite und nahm zwei Pappbecher aus einem Seitenfach. Albin hatte die Dinger gar nicht gesehen. Die vielen Anzeigen, Knöpfe und Hebel verwirrten ihn zu sehr.

»Wo wollt ihr denn hin?«, fragte er und hörte es hinter sich zischen und fauchen, als Manon den Apparat in Gang setzte.

Castel erklärte: »Nach Arles. Mit Ramon Catania von der Künstleragentur über seine vermisste Klientin sprechen.«

»Gibt es schon eine Lösegeldforderung?«

»Nein, nichts.«

»Hm. Sonst etwas Neues?«

»Nichts, das uns bislang irgendwie weiterhelfen würde.« Castel wandte sich ab, als ihr Handy klingelte.

»Albin?« Theroux hatte sich wieder etwas gefangen.

»Ja?«

»Du siehst gut aus hinter der Theke.«

»Und du siehst bestimmt gut aus mit einem blauen Auge.«

Albin hörte Theroux mit dem einen und Castel mit dem anderen Ohr zu, die gelegentlich »Ja« und »Nein« sagte und dass sie nicht zwischendurch mal nach Marseille kommen könnte, dann aber ein »Okay« von sich gab.

Theroux grinste. »Ernsthaft, du solltest dir wirklich überlegen, ob das nicht etwas für dich ist. Dann gehst du uns bei den Ermittlungen wenigstens nicht mehr auf die Nerven.«

»Das habt ihr schon versucht, indem ihr mir Tyson zum Ruhestand geschenkt habt. Vergeblich. Abgesehen davon bin ich polizeilicher Berater.«

»Ja, ja.«

Manon war mit dem Kaffee fertig und stellte die beiden Becher auf die Theke, verschloss sie mit Plastikdeckeln.

»Zehn Euro«, sagte Albin.

»Was?« Theroux lachte auf. »Sind die Becher vergoldet?«

Albin hatte keine Ahnung, wie viel Matteo für die Getränke verlangte. Er selbst legte ihm einfach immer einen Fünfer auf den Tisch, wenn er bezahlte, und da es ja zwei Getränke waren …

»Dann eben fünf«, sagte Albin.

»Schon besser«, sagte Theroux und fummelte seine Geldbörse aus der Jeans, während Castel fertig mit dem Gespräch war und die Becher nahm.

»Was macht die Gattin?«, fragte Albin.

»Sie quält sich durch. Bei der Hitze ist es unerträglich.«

»Dauert ja nicht mehr lange.«

»Zum Glück nicht. Bei dir mit der Hochzeit ja auch nicht. Bist du schon aufgeregt?«

»Für Aufregung habe ich keine Zeit.«

»Aber die Vorbereitungen?«

»Theroux. Bezahl deinen Kaffee. Ich bin nicht dein Beichtvater und habe nicht den ganzen Tag lang Zeit, um darauf zu warten, dass du deine Geldbörse aus der viel zu engen Jeans bekommst! Als werdender Vater solltest du sowieso nicht mehr herumlaufen wie ein Pornostar, aber das sage ich dir ja schon seit Jahren!«

»Meine Güte, bist du schlecht gelaunt …«, murmelte Theroux und schaffte es schließlich, das Portemonnaie zu befreien.

»Wie soll man gut gelaunt sein, wenn die Gäste einen mit ihrem Gebrabbel von der Arbeit abhalten!«

»Papa! Sei einfach nett zu deinen Kunden.« Manon gab ihm erneut einen Knuff.

»Genau«, sagte Castel und grinste. »Sie vergraulen uns sonst noch, Herr Wirt.«

»So etwas Freches«, brummte Albin.

Theroux grinste und wedelte mit einem Fünf-Euro-Schein.

»Probleme in Marseille?«, fragte Albin Castel, nahm Theroux das Geld ab und reichte es Manon, damit sie es in die Kasse legen konnte.

»Nur ein Gesprächstermin wegen einer alten, internen Sache«, sagte Castel.

Albin nickte, registrierte aber den Schatten, der sich über Castels Gesicht gelegt hatte.

Schließlich verließen die beiden das Café, stiegen in den Wagen und fuhren davon.

»Deine ersten Kunden«, sagte Manon und lächelte.

»Jepp«, machte Albin und streckte sich. »Ging doch. Hätten nicht ausgerechnet die beiden sein müssen, aber ... « Er zuckte mit den Schultern.

»Besser Cat und Alain als irgendwer anders. Sie sind sicher verständnisvoller als reguläre Kunden.«

Albin sah seine Tochter an. »Ohne dich wäre ich hier sowieso aufgeschmissen.«

»Du lernst das noch. Komm, wir schauen uns an, was alles im Lager steht.«

»Klar«, sagte Albin.

Er hatte schon immer wissen wollen, was Matteo da so hortete, war aber etwas enttäuscht, als er nur Regale voller Dosen mit Obst und Kartons voller Kaffeepackungen sah. Ein grünliches Etwas aus Gummi lugte zwischen zwei Kisten hervor. Manon sah sich überall um und wirkte interessiert. Albin war gelangweilt und zupfte an dem Gummi. Er war nicht mehr gelangweilt, als er es in den Händen hielt.

»Was ist das denn?«, fragte Manon.

»Hm«, machte Albin und betrachtete es.

Es war eine Maske. Kahlköpfig, eher türkis als grün, irgendein Farbton dazwischen.

»Eine Maske?« Manon blinzelte. »Was macht er denn damit?«

Albin schob die Hand in die Maske und hielt sie vor sich wie eine Kasperpuppe. Jetzt war alles gut zu erkennen: der Glatzkopf, die Augenschlitze, die scharfe Nase.

»Ich weiß nicht«, sagte Albin.

»Ist das aus einem Horrorfilm?«

»Nein«, erwiderte Albin. »Das ist Fantomas.«

10

Die Agentur *Rondo Classique* residierte in einem Eckhaus an der Rue de Grille am Rhône-Ufer. Castel und Theroux hatten Glück und fanden sofort einen Parkplatz.

Es waren nur wenige Meter bis zum Haus, in dessen Erdgeschoss ein Antiquitätenhändler seinen Laden hatte. Ein Stockwerk höher befand sich das Büro von Ramon Catania, worauf ein elegantes Schild im Hauseingang hinwies.

Castel klingelte. An der Gegensprechanlage meldete sich eine weibliche Stimme. Castel sagte, wer sie war und zu wem sie wollte. Es dauerte fast zwei Minuten, bis der Öffner betätigt wurde und die Tür mit einem Summen aufsprang. In der Zwischenzeit hatten sie und Theroux sich die Dienstausweise um den Hals gehängt.

Schließlich betraten sie das Treppenhaus, gingen die Stufen hinauf und wurden an einer Glastür von einer Sekretärin mit asiatischen Zügen empfangen, die ein Headset trug und sie hereinbat. Einen Moment später standen Castel und Theroux in einem elegant eingerichteten Vorzimmer mit großen, samtbezogenen Sesseln und stuckverzierter Decke. An den Wänden hingen gerahmte Veranstaltungsplakate von Festivals und einzelnen Musikern und Orchestern – sicherlich alles Klienten von Ramon Catania, der nun hinter einer großen Tür erschien, die sich mit einem Quietschen öffnete.

Catania war nicht sonderlich groß. Er trug eine dicke Hornbrille, mochte vielleicht Mitte fünfzig sein und wirkte in seinem hellblauen Anzug fast attraktiv. Seine Haare waren kurzgeschoren, der Hipsterbart zeigte vereinzelte graue Strähnen. Er sah Castel und Theroux überrascht, aber freundlich an, wirkte dennoch übernächtigt und fahrig in seinen Bewegungen, als er die beiden begrüßte. Sein Händedruck war sanft und feucht. Er bat Castel und Theroux in sein Büro und schloss die Tür hinter sich. Castel sah einen großen, antiken Schreibtisch, darauf einen Apple-Computer, viele gerahmte Fotos an den Wänden, die Catania mit anderen, prominent wirkenden Menschen zeigten – in Theatern, auf Bühnen, in Restaurants, beim Motorsport, bei der Jagd, mit Goldenen Schallplatten in der Hand oder auf einer Yacht. Die meisten Bilder waren mit Unterschriften versehen, was den Eindruck verstärkte, dass es sich wohl um Fotos mit Prominenten aus der Musikszene handeln musste.

»Ich bin schockiert über das, was geschehen ist«, sagte er, bat Castel und Theroux ins Büro und fragte, ob sie Kaffee wünschten, was sie höflich verneinten. Noch mehr Koffein, dachte Castel, und sie würde heute den ganzen Tag nur herumzappeln.

»Gibt es etwas Neues?«, fragte Catania.

»Nein«, erwiderte Castel.

»Aber Ju Lyn muss doch wieder auftauchen, um Himmels willen. Wo kann sie nur sein?«

»Das wüssten wir alle gern.«

»Es ist entsetzlich.« Catania fuhr sich mit den Händen durchs Gesicht. Er wirkte aufrichtig bestürzt. »Nicht nur das persönliche Drama um sie und ihren Freund. Das ganze Ensemble ist betroffen. Die Tournee …«

»Habe ich gehört«, sagte Theroux knapp. »Sogar in Paris fallen Konzerte aus.«

»Ja«, sagte Catania und machte eine abwinkende Geste. »Aber das ist von der Versicherung und durch Regelungen in den Verträgen gedeckt. Trotzdem steht das Telefon bei mir den ganzen Tag nicht still. Doch das ist unwichtig. Wichtig ist, dass Ju Lyn gefunden wird.«

»Wo könnte sie denn sein?«, fragte Theroux.

»Ich habe nicht die geringste Ahnung. Sie sind doch die Polizei.«

Castel sagte: »Vielleicht können Sie uns etwas weiterhelfen.«

Catania deutete ein Nicken an und zuckte gleichzeitig die Schultern.

»Wir haben einige Fragen an Sie.«

»Natürlich. Ich helfe, wo immer es möglich ist, das ist doch selbstverständlich.«

»Hatte Mademoiselle Kim Feinde? Stalker? Etwas in der Art? Oder gab es Beziehungsprobleme?«

»Nein, nein und nein«, sagte Catania und schüttelte den Kopf. »Zumindest, soweit ich weiß. Es gibt natürlich immer wieder aufdringliche Fans oder andere lästige Menschen – selbsternannte Nachwuchskomponisten, die ihre Arbeiten anbieten, damit sie gespielt werden, zum Beispiel. Fürchterlich. Haben Sie mit den anderen Musikern …«

»Mit denen haben wir gesprochen, und sie sagen dasselbe wie Sie.«

»Ju Lyns Eltern sind auf das Schlimmste bestürzt. Sie sind gerade wegen eines Trauerfalls in Seoul, Ju Lyns Großmutter ist verstorben – und dann geschieht das! Und auch noch der Tod ihres Freundes. Entsetzlich.«

»Was können Sie uns über Park Yong Choi erzählen?«

»Ein freundlicher junger Mann. Ich habe ihn nur einige Male getroffen. Er studiert Literaturwissenschaft an der Sorbonne. Ein zurückhaltender Mensch, der die Musik liebt. Sie sind seit etwa einem Jahr zusammen.«

»Er reist stets mit zu ihren Konzerten?«

»Gelegentlich.«

Theroux fragte: »Hatte sie ihre teure Geige bei sich?«

»Die Goffriller, ja.«

»Ist so ein Instrument nicht viel zu wertvoll, um darauf zu spielen?«

»Nun, dafür werden Instrumente gemacht: zum Spielen.«

»Und wenn sie nun gestohlen wird?«

»Ju Lyn wird von einem koreanischen Automobilhersteller gesponsert, der das Instrument erworben hat. Selbstverständlich ist es versichert. Glauben Sie denn, dass ihr Verschwinden etwas mit der Geige zu tun hat? Dass es ein Raubmord war?«

»Wissen wir nicht«, sagte Theroux. »Alles ist möglich.«

»Ich kann mir vorstellen«, fügte Castel hinzu, »dass es bei einer Tournee wie dieser um viel Geld geht, um hohe Gagen.«

»Natürlich«, sagte Catania. »Alles ist sehr kostspielig.«

»Das trifft Sie doch sicherlich ebenfalls?«

»Aber natürlich. Ich bin mit fünfzehn Prozent an den Umsätzen und Gagen beteiligt. Die bleiben nun aus. Ich hoffe, dass ich für die anderen Musiker wenigstens von einer Versicherung etwas erhalten werde. Also: Ich bin mir sicher, aber das dauert.«

»Über wie viel Geld reden wir denn?«

»Der Verlust wird um die 25 000 Euro betragen.«

»Das ist nicht gerade wenig.«

»Nein, aber es gehört sich nicht, über Geld zu reden, wo etwas so Schlimmes geschehen ist. Das ist überhaupt nicht wichtig.«

Theroux schob die Hände in die Jeans. »Dafür, dass es nicht wichtig ist, haben Sie den Schaden doch schon sehr genau taxiert.«

»Nun, ich bin auch Geschäftsmann.«

»Fehlt Ihnen das Geld nicht?«

»Ich weiß nicht, was Sie meinen.«

»Nun, Sie sind wegen Steuerhinterziehung vorbestraft. Es wurden Immobilien in Spanien gepfändet, es gibt Schulden …«

»Ich muss doch sehr bitten! Was hat das denn damit zu tun?«

Castel beschwichtigte Catania. »Wenn wir in unserer Datenbank nach Namen suchen, erhalten wir solche Informationen ganz automatisch.«

»Ich wollte vor einigen Jahren ein Konzerthaus in Spanien eröffnen. Es hat nicht geklappt. Ich habe mich verspekuliert. Das ist alles.«

»Ja«, sagte Castel. »Besuchen Sie denn auch selbst die Festivals Ihrer Klienten? Waren Sie beim Konzert in Fontaine-de-Vaucluse dabei?«

»Nein, ich kann ja nicht zu jedem fahren. Ich muss auch noch arbeiten. Zu manchen fahre ich durchaus hin, ja. Aber in Fontaine war ich nicht.«

»Sondern hier?«

»Ja. Den ganzen Tag.« Catania musterte Castel. »Warum wollen Sie das denn wissen?«

»Nur für den Fall, dass Sie vielleicht vor Ort etwas beobachtet hätten. Aber wenn Sie gar nicht da waren …«

»Ich war bis abends hier im Büro und anschließend zum Essen mit einer Musikerin, die ich vom Bahnhof abgeholt habe. Sie spielt heute in Avignon ein Konzert mit ihrem Quartett.«

»Wie heißt sie denn?«, fragte Castel.

11

Raffaela Perotti klappte ihren Instrumentenkoffer auf und legte die Bratsche hinein, die sie nach dem Konzert noch einmal poliert hatte. Das Instrument war etwas größer als eine Violine und wurde im Italienischen *Viola da braccio* genannt, Armgeige, und daher stammte der Begriff Bratsche. Sie war eine Quinte tiefer gestimmt als eine Violine und schlug in einem Kammermusikensemble wie dem *Atlantic Quartet* die Brücke zwischen den beiden Geigen und dem Violoncello. Als Solo-Instrument war sie nicht so gängig, aber es gab durchaus einige Werke, für die sie geeignet war. Haydn, Bach, Händel, Mahler, Strauss, Hindemith, Bartók, Strawinsky, Reger und eine Menge anderer großer Komponisten hatten sich dem Instrument gewidmet und Solo-Partien in Konzerten oder auch komplette Konzerte für die Bratsche geschrieben. Man sagte außerdem, um Bratscher zu sein, müsse man das Dunkle lieben und dass es das Instrument der problematischeren Seelentöne sei. Raffaela hatte diese Einschätzung stets geliebt und sich damit identifizieren können: Die Bratsche war wie sie selbst.

Sie stellte den Koffer behutsam auf dem antiken Sideboard ihres Hotelzimmers ab. Das Instrument begleitete sie schon seit vielen Jahren. Eine Bratsche von Stradivari war einmal für mehr als 45 Millionen Euro verkauft worden. So kostbar war ihre selbstverständlich nicht, dennoch war sie nicht ganz preiswert. Sie spielte eine der wenigen Bratschen, die die Amati-Brüder Antonio und Girolamo in Cremona gebaut hatten. Der Wert lag bei rund 200 000 Euro. Das Geld stammte aus einem Fonds für Nachwuchsförderung, in den private Besitzer kostbare Instrumente treuhänderisch gaben, um damit junge und sehr begabte Musiker zu fördern, für die derlei Handwerkszeug vollkommen unerschwinglich war. Dennoch wurde es benötigt, um auf den großen Podien der Welt bestehen zu können. Und Raffaela hatte so sehr damit geglänzt, dass die Besitzerin – eine Millionärin aus Arizona – sie ihr schließlich nach dem Tod vererbt hatte.

Raffaela fuhr sich mit den harten Fingerkuppen einer Profistreicherin durch die langen, gewellten Haare, band sie im Nacken zusammen und schlüpfte dann aus dem schwarzen Kleid, das sie beim Konzert im Papstpalast getragen hatte. Noch klingelte ihr der frenetische Applaus in den Ohren, mit dem das Publikum das *Atlantic Quartet* gefeiert hatte. Ein überwältigender Erfolg vor einer überwältigenden Kulisse. Die Gruppe hatte heute ihr Debüt beim Festival d'Avignon gegeben, dessen Schwerpunkt eigentlich eher auf dem Theater lag. Erst gestern waren die Musiker aus Seattle gekommen, in Paris gelandet und mit dem TGV in die Provence gefahren. Ihr Agent Ramon Catania hatte sie dort empfangen und zum Essen abgeholt – nur ein kurzes Diner, eher geschäftlich, wenngleich Catania es einfach nicht lassen konnte, mit ihr zu flirten. Nicht aufdringlich, immer charmant, wahrscheinlich meinte er es gar nicht mal als Anmache. Das war einfach seine Art.

Der Bahnhof von Avignon lag sehr nahe am Hotel, das

für das renommierte Streichquartett gebucht worden war. Und was für ein hübsches Hotel: Das *Le Cloître Saint-Louis* war in einem früheren Jesuitenkloster aus dem 16. Jahrhundert untergebracht. Es befand sich nahe der zentralen Ader der Stadt, dem Cours Jean Jaurès, der in die Rue de la République überging, welche geradewegs auf den Papstpalast zuführte. Hier, im historischen Kern von Avignon, der ringsum von einer alten Stadtmauer eingefasst war, konnte man alle Wege zu Fuß erledigen, was sehr angenehm war.

Dabei war sie zunächst sehr wütend gewesen, und ihr italienisches Temperament war mit ihr durchgegangen, als noch einmal das Programm für heute Abend umgestellt werden sollte, obwohl es längst im Flyer gedruckt war. Darauf stand das Streichquartett in C-Dur op. 20, Nr. 2 von Joseph Haydn, das Streichquartett Nr. 10 in Es-Dur op. 51 von Antonín Dvořák und nach der Pause das Streichquartett in c-Moll op. 51, 1 von Johannes Brahms. Schon im Flugzeug hatten sie darüber geredet, ob sie nicht lieber das Beethoven-Programm nehmen sollten, das sie vorgestern gespielt hatten. Aber – meine Güte – man stellte doch nicht einfach grundlos alles auf den Kopf? Wenigstens hatte sie sich durchsetzen können, war aber immer noch wütend. Vielleicht lag ihre miese Stimmung aber auch nur am Jetlag, und Raffaela galt sowieso als unbequem, was ihr jedoch herzlich egal war. Sie fand, dass die Welt mit ihr so, wie sie war, klarkommen musste, und nicht sie mit der Welt. Denn schließlich war Raffaela Perotti nicht irgendjemand.

Inzwischen war es spät, und Raffaela war erledigt. Die anderen waren mit der Festivalleitung und Vertretern der

Sponsoren noch etwas essen gegangen. Doch Raffaela hatte dankend verzichtet, zumal ihr dieser fürchterliche Mann auf die Nerven gegangen war. Er hatte sich nach dem Konzert in den Backstage-Bereich begeben und einem der Mitmusiker eine Komposition in die Hand drücken wollen, die sie unbedingt mal spielen sollten. Dieser Cédric Guerin war ihnen bereits bekannt, weil er zahllose Briefe und E-Mails geschickt hatte. Das tat er wohl auch bei anderen Musikern, und Raffaela war gerade in der richtigen Stimmung gewesen und hatte den Burschen rausgeworfen, bevor die Security überhaupt reagieren konnte.

Jedenfalls wollte sie jetzt nur noch duschen, sich aufs Bett legen und etwas Fernsehen schauen in der Hoffnung, dass sich ihre Laune wieder besserte und sie nicht mehr so sauer auf die übrigen drei Ensemblemitglieder war. Denn schon morgen müssten sie sich wieder gemeinsam in den Zug setzen und am Abend ein Konzert in Lyon spielen.

In Unterwäsche ging sie ins Bad. In dem Moment klopfte es an der Zimmertür. Sie verdrehte genervt die Augen und rief: »Was?«

»Zimmerservice. Eine kleine Aufmerksamkeit für Sie, Madame«, hörte sie eine Stimme.

Raffaela gab ein genervtes Geräusch von sich, nahm sich einen Bademantel, zog ihn an und trat zur Tür. Es kam immer wieder mal vor, dass ihr Blumen von Verehrern, Fans, Veranstaltern oder Sponsoren geschickt wurden, manchmal auch Süßigkeiten, ein Obstkorb oder Champagner.

Gelegentlich nahm sie das gerne entgegen und empfand es als eine gewisse Huldigung. Allerdings hatte sie im Moment an so was überhaupt kein Interesse. Die Blumen würden morgen sowieso im Hotel verwelken oder weggeworfen werden, und der Champagner bliebe ungetrunken.

Sie öffnete die Tür und sah jemanden mit einem Rollkoffer vor sich stehen. Der Zimmerservice war es jedenfalls nicht, denn die Person trug eine schwarze Strumpfmaske.

Bevor sie reagieren konnte, schnellte die rechte Hand vor, und etwas stach in ihren Hals, während sich die linke Hand auf ihren Mund presste, um ihren Aufschrei im Keim zu ersticken. Raffaela wurde ins Zimmer gedrängt, stolperte rückwärts, die Tür fiel ins Schloss. Schon im nächsten Moment spürte sie, wie ihr schwindelig wurde. Die Beine gaben nach, und sie stürzte auf den Teppich. Sie wollte etwas sagen, konnte aber nicht, denn die Zunge fühlte sich wie gelähmt an. Das galt auch für den Rest ihres Körpers. Sie wollte sich bewegen, aber es war wie in einem Albtraum, in dem man sich nur in Zeitlupe bewegen konnte. Überall kribbelte es und wurde gleichzeitig taub. Sie hatte keine Ahnung, wie ihr geschah. *Was* ihr geschah.

Der Angreifer blieb stumm und klappte den großen Rollkoffer auf, nahm eine Rolle Klebeband heraus und einige Plastikstreifen, sah sich im Zimmer um und ging zum Bett. Er griff sich Raffaelas Kleid, dann den Bratschenkoffer und kam damit zurück.

Die schwarze Silhouette erhob sich über Raffaela. Es gab ein reißendes Geräusch. Das Klebeband. Dann wurde alles schwarz.

Als sie wieder zu sich kam, konnte sie nicht sagen, wie viel Zeit vergangen war. In ihrem Kopf schwirrte es wie in einem Bienenstock. Alles war dunkel, eng und drückend. Sie konnte kaum atmen. Ein Rumpeln dröhnte ihr in den

Ohren. Es war ein lautes Rollgeräusch. Es gab leichte Erschütterungen. Sie hörte gedämpfte Stimmen. Dann nichts mehr. Sie wollte schreien, rufen, betteln – brachte aber kein Wort hervor. Schließlich folgte erneut das dröhnende Rollen. Dann fuhr ihr Gleichgewichtssinn Karussell. Es gab ein heftiges Rumsen, als sie irgendwo aufschlug. Dann wurde sie wieder bewusstlos. Sie sah immer noch Schwärze, als sie erneut kurz zu sich kam – wie in einem Traum, der unterbrochen wurde und man kurz die Augen öffnete, nur um sie im nächsten Moment wieder zu schließen und erneut wegzudriften. Alles dröhnte und vibrierte um sie herum. Wurde sie mit einem Auto fortgefahren? Wenn ja – wohin, und warum?

Sie wurde entführt, natürlich, das war klar. Von wem? Weshalb? Sie hatte eine Spritze mit einem Betäubungsmittel erhalten. Dann war sie wohl in den Rollkoffer gesteckt worden. Sie spürte die glatte Oberfläche ihres Bratschenkoffers an der Wange. Das Instrument, das ihr so viel bedeutete, war darin. Sie schmiegte die Wange dichter daran, es war tröstend, es war …

Schwärze.

Sie wachte wieder auf, und ihr entfuhr ein Keuchen, als sie mitsamt ihrem Gefängnis wiederum hart aufschlug und heftig durchgeschüttelt wurde. Es holperte, polterte, und sie spürte, dass sie sich wieder etwas bewegen konnte – wenngleich sie sich fühlte, als sei sie zu einem Bündel zusammengeschnürt worden. Es war schwer zu atmen. Ihre Arme, Beine und der Kopf schlugen immer wieder gegen die Innenseiten des Koffers. Es schien schier endlos lange so zu gehen. Sie konnte nicht sagen, ob sie zwischenzeitlich erneut das Bewusstsein verloren hatte. Jedenfalls bekam sie einen weiteren Schlag gegen die Seite, als der Koffer gegen irgendetwas schlug oder auftraf. Dann schnappten die Verschlüsse auf. Der Deckel öffnete sich. Schwaches Licht schien hinein.

Raffaela blinzelte. Eine Person schälte sich aus dem Dunkel. Ein Gesicht. Es wirkte schwarz verhangen. War das die Maske? Oder waren es Haare? Alles war unscharf und wirkte wie bei einem schlecht belichteten Foto. Schließlich wurde das Gesicht deutlicher. Von Dunkelheit umhüllt kam es näher, drängte in den Fokus.

Raffaela keuchte. Sie kannte dieses Gesicht. War das ein Traum? War es ein Albtraum? Phantasierte sie im wachen Zustand? Lag es an den Drogen, oder …

»Hallo, Raffaela«, flüsterte die bekannte Stimme von Kim Ju Lyn, Raffaelas ärgster Feindin.

12

Albin hatte den Sender mit klassischer Musik eingestellt und fuhr an diesem Morgen auf der Schnellstraße in Richtung Avignon. Gar nicht so schlecht, was sich diese Leute damals für eine Musik ausgedacht hatten. Albin hatte allerdings keinen Schimmer, was da gerade lief. Am Ende hörte es sich für ihn irgendwie alles gleich an: Geigen, Klaviere, Streicher, Bläser – klassische Musik halt. Aber es war entspannend, so dahinzugleiten, während kulturell anspruchsvolle Musik aus den Boxen herausperlte, das musste man zugeben.

Albin war unterwegs, um einige Besorgungen im Fachmarktzentrum Avignon Nord / Le Pontet zu erledigen. Der Auchan dort war gigantisch – er hatte bestimmt so viele Kassen, wie der Flughafen Charles de Gaulle in Paris Terminals hatte. Nahm er zumindest an. Er war noch nie in Paris am Flughafen gewesen, aber das mochte sich ja vielleicht schon bald ändern, und dann würde er nachzählen können.

Tyson hatte es sich im Kofferraum bequem gemacht und war im Rückspiegel nicht zu sehen. Albin würde einparken, Tyson herausnehmen und draußen so lange vor dem Geschäft anbinden, bis er fertig mit den Einkäufen wäre. Manon und Veronique hatten ihm eine Liste mit Besorgungen für das Café du Midi gemacht. Was ein bisschen blöd war, denn mit der Gastronomenkarte von Matteo hätte er einfach in einen Großmarkt fahren können.

Andererseits war das Midi nun wirklich kein Fünf-Sterne-Gourmettempel, und man musste beileibe keine Feinkost anbieten. Es ging nur um ein paar Kleinigkeiten wie Croissants zum Aufbacken, Papierservietten und ein paar Packungen Vanilleeis. Sollte sich Matteo doch mit den Quittungen dafür herumschlagen, sobald er wieder fit war, was hoffentlich nicht mehr allzu lange dauern würde. Seine Frau würde ihn bereits heute aus der Klinik wieder abholen, weil er hervorragende Fortschritte machte.

Das riesige Einkaufszentrum war bereits in Sichtweite. Albin setzte den Blinker und fuhr langsamer. Dann stellte er den Blinker wieder aus, gab Gas und fuhr stattdessen geradeaus weiter in Richtung Innenstadt.

Albin warf erneut einen Blick in den Rückspiegel, in dem Tyson immer noch nicht zu erkennen war. Wie denn auch: Die Rücklehne war sehr hoch und der Mops sehr klein. Trotzdem dachte Albin, ein protestierendes: *Wie jetzt, was wird das denn?* von hinten zu hören.

»Was wird was?«

Wieso fährst du nicht zum Auchan?

»Tue ich doch.«

Nein, tust du jetzt gerade eben nicht.

»Weil es Blödsinn wäre. Wenn ich erst die Einkäufe erledige, dann taut das Eis ruck, zuck auf – Isotasche hin oder her. Also kaufe ich besser später ein.«

Sag nicht … Du willst doch jetzt nicht …

»Wie gesagt: Das Eis würde sonst schmelzen. Es wäre dumm, vorher einzukaufen.«

Tyson gab ein Schnauben von sich. Rechts floss die

Rhône, links waren die Stadtmauern. Albin setzte den Blinker.

Ich weiß ganz genau, wohin du willst, Chef.

»Ich auch.«

Und der Supermarkt …

»Da fahren wir natürlich auch noch hin, Tyson. Zunächst aber habe ich hier etwas zu erledigen.«

Von hinten schien Albin ein Seufzen zu hören. Das war immerhin besser als noch mehr Widerspruch – wer ließ sich denn schon von seinem Hund herumkommandieren?

Außerdem war Albin nun mal polizeilicher Berater. Als polizeilicher Berater stand man nicht stundenlang hinterm Tresen oder wischte draußen die Tische ab, während man sich ansonsten zu Tode langweilte. Heute früh nämlich waren die beiden Streifenpolizisten Dodo und Rainier auf einen Kaffee im Midi vorbeigekommen und hatten erzählt, dass das ja ein echt komisches Ding wäre mit den Musikern im Moment. Warum das denn?, hatte Albin gefragt. Und erfahren, dass gestern Abend eine berühmte Bratschistin in Avignon aus ihrem Hotel verschwunden ist. Sie war wie vom Erdboden verschluckt.

Albin hatte seinen Ohren kaum getraut, denn weder Theroux noch Castel hatten ihn darüber unterrichtet. Sie gingen auch nicht ans Telefon, als er sie gleich darauf angerufen hatte. Ja, Theroux hatte sogar die Dreistigkeit besessen, ihn zweimal wegzudrücken. Schließlich hatte Albin gesagt, Manon solle das Café für einen Moment alleine im Auge behalten, weil er Besorgungen machen müsse. Also war er losgefahren, und nun wühlte er sich durch den Verkehr in den engen Straßen der Altstadt, bis er am Ziel war: das Hotel *Le Cloître Saint-Louis.* Weil man auf der anderen

Seite niemals im Leben einen Parkplatz gefunden hätte, bog Albin direkt in die Rue St. Charles ein, wo er auf dem Navigationsgerät ein »P«-Symbol entdeckt hatte, und stellte zu seiner großen Freude fest, dass das Symbol ein Areal kennzeichnete, das Hotelgästen für das Abstellen ihrer Fahrzeuge vorbehalten war. Vor dem automatischen Gitter hielt er an, stieg aus und klingelte. Zustimmend nahm er ein Schild zur Kenntnis, das das Hotel als »Pet friendly« auswies. Also könnte er ohne Probleme Tyson mitnehmen.

Er meldete sich als Albin Leclerc von der Police Nationale Carpentras und wartete einen Moment, bis das Tor geöffnet wurde. Dann stieg er wieder ein und fuhr auf den Parkplatz, wo er sein Auto direkt neben einem Wagen abstellte, den er als den von Theroux und Castel erkannte. Er stieg aus und öffnete die Heckklappe, um Tyson herauszuheben und an die Leine zu nehmen.

Das Hotel verfügte über einen pittoresken Innenhof, der an einen Kreuzgang erinnerte, teilweise jedoch mit modernen Elementen und Glas versehen war. Man konnte an schicken Tischen unter Platanen sitzen und dem Sprudeln eines mit Moos und Algen überwucherten Brunnens lauschen. Es gab außerdem eine Dachterrasse mit Swimmingpool, worauf ein Schild in der Lobby hinwies, in der angenehme Ruhe herrschte und vom Straßenlärm nichts zu hören war.

Albin erkundigte sich, wo sich die Kollegen von der Polizei aufhielten. Die Concierge erklärte ihm den Weg. Er fuhr mit dem Fahrstuhl in den dritten Stock und folgte einem Flur, dessen Boden mit rötlichem Stein belegt war und auf dem Tysons Pfoten beim Gehen klickende Geräusche machten. Die Decke war mit Holzbalken verkleidet.

Links waren Fenster, durch die man in den Innenhof blicken konnte. Rechts befanden sich Zimmertüren. Eine davon war geöffnet, und davor standen zwei Polizisten in Uniform und zwei in Zivil. Albin kannte keinen von ihnen. Sie mussten aus der Stadt stammen, und Albin nahm an, dass Castel und Theroux aus Carpentras entweder hinzugerufen worden waren, weil sie bereits an einem Fall mit einer verschwundenen Musikerin arbeiteten, oder sie hatten sich selbst eingeladen.

Die beiden Uniformierten stellten sich Albin in den Weg. Einer machte eine »Stopp«-Geste, doch bevor er etwas sagen konnte, zückte Albin sein Visitenkärtchen und hielt es ihm vor die Nase.

»Leclerc. Berater der Polizei Carpentras. Theroux und Castel haben mich einbestellt. Sind sie drinnen?« Albin deutete mit dem Kinn auf die offen stehende Tür.

Der Polizist musterte Albin abschätzig. Dann drehte er sich um und ging wortlos in das Zimmer. Einen Augenblick später kam Theroux heraus, sah Albin und gab einen genervten Seufzer von sich.

»Albin«, sagte er, »das kann doch wohl nicht wahr sein. Wieso stehst du nicht im Café und …«

Albin kürzte das Lamento ab. »Hier«, sagte er, drückte Theroux Tysons Leine in die Hand und drängte sich an ihm vorbei.

»Albin! Das geht so nicht!«, hörte er Theroux auf dem Flur rufen, zusammen mit den Worten eines der Polizisten, der sich danach erkundigte, ob er Albin rauswerfen solle, was Theroux aber verneinte. Der Rest ging unter, als Castel sich zu Albin wendete und wortlos die Augen verdrehte. Sie stand mit zwei anderen Personen in Zivil mitten in dem sehr geschmackvoll und modern eingerichteten Zimmer. Albin kannte den Kollegen, der kurz vor der Pension stehen musste: Gérard Macron, der nichts mit dem Präsidenten zu tun hatte, sondern ein Ermittler der Polizei aus Avignon war. Der andere, nun, den kannte Albin ebenfalls.

»Leclerc?«, fragte Staatsanwalt Luc Bonnieux, linste über seine Brille hinweg und schüttelte den Kopf, als wolle er ein Trugbild verscheuchen.

»Höchstpersönlich«, erwiderte Albin, straffte sich in Richtung Bonnieux und fuhr seinen imaginären Abwehrschild hoch, der mit Teflon beschichtet und mit Vaseline gesalbt war, damit alles an ihm abglitt, was jetzt folgen mochte.

»Sie haben hier nichts, aber auch gar nichts zu suchen«, zischte Bonnieux.

Albin ignorierte ihn geflissentlich. »Bonjour, Macron. Hallo, Castel. Ich habe gehört, dass …«

Bonnieux streckte den Finger aus und deutete zur Tür. »Da geht's hinaus, Leclerc!«

»… es schon wieder passiert ist«, fuhr Albin fort und hielt sein Visitenkärtchen gleichzeitig hoch, und zwar direkt vor Bonnieux' Nase, damit er ganz genau lesen konnte, was auf dem Kärtchen stand. Vor einiger Zeit hatte er das sogar persönlich abgenickt.

Macron sagte: »Raffaela Perotti, Bratschistin im Atlantic Ensemble, hat gestern Abend im Papstpalast gespielt, ist von ihren Mitmusikern als vermisst gemeldet worden und aus dem Hotel verschwunden. Normalerweise rücken wir bei solchen Meldungen nicht gleich mit der Kavallerie an. Aber ich hatte von eurem Fall in Fontaine gehört, eins und eins zusammengezählt und mich bei euch erkundigt. Nun stehen wir hier.«

»Es gibt kein *euch*«, sagte Bonnieux und wiederholte: »Leclerc, ich wiederhole: Sie haben hier nichts zu suchen, verschwinden Sie, sonst …«

»Sie sind nervös, Bonnieux. Angst, dass Ihnen die Sache aus den Händen genommen wird?«

»Wie bitte?«

»Ich sehe einen Zuständigkeitskonflikt zwischen Avignon und Ihrem Zuständigkeitsbezirk, richtig? Nur deswegen laufen Sie hier doch persönlich auf.«

»Nun werden Sie mal nicht unverschämt. Außerdem ist das Blödsinn. Wir haben einen Mord als Kapitaldelikt in meinem Bezirk und eine vermutlich entführte prominente Musikerin. *Wir* haben einen Mord. Hier hingegen ist lediglich jemand als vermisst gemeldet worden, wenngleich das Verschwinden von Raffaela Perotti mit dem Verschwinden von Kim Ju Lyn in Zusammenhang stehen könnte. Aber Perotti könnte sonst wo sein und sich entschlossen haben, einfach schon mal vorzufahren.«

»Ohne ihre persönlichen Gegenstände?«

»Faktisch wiegt das Delikt in unserem Bezirk schwerer. Die Ermittlungsleitung liegt daher selbstverständlich weiterhin bei uns. Die Prioritäten sind klar.«

»Sieht das der Kollege aus Avignon auch so?«

»Zischen Sie ab, Leclerc«, brummte Bonnieux, während Macron ein Grinsen unterdrückte und sich zum Fenster umwandte, damit es niemandem auffiel.

Castel sagte: »Ich habe Leclerc eben angerufen und hinzugebeten. Er hatte den Toten in Fontaine aufgefunden, das Verschwinden von Mademoiselle Kim festgestellt und gemeldet sowie wichtige Hinweise zum Wert ihres verschwundenen Instrumentes gegeben.«

Albin warf Castel einen Blick zu. »Fünf Punkte mit Sternchen für diese Lüge zu meinen Gunsten«, sagte dieser Blick.

»Und was soll er jetzt hier?«, fragte Bonnieux.

»Ich wollte, dass er auf dem Laufenden bleibt, und hören, ob er uns weitere Hinweise geben kann.«

Bonnieux lachte auf. »Als ob!«

Albin fragte Castel: »Raffaela Perotti spielt ebenfalls ein kostbares Instrument?«

»Ja«, sagte Castel.

Macron ergänzte: »Wir haben die Mitmusiker gefragt, bevor sie nach Lyon aufbrechen mussten. Eine italienische Bratsche im Wert von zweihunderttausend Euro. Ebenfalls verschwunden.«

»Ist sie zufällig …«

»Ja«, kürzte Castel ab. »Ist sie. Eine Klientin von Rondo Classique.«

»Wer ist das?«, fragte Bonnieux.

»Eine Künstleragentur«, erklärte Albin. »Sollten Sie sich mal genauer ansehen, Bonnieux. Könnte hilfreich sein, damit man Ihnen den Fall nicht aus den Händen nimmt und die Profis ranlässt.«

»Na, jetzt aber raus, Leclerc!«

Albin duckte sich spielerisch, machte eine »Okay«-Geste mit der Hand, drehte sich dann um und ging hinaus, wo Theroux mit Tyson stand und die beiden Uniformierten nach wie vor die Zimmertür bewachten. Theroux hockte gerade auf dem Boden und gab Tyson eine der Minisalamis, die er als Snack immer dabeihatte. Er faltete gerade die Verpackung zusammen und steckte sie in die Hintertasche seiner Jeans, bevor er sich wieder hinstellte und sagte: »Albin, du kannst nicht immer einfach ungefragt auftauchen. Das geht nicht. Ich hatte gehofft, das würde irgendwann mal besser, aber …«

»Wann ist die Perotti verschwunden?«, fragte Albin und nahm Theroux die Leine mit dem schmatzenden Mops am anderen Ende aus der Hand.

Theroux seufzte und erklärte Albin, dass die anderen Ensemblemitglieder heute früh in der Lobby gewartet hatten, um abzureisen, Perotti aber nicht kam. Als sie weder auf Klopfen noch auf Anrufe reagierte, hatten sie sich Sorgen gemacht, und die Hotelleitung hat schließlich das Zimmer geöffnet, das jedoch leer war. Nichts wirkte wie nach einem Kampf, aber sämtliche persönlichen Gegenstände waren noch da, bis auf die Bratsche. Da alle vom Verschwinden von Kim Ju Lyn gehört hatten, machten sie sich Sorgen und verständigten die Polizei.

Dem Vernehmen nach war Raffaela Perotti am Vorabend gegen elf Uhr zurück ins Hotel gegangen, während die anderen noch unterwegs waren. Zwischen diesem Zeitpunkt und acht Uhr heute früh musste sie verschwunden sein, aber es gab keinerlei Hinweise, wie und wohin. Stalker hatte sie angeblich nicht, Feinde – nun ja, sie sei ein schwieriger Charakter, der immer mal wieder aneckte. Gerade an dem fraglichen Abend habe sie im Namen des Ensembles noch jemanden abserviert, der das Quartett mit der Bitte belästigt hatte, seine Kompositionen zu spielen. Ein Mann namens Guerin, der ein bekannter Quälgeist sei.

Albin überlegte, ob der Name ihm etwas sagte. Er kam ihm bekannt vor, doch es fiel ihm nicht ein, woher.

»Niemand hat etwas gesehen?«, fragte Albin.

»Nein. Den Nachtportier haben wir schon gefragt.«

»Macht der auch mal Pause?«

»Ja. Gegen Mitternacht.«

»In der Zeit war keiner am Empfang?«

»Nein, da war er im Personalraum etwas essen. Das würde immer so gemacht. Wenn jemand etwas wolle, dann höre er ja das Telefon, oder ein Gast mache sich anders bemerkbar.«

»Sind die Eingänge abgesperrt?«

»Es gibt einen automatischen Schließmechanismus nach 24 Uhr. Dann kommt man nur noch mit Zimmerschlüssel herein oder muss klingeln.«

»Überwachungskameras?«

»Haben die am Parkplatz und am Haupteingang. Sie werden zurzeit von den Kollegen aus Avignon ausgewertet.«

»Gibt es Nebeneingänge?«

»Ja, zwei. Einen am Nebengebäude und einen weiteren von der Lobby aus. Mir ist nicht klar, wie Kim Ju Lyn aus ihrem Hotelzimmer verschwunden ist, und hier frage ich mich dasselbe. Es hat den Anschein, als wären beide ihrem Entführer entweder freiwillig gefolgt oder mit einer Waffe dazu gezwungen worden.«

»Entweder das«, sagte Albin, »oder sie wurden betäubt oder niedergeschlagen.«

Theroux nickte.

»Ausgeknockt«, fuhr Albin fort, »und dann abtransportiert. Wären sie ihrem Entführer freiwillig gefolgt, dann würden sie ihn kennen.«

»Ja«, sagte Theroux.

»Was mich zu Ramon Catania führt. Und zu der Tatsache, dass kostbare Instrumente im Wert von inzwischen fast einer halben Million Euro verschwunden sind. Habt ihr mit ihm geredet?«

Theroux nickte und brachte Albin auf den Stand der Dinge, berichtete von dem Gespräch mit Catania. Er ergänzte: »Aber wir können ja nicht gleich jeden verdächtigen, der finanzielle Probleme hat.«

Albin sparte sich einen Kommentar.

»Da ist noch etwas«, sagte Theroux. »Die Ensemblemitglieder von Raffaela Perotti haben gesagt, dass sie und Kim Ju Lyn sich kannten. Sie haben einmal zusammen in einem Quartett gespielt, das sich wegen erheblicher Differenzen jedoch vor drei Jahren aufgelöst hat.«

»Interessant«, machte Albin.

»Kim und Perotti hätten sich so dermaßen angezickt, dass die anderen es nicht mehr aushielten und ausgestiegen sind.«

»Wie das bei Künstlern immer so ist. Diven halt.«

»Ja. Aber zwei Musikerinnen, die mal zusammen in einem Quartett gespielt haben, sich spinnefeind waren, beide kostbare Instrumente spielen und beide verschwunden sind …«

»Wie hieß das Quartett?«

»*The London Four*. Die anderen beiden Musiker sind Engländer.«

»Wo sind die jetzt, weiß man das?«

»Der eine spielt in Kanada. Der andere in Tokio. Beide sind zurzeit außer Landes.«

»Hm. Überprüf mal, bei wem *The London Four* unter Vertrag waren.«

»Vielleicht bei Ramon Catania?«

»Guter Mann«, sagte Albin und klopfte Theroux auf die Schulter.

»Allerdings: Falls jemand es auf die kostbaren Instrumente abgesehen hatte – warum hat er die Musikerinnen dann gleich mitgenommen?«

»Guter Gedanke, Theroux. Ihr schafft das schon.« Albin warf einen Blick auf die Uhr. »Ich muss noch ein paar Besorgungen machen und dann zurück ins Café.«

»Wie geht's Matteo?«

»Auf dem aufsteigenden Ast, hoffe ich.«

Damit setzte er sich wieder in Bewegung, ging mit Tyson zurück zur Lobby und sah sich um. Ein- und Ausgang zum Parkplatz, einer im Anbau und einer seitlich der Lobby, überlegte Albin. Dann vermutlich noch ein Lieferanteneingang. Wer von Raffaela Perottis Zimmer ausgehend wieder nach draußen wollte, musste in jedem Fall die Lobby passieren. Gerade war die Concierge auch nicht am Tresen, tat vielleicht irgendetwas im Backoffice. Jedenfalls gab es durchaus eine Möglichkeit, ohne gesehen zu werden das Hotel zu betreten und wieder zu verlassen.

Da war der Ausgang zum Parkplatz, auf dem auch Albins Wagen stand. Unwahrscheinlich, dass dort ein Entführer sein Auto abgestellt hatte, denn es gab die Videoüberwachung, Schranken, Chipsysteme … Dann gab es den Lieferanteneingang, aber der führte ebenfalls auf den Parkplatz. Ein weiterer Ausgang, der zur Straße führte, befand sich im Anbau. Wollte man dorthin, müsste man diverse Flure passieren. Die Mühe würde man sich nicht machen, wenn man es eilig hatte. Blieb der Seitenausgang an der Lobby, den Albin nun ins Auge fasste.

Er ging dorthin, sah sich um, verließ durch ihn das Hotel und fand sich in einer schäbigen Gasse wieder, die im krassen Kontrast zu dem eleganten Hotel stand. Er steckte sich eine Gitanes an und schlenderte einige Schritte mit Tyson, bis er auf den Cours Jean Jaurès gelangte, wo man nirgends ein Auto abstellen konnte – höchstens auf dem Parkplatz vom Finanzamt, und der war umzäunt und augenscheinlich nicht für den Publikumsverkehr erreichbar. Das schied also aus. Dafür konnte man einige hundert Meter nach Süden laufen, wo man zur Porte de la République gelangte, einer von zwei mit Zinnen bewehrten Türmchen in der alten Stadtmauer. Was Albin nun tat und schließlich dort stehen blieb, um seine Zigarette zu löschen und in einem öffentlichen Mülleimer zu entsorgen. Er nahm die Sonnenbrille aus der Brusttasche seines Hemdes, setzte sie auf und sah sich weiter um.

Geradeaus führte der Weg über einen Zebrastreifen auf ein Areal zu, wo es massenweise Parkplätze unter freiem Himmel gab. Dort befand sich der Gare d'Avignon Centre, der Bahnhof. Vom Hotel bis dorthin – das waren keine fünf Minuten Fußweg.

»Was meinst du?«, fragte Albin Tyson in Gedanken.

Möglich, erwiderte Tyson. *Aber da sind überall Überwachungskameras.*

»Ja, aber dennoch besser, als den Hotelparkplatz zu nutzen.«

Können wir jetzt gehen? Mir ist heiß.

Albin nickte.

»Na los«, sagte er, »fahren wir einkaufen.«

13

Albin war gerade damit beschäftigt, die Gefriertruhe im Café du Midi einzuräumen, als das Kläffen von Tyson seine Aufmerksamkeit erregte. Anscheinend war Kundschaft eingetroffen, und Manon war zum Kindergarten gefahren, um dort Clara abzuholen. Er war also alleine.

Nachdem er das Eis aus dem Supermarkt darin verstaut hatte, warf Albin den Deckel der Truhe zu und ging nach vorne zur Bar. In der Eingangstür sah er die Umrisse eines kleinen Mannes gegen die von außen hineinscheinende grelle Sonne. Die Kontur eines Mopses, der am Bein der Figur hing, fügte sich hinzu. Der Mann hob langsam die Hand und richtete etwas auf Albin. Es war zum Glück bloß sein Zeigefinger.

»Warum«, hörte Albin die Stimme von Matteo, »stehen Blumen auf dem Tresen?«

Veronique hatte sie vorbeigebracht, weil sie fand, dass so alles etwas hübscher aussehen würde. Sie hatte sogar vorgeschlagen, kleine Vasen auf die Außentische zu stellen.

»Damit es hübscher aussieht«, erwiderte Albin und ging zur Eingangstür, während er sich die Hände an einem Spültuch trocknete und es auf den Tresen warf.

Matteo brummte, nahm das Spültuch und faltete es zusammen. »In meinem Café«, murmelte er, »stehen niemals Blumen.«

»Dann wurde es aber mal Zeit«, erwiderte Albin, »die Blumen lenken von den Ratten und Kakerlaken hier ab.«

»Ha ha!«, machte Matteo, sah sich um und drängte sich an Albin vorbei in den Vorratsraum, um zu überprüfen, was dort eben vor sich gegangen war. Er öffnete die Tiefkühltruhe, starrte hinein und fragte: »Wer hat denn das viele Vanilleeis gekauft?«

»Ich.«

»Das ist die falsche Sorte.«

»Vanilleeis ist Vanilleeis.«

»Dieses hier ist fast doppelt so teuer. Woher hast du das denn?«

»Auchan.«

Matteo warf die Klappe zu und trat wieder hervor.

»Auchan?«, fragte er mit großen Augen. »Bin ich Krösus und kann mir Eis aus dem Auchan leisten? Ich nehme immer das vom Großhandel, und …«

»Matteo«, sagte Albin und fingerte die zerknautschte Gitanes-Packung aus der Hosentasche. »Bist du von den Toten auferstanden, nur um mir die Ohren vollzujammern?«

»Ich sage nur, dass es das falsche Eis ist.«

»Falls es dich in die Insolvenz treiben sollte, stell es mir in Rechnung, meine Güte.«

»Das sind zehn Packungen, Albin. Die reichen für zehn Jahre!«

Albin machte eine wegwerfende Handbewegung, trat ins Freie, blinzelte in die Sonne und steckte sich eine Zigarette an. Er zog tief durch, stieß den Rauch durch die Nasenlöcher aus und betrachtete Matteo, der etwas umständlich die drei Stufen hinabging. Er hatte sich das Spültuch vom Tresen geschnappt und wischte wie automatisch über einen der Außentische, während Albin rauchte und sich in den Schatten verzog.

»Wie geht's dir?«, fragte Albin.

Matteo gab wieder ein Brummen von sich und lupfte die Augenbrauen. »Sie haben mich mit Antibiotika vollgepumpt. Die muss ich jetzt eine Zeitlang nehmen. Machen einen völlig matschig im Kopf.«

»Den Zustand bist du ja gewohnt.«

Matteo ging darüber hinweg. »Die rammen dir einen Schlauch unten rein, und dann pinkelst du in einen Beutel, läuft automatisch raus. Muss man so lange haben, bis wieder alles durchlässig ist.«

»Autsch«, sagte Albin, dem sich beim Gedanken daran alles zusammenzog.

»Das ist biologisch absolut lächerlich konstruiert, sage ich dir. Diese beschissene Prostata hält deinen Harnleiter wie eine Faust umklammert. Und wenn sie größer wird, drückt sie einerseits den Leiter zu und gleichzeitig gegen die Blase, als ob du einen Finger von unten in einen mit Wasser gefüllten Luftballon piekst. Das sorgt für einen dauerhaften Pinkelreiz, obwohl du immer schlechter pinkeln kannst, weil der gottverfluchte Leiter ja abgeklemmt wird. Und es bleibt immer etwas drin, was sich entzünden kann. Teuflisch.«

Albin paffte und verzog das Gesicht.

»Die haben mir das alles erklärt. Ich bekomme Pillen. Dann geht das wieder. Ist nicht ganz so schlimm. Kann in übleren Fällen über einen Monat dauern, wenn du Pech hast.«

»Wir werden halt nicht jünger.«

»Nein«, sagte Matteo und fuhr sich über den kahlen Schädel. »Trotzdem: Danke fürs Einspringen, auch wenn es mich ruinieren wird und die Gäste in Scharen davonlaufen, weil du alle vergraulst.«

»Du solltest dich noch ein paar Tage schonen.«

»Werde ich. Ich komme ab morgen nur für ein paar Stunden. Die Verwandtschaft hilft jetzt aus.«

Albin fiel ein Stein vom Herzen.

»Und wie geht's dir?«, fragte Matteo. »Alle Vorbereitungen für die Hochzeit abgeschlossen?«

Jetzt war es Albin, der auflachte. »Mir kommt es vor, als würden sie niemals enden. Veronique hat die Sitzordnung erneut verworfen. Dabei sind wir nur etwas mehr als zwei Handvoll Leute. Sie geht wieder und wieder das Menü durch, obwohl alles längst feststeht. Wir waren viermal in Geschäften unterwegs, weil ihr mein Anzug nicht gefiel.«

»Was war an dem falsch?«

»Er ist mehr als zwanzig Jahre alt.«

»Na und? Ich habe Jeans, die sind noch älter.«

»Der Schnitt war wohl nicht mehr modern.«

»Das kommt doch alles irgendwann wieder?«

»Zum Glück haben wir einen gefunden, der Madame zusagte. Dunkelblau. Unglaublich teuer. Hugo Boss.«

»Warum kaufst du nicht einen von einem französischen Hersteller, mein Gott?«

Albin zog an der Gitanes und stieß den Rauch in den kobaltblauen Himmel. »Der von Daniel Hechter passte mir nicht richtig. Die lassen sowieso alle in derselben Fabrik in Vietnam oder Indonesien fertigen. Von daher …«

»Viermal zum Einkaufen wegen einem dämlichen Anzug. Ich würde durchdrehen.«

Albin lupfte eine Braue. »Hast du einen Schimmer, wie oft Veronique wegen ihrem Kleid unterwegs war?«

»Einige Male jedenfalls zusammen mit meiner Frau, so viel steht fest.«

»Dann rechne noch ein paarmal mit ihren Töchtern drauf plus einige Male mit Manon.«

»Du liebe Zeit.«

»Manon hat hier ebenfalls ein wenig ausgeholfen.«

»Ich werde ihr morgen danken.«

»Das geht nicht.« Albin drückte die Gitanes im Aschenbecher aus. »Morgen ist ihr Termin vor Gericht.«

»Dieser Gilles kommt ebenfalls dahin?«

»Ja.«

»Hm«, machte Matteo und steckte das Spültuch in die Hintertasche seiner Jeans. »Um wie viel Uhr ist denn der Termin?«

Albin sagte es ihm.

»Und wo genau?«

Albin sagte ihm auch das und fragte: »Wozu willst du das wissen?«

Matteo winkte ab. »Nur so. Ich dachte, vielleicht sehe ich sie anschließend, um ihr zu danken.«

»Danach fährt sie das Kleid abholen, das sie auf unserer Hochzeit trägt. Es musste umgenäht werden. Sie macht daraus ein ebensolches Geheimnis wie Veronique.«

»Warum veranstalten Frauen ein solches Geheimnis wegen ihrer Kleider?«

Albin zuckte mit den Schultern. »Apropos Geheimnis«, sagte er dann.

»Dein Hochzeitsgeschenk?«

»Nein, etwas anderes.«

»Hast du denn eines?«

Albin knetete seine Finger und nickte langsam. »Ja. Habe ich.«

»Und was?«

»Ist geheim.«

»Meine Güte, du stellst dich vielleicht an.«

Albin sparte sich einen Kommentar und sagte: »Ich habe zwei recht private Fragen, Matteo.«

»Schieß los.«

»In einem Regal in deinem Vorratslager habe ich eine Fantomas-Maske gefunden.« Albin blickte zu Matteo. Matteo blickte an Albin vorbei und schien sich alle Mühe zu geben, ungerührt zu bleiben. Albin fuhr fort: »Geht mich ja nichts an, was du für Fetische auslebst oder Sexspiele damit treibst. Manon hat die Maske ebenfalls gesehen. Nur, dass du es weißt. Du solltest das Ding besser verstecken.«

»Was soll das mit Fetischen zu tun haben, bitte schön?«

Albin zuckte mit den Schultern.

»Das ist eine Karnevalsmaske, und sie ist uralt.«

»Ja klar …«

»Ich treibe keine Sexspiele!«

»Natürlich nicht …«

»Sehe ich aus wie ein Perverser? Wer macht denn so was, setzt sich Fantomas-Masken auf und … Also wirklich, du hast eine kranke Phantasie, Albin! Ist ja abartig.«

Albin sah zu Tyson. Es wirkte, als würde der Hund grinsen. *Abartig*, meinte dieser, *ist höchstens das Bild, das Matteo abgibt, wenn er in Unterhosen dasteht, sich die Maske über den Kopf zieht und dann seine kreischende Frau durchs Haus jagt!*

Albin kniff kurz die Augen zusammen, um schnell das Bild zu verscheuchen. »Wegen der anderen Sache«, sagte er.

Matteo stemmte die Hände in die Hüften und wackelte mit dem Kopf. »Ist da noch etwas, womit du einen gerade aus dem Hospital Entlassenen beleidigen willst, Leclerc?«

»Es ist mehr eine Bitte.«

»Ich höre.«

Albin hustete. »Ich habe da diese Ringe. Für die Hochzeit. Ich suche jemanden, der möglicherweise darauf aufpassen könnte, damit ich sie nicht vergesse, und sie mir beim Standesamtstermin im Rathaus und anschließend in der Kirche …« Albin deutete herum. »Du weißt schon.«

»Du bittest mich, dass ich auf deine Trauringe aufpasse und sie dir dann gebe?«, fragte Matteo und wirkte tatsächlich ein wenig ergriffen.

Albin suchte nach Worten. »Na ja, gewissermaßen. Also quasi. So als … Sekundant.«

»Trauzeuge, meinst du?«

»Was auch immer.«

»Na klar«, sagte Matteo, als handele es sich um den selbstverständlichsten Gefallen der Welt.

»Ich dachte halt …«

»Ich weiß schon …«

»Ist nur wegen der Tradition.«

»Ja, ja«, nickte Matteo, machte eine unbeholfene Geste und klopfte Albin auf den Arm.

»Irgendwer muss ja …« Albin hustete wieder, boxte Matteo spielerisch gegen die Brust.

»Klar«, sagte Matteo und räusperte sich. »Mache ich. Ist Ehrensache.«

14

»... **deine Interessen in allen Ehren**, aber ... ich weiß nicht.«

Castel drehte den Kaffeebecher zwischen den Händen hin und her. Der untere Rand hatte einen feuchten Ring auf dem Tisch des Vernehmungszimmers hinterlassen, das Martinet im Marseiller *Hôtel de Police* an der Rue Antoine Becker gebucht hatte. Castel hatte schon oft in solchen Räumen gesessen, allerdings auf der anderen Seite des Tisches.

Das Zimmer war schlicht eingerichtet, hatte keine Fenster und war nicht klimatisiert. Die Stühle waren unbequem, der Boden fleckig. Niemand wollte, dass sich die Personen wohlfühlten, die man sich hier normalerweise vorknöpfte. Castel wäre jetzt lieber in einem normalen Büro, in dem es nicht nach Schweiß roch und in dem nicht die Temperaturen einer Biosauna herrschten. Aber Martinet wollte der Vernehmung wohl einen offiziellen Anstrich geben, und außerdem gab es hier einen Rekorder und eine Videokamera, um alles aufzuzeichnen.

Auf der anderen Tischseite saßen Martinet und Dennier, beide in hellblauen Hemden mit hochgekrempelten Ärmeln. Sie hatten Schreibblöcke vor sich liegen sowie einen aufgeschlagenen Aktenordner und ein Laptop. Das eingeschaltete Aufnahmegerät stand in der Mitte. Martinet stellte es jetzt aus – fraglos, um eine kurze informelle Unterredung zu führen.

»Cat«, sagte er und lehnte sich etwas vor. Unter seinen Achseln zeichneten sich dunkle Flecken ab.

»Uh«, machte Castel, »werden wir jetzt persönlich?«

Martinet wischte sich übers Gesicht. »Noch mal zum Mitschreiben: Wir haben Vollant, Calvar, Martin und Dombois schon seit einiger Zeit im Visier. Dieser Fall hier ist für uns ein Türöffner, und zwar durch die Hintertür, weil wir für die Vordertür keinen Schlüssel haben. Wir haben uns durch ein paar Berge von Akten gearbeitet, bis wir auf diesen Einsatz gestoßen sind. Und damit alles sauber ist, haben wir diesen Fall und drei weitere zu Lernzwecken über Einsätze der Sondereinheiten an die Polizeischule gegeben und von dort wieder zurückbekommen mit der Begutachtung, dass da was nicht stimmt.«

»Ja.«

»Ist nur Kosmetik, Castel. Die vier sind brandgefährlich, hypernervös, und sie kennen sich aus. Auf diese Weise haben wir eine Story, okay? Und es sieht alles so aus, als sei bei einer Unterrichtseinheit etwas aufgefallen, das eine nachträgliche Routinekontrolle auslöst. Wenn sie ihre Anwälte einschalten, wird niemand annehmen, dass wir ihnen schon seit zwei Jahren am Hintern kleben.«

»Das hast du mir bereits alles erklärt, Martinet.«

»Aber du hast es offensichtlich nicht kapiert.«

Castel trank einen Schluck. Der Kaffee war nur noch lauwarm.

»Ich verstehe lediglich nicht, was du von mir willst.«

Martinet lehnte sich wieder zurück und deutete mit dem Kinn auf die Akte. »Also gut. Gehen wir es noch mal durch. Am 17. April 2014 stürmt um 4.45 Uhr die BRI-BAC das Lagergebäude im Bereich der Cité Félix-Pyat im 3. Arrondissement, und du bist dabei und für die technische Koordination zuständig.«

Castel atmete tief durch und schloss für einen kurzen Moment die Augen. Sie konnte sich in der Tat an den Einsatz erinnern, an die schwüle Hitze im dunklen Überwachungswagen, der am Straßenrand in der Wohnanlage Parc Bellevue stand. Was für ein großer Name für diesen hässlichen und brandgefährlichen Teil der Stadt. Es handelte sich um eine heruntergekommene Ansammlung von Wohnblocks mit zehn und mehr Geschossen aus den sechziger Jahren. Mit Satellitenschüsseln und Wäscheleinen gespickte Balkone reihten sich aneinander.

Mittendrin befand sich aus gutem Grund ein kleines Département der Police Nationale, das auf Castel wie das von Römern umzingelte gallische Dorf von Asterix und Obelix gewirkt hatte. Die Straßen zwischen den Gebäuden waren eng und mit Sperrmüll oder Abfallcontainern und parkenden Autos zugestellt, die Wände mit Graffiti und Gangtags besprüht. Die Hitze staute sich hier zu jeder Uhrzeit, und wenn man auf diesen Straßen nicht zu Hause war und nicht in der Cité lebte oder hier niemanden kannte, auf den man sich berufen konnte, dann hielt man sich am besten von ihnen fern, um nicht überfallen, zusammengeschlagen oder niedergestochen zu werden.

Martinet redete weiter. »In dem Gebäude sind Orientteppiche gelagert, die drei Tage zuvor am Hafen angekommen sind. Sie stammen aus Afghanistan. Die Teppiche sind mit verflüssigtem und wieder getrocknetem Heroin getränkt. Vier Verhaftungen werden vorgenommen. Die

Brigade teilt sich in zwei Gruppen auf. Die eine Abteilung sichert das Untergeschoss des Gebäudes. Martin, Vollant und Calvar sind in der zweiten Gruppe, die nach oben geht. Dort kommt es zu einem Schusswechsel, bei dem zwei Personen verletzt und verhaftet werden. Martin, Vollant und Calvar stoßen auf ein mobiles Labor, in dem die Lösung aus den Teppichen gewaschen wird. Sie finden außerdem zwei Kilogramm Heroin, vier Kilogramm Kokain und zwei Kilogramm Rohopium in drei Sporttaschen. Eine vierte Tasche geht leer in die Asservatenkammer.«

Martinet spielte noch einmal die Aufnahmen von den Bodycams der Einsatzkräfte ab. Martin, Vollant und Calvar trugen allesamt die schwarze Kampfkluft und waren nicht zu identifizieren. Die Aufnahmen waren verrauscht, dunkel, hektisch. Man hörte blechernes Rufen und Schreien. Die Bodycam von Calvar zeigte schließlich, wie die anderen beiden vier Sporttaschen unter einem Tisch hervorzogen und öffneten. Dann wandte sich die Cam ab und zeigte die beiden Verletzten auf dem Boden, denen Calvar dann die Hände mit Kabelbindern auf den Rücken band. Etwa eine Minute später sind dann wieder Martin und Vollant zu sehen, die mit den Taschen hantieren. Zwei andere Clips zeigten Bilder der anderen beiden Bodycams, die zwischendurch jeweils auf Calvar gerichtet waren, der die Verhafteten dingfest machte. Danach waren wieder die Taschen zu erkennen.

Martinet stoppte die Aufnahme und tippte mit der Fingerspitze auf ein Foto in der Aktenmappe. Es zeigte vier Sporttaschen. Drei waren mit in Zellophanfolie verpackten Drogen gefüllt, die auf einer weiteren Aufnahme vor den Taschen gestapelt waren. Alles war akkurat dokumentiert.

Martinet sagte: »Auf den Bodycam-Aufnahmen sieht man an der Körperhaltung von Martin und Vollant, dass die Taschen alle in etwa das gleiche Gewicht haben. In der leeren wurden außerdem Rückstände von Heroin gefunden. Bei der Vernehmung hatten die Festgenommenen von einer größeren Menge an Drogen gesprochen, als sichergestellt wurde. Sie haben Notizen von Wiegevorgängen gemacht, die die Annahme stützen, dass ursprünglich mehr da war. Wir reden von fast zwei Kilogramm Heroin. Folglich stellt sich die Frage, ob sich Martin, Vollant und Calvar den fehlenden Inhalt zum Beispiel in die Einsatzkleidung gesteckt haben, jeder drei Päckchen von einem halben Pfund. Sie könnten dazu die Zeit genutzt haben, in der die Cams nicht auf die Taschen gerichtet waren, vielleicht absichtlich nicht. Falls das so war, müssen sie das vorher abgesprochen haben, denn so reagiert man nicht spontan. Es geht also um ein planvolles und eingeübtes Vorgehen, und man kann unterstellen, dass das vielleicht nicht nur einmal passiert ist. Womöglich geschah es später erneut, als Dombois das Trio innerhalb der Brigade unterstützte. Das ist unser Ansatz.«

»Bei solchen Einsätzen«, sagte Castel, »geht es schon mal drunter und drüber. Ich kann mir nicht vorstellen, dass sie sich etwas vom Heroin abgezweigt haben.«

»Aber es ist denkbar?«

»In dem kurzen Zeitraum, der nicht von den Cams überwacht wurde, hätte alles Mögliche passieren können.«

»Eben«, sagte Martinet. »Und sie haben einen Fehler gemacht. Bewusst oder unbewusst.«

»Es passieren Fehler. Die Einsatzkräfte sind randvoll mit Adrenalin. Vor allem, wenn geschossen wird.«

»Du bist nicht hier, um sie zu verteidigen, Castel. Das Fehlverhalten hätte auch der Internen bei einer Überprüfung auffallen können, war aber nicht so. Auch der Pflichtverteidiger der Verhafteten hatte sich nicht darum gekümmert und es vielleicht nicht einmal bemerkt. Es ist eine Kleinigkeit. Kinderkram. Und wie gesagt: Ob etwas dran ist oder nicht, spielt überhaupt keine Rolle. Wir wollen etwas anderes von den Scheißkerlen, und wir haben hier einen Hebel, um anzusetzen und sie uns vorzuknöpfen, okay?«

Castel hatte die Nase voll. Ihr ging das hier auf die Nerven. Sie wollte es endlich hinter sich bringen und Martinet am besten nie wiedersehen.

Sie sagte: »Was willst du, Martinet?«

»Ich will die Bestätigung, dass bei diesem Einsatz alles so gelaufen ist, wie es aktenkundig ist, und dass Martin, Vollant und Calvar einen Fehler gemacht haben, indem sie nicht sofort den Inhalt aller vier Taschen dokumentiert haben.«

»Das ist alles?«

»Das ist alles.«

Castel beugte sich vor und stellte das Aufnahmegerät wieder an. Sie nannte das Datum, die Uhrzeit und den Ort, an dem sie sich aufhielt, und sagte: »Fortsetzung der Befragung von Capitaine de Police Caterine Castel. Ich habe keinen Zweifel daran, dass bei dem fraglichen und von mir koordinierten Einsatz alles so gelaufen ist, wie es aktenkundig ist. Gemäß der Vorschriften hätte der Inhalt der Taschen nach dem Auffinden dokumentiert werden müssen, was aus den Aufnahmen der Bodycams nicht eindeutig hervorgeht.« Sie stellte das Gerät wieder aus. »Zufrieden?«, fragte sie Martinet und Dennier.

»Perfekt«, sagte Martinet und lächelte.

»Sind wir dann quitt?«

»Das sehen wir dann, Cat.«

»Inwiefern?«

»Wir haben einige weitere Einsätze, bei denen die Bodycams der drei auf ähnliche Art und Weise abgewendet wurden. Für diese Fälle hätte ich ebenfalls gerne gleichlautende Bestätigungen von dir.«

»Du kannst mich mal. Wir haben von *einem* Fall gesprochen!«

»Es sind inzwischen weitere aufgetaucht. Und sagen wir mal so, Castel: Du hast im Überwachungswagen gesessen und die Aufnahmen auf den Monitoren verfolgt. Man könnte sich fragen, ob du die Augen verschlossen hast.«

»Das ist nicht dein Ernst?«

Martinet zuckte mit den Schultern. »Ich sage nur, was sich eine interne Ermittlungsgruppe eventuell fragen könnte.«

»Der Einsatzleiter hat gemäß dem Protokoll den Zugriff um 4.52 Uhr für beendet erklärt. Die fraglichen Cam-Aufnahmen haben den Zeitstempel von 4.55 Uhr. Damit bin ich raus aus dem Geschäft.«

»Mag sein. Oder auch nicht. Bestätige mir die anderen Fälle, *dann* bist du verlässlich raus. Und vergiss nicht, worum es hier geht. Diese Typen sind brandgefährlich, und sie haben etwas in der Pipeline. Du hilfst uns, womöglich etwas Schlimmes zu verhindern.«

Castel wäre am liebsten über den Tisch gesprungen und hätte Martinet den Hals umgedreht. Aber sie wusste es besser. Sie wusste, dass Martinet ihr tatsächlich Schwierigkeiten machen konnte, wenn er es darauf anlegte. Sie glaubte zwar nicht, dass es wirklich ernsthafte Probleme geben würde. Aber sie war kein unbeschriebenes Blatt und wollte sich jeden erdenklichen Ärger ersparen.

Abgesehen davon schien an der Sache ja etwas dran zu sein. Es war gut möglich, dass die drei sich über einen längeren Zeitraum hinweg kleinere Mengen abgezweigt und so nebenbei etwas dazu verdient hatten. Außerdem glaubte die DGSI nach Martinets Worten, dass sie zu einer rechten Gruppierung gehörten, die dabei war, eine Miliz aufzubauen und irgendwelche gefährlichen Dinge zu planen. Martinet mochte ein ekelhafter Windhund sein. Aber er war sicherlich kein Lügner und außerdem ein guter Polizist, der ihr einmal das Leben gerettet hatte.

Sie seufzte. »Okay«, sagte sie und nickte.

»Ausgezeichnet«, erwiderte Martinet.

Schließlich gingen sie die anderen Fälle durch. Tatsächlich war erneut mit den Bodycams herumgetrickst worden. In einem anderen Fall waren in einem Geschäft Überwachungskameras von den dreien manuell ausgestellt worden. Sie hatten zu Protokoll gegeben, dass sie die Kameras deswegen deaktiviert hatten, damit keine Zielperson Live-Aufnahmen auf einem Handy verfolgen und Dritte warnen könnte. Inzwischen hatte auch Castel keinerlei Zweifel mehr daran, dass Martin, Vollant und Calvar irgendetwas am Laufen hatten.

»Sind wir jetzt fertig?«, fragte Castel eine Dreiviertelstunde später.

»Vorerst sind wir das.«

»Wieso vorerst?«

Martinet sagte: »Falls ich dich noch mal brauche, rufe ich dich an.«

»Noch mal?«

Martinet zuckte mit den Schultern und lächelte. »Wer weiß?«

Castel stand unwirsch auf und stieß den Stuhl von sich. »Fick dich, Martinet.«

»Nur, wenn du mitmachst.«

Castel zeigte Martinet den Mittelfinger und verließ den Vernehmungsraum. Sie lief die Treppen hinab und trat schließlich ins Freie, wo sie einige Male tief durchatmete, sich Luft zufächelte und zum Auto ging, um wieder nach Carpentras zurückzufahren.

Den dunklen BMW mit den getönten Scheiben, der in einigem Abstand parkte und in dem zwei Männer mit kahlgeschorenen Schädeln und Sonnenbrillen saßen, bemerkte sie nicht.

15

Gargas war ein kleiner Ort im Luberon und lag in der Nähe von Roussillon, das für seine Ockersteinbrüche berühmt war. Gargas verfügte ebenfalls über eine Sehenswürdigkeit, die mit dem Ocker zu tun hatte: die Minen von Bruoux. In Roussillon hatten sich die Arbeiter über Jahrhunderte, vielleicht sogar Jahrtausende hinweg im Tagebau durch den Ocker gefräst, um Pigmente zu gewinnen. Sie hinterließen von gelb bis rot schillernde, pittoreske Canyons, die jährlich von Zehntausenden Touristen besucht wurden.

Bei Gargas hingegen hatten sich die Bergleute erst von Mitte des 19. bis Anfang des 20. Jahrhunderts in den Berg hineingegraben. Eine Sehenswürdigkeit waren die Minen allemal. Die gelbbraunen Ockerfelswände bildeten ein Massiv unter den Pinien und dem blauen Himmel. Wenn man davorstand, kam man sich fast vor wie an den Felskapellen im jordanischen Petra. Hohe Eingänge führten in ein vierzig Kilometer langes Labyrinth mit teilweise fünfzehn Meter hohen, unterirdischen Kathedralen, die man in Führungen besichtigen konnte.

Aber Albin hatte an den Ockerminen kein Interesse. Ihm war vielmehr am Veranstaltungsbüro des *Luberon International String Quartet Festival* gelegen, das seine Adresse in Gargas hatte.

Der silberne SUV rollte durch das Dorf, dessen Hauptstraße links und rechts mit Häusern und Geschäften gepflastert war. Er bog nach links ab, passierte eine Toreinfahrt und steuerte durch einige kleinere Straßen, bis er schließlich sein Ziel erreicht hatte. Er parkte und stieg aus, um Tyson aus dem Kofferraum zu heben. Das Anleinen sparte er sich. Er klingelte und wartete vor der Glastür mit dem kleinen Werbeschild vom Festival, bis eine Frau in Manons Alter mit kurzen, blonden Haaren und runder Le-Corbusier-Brille öffnete und Albin fragend ansah. Er hielt seinen alten Polizeiausweis hoch und verdeckte das längst abgelaufene Datum mit dem Daumen – eine inzwischen routinierte Handbewegung.

»Leclerc, Polizei Carpentras«, stellte er sich vor. »Ich habe ein paar kurze Fragen an die Festivalleitung.«

Die Frau blickte zwischen Albin und Tyson hin und her, der es sich neben Albins ausgelatschten, staubigen Sneakers bequem gemacht hatte und freundlich nach oben schaute.

»Ja?«, fragte sie und blinzelte irritiert. »Die Polizei? Worum geht es denn?«

Albin steckte den Ausweis wieder ein. »Um den Vorfall bei Fontaine-de-Vaucluse, den Mord an dem Lebensgefährten von Mademoiselle Kim Ju Lyn und ihr Verschwinden. Es kam inzwischen zu einem weiteren Vorfall in Avignon – kein Mord, aber die Bratschistin Raffaela Perotti wird vermisst. Ihr Instrument ebenfalls.«

Die Frau schlug sich die Hand vor den Mund und machte große Augen. »Um Himmels willen«, keuchte sie dann. »Aber … Kommen Sie doch bitte herein. Mein Name ist Nadine André. Ich bin zwar nicht die Festivalleiterin, aber ich kümmere mich um die Organisation.«

Albin nickte und folgte ihr ins Innere des Büros, in dem zwei mit Computern bestückte Schreibtische standen. Die Wände waren mit Plakaten von vergangenen und kommenden Konzerten bestückt. Die meisten zeigten Ensembles mit klassischen Instrumenten. Viele Bilder hatten überhaupt nichts mit Albins Vorstellung von klassischen Musikern zu tun, die sich ernsthaft mit Frack und Fliege in dunklen Orchestergräben der schweren Muse hingaben. Nein, hier waren junge Leute in schicken Anzügen zu sehen und attraktive Frauen in tollen Kleidern, die in Landschaften, vor Gebäuden oder in Studios fotografiert waren, als hätten sie für die Vogue Modell gestanden. Es schien so, als müsse er mit seinen Klischees von der klassischen Musik mal gründlich aufräumen.

»Wie kann ich Ihnen denn weiterhelfen?«, fragte Nadine André.

»Mademoiselle Kim hat separat von den anderen Musikern gewohnt, die zusammen in einem Hotel untergebracht waren. Ist die Buchung über das Festivalbüro gelaufen?«

»Ja, das mache ich. Ich buche die Unterkünfte für alle unsere Ensembles, das Catering, die Technik …«

»Ist sie denn zusammen mit ihrem Lebensgefährten angereist? Gab es deswegen die Buchung in einer anderen Unterkunft für sie?«

Nadine André blähte die Backen und dachte nach. »Es gibt so viel zu organisieren, da merke ich mir nicht alle Details, aber …« Sie tippte mit dem Zeigefinger an ihre Lippen, ging dann um den Schreibtisch herum und rief irgendetwas am Computer auf.

Tyson gab ein Geräusch von sich und stupste an Albins

Unterschenkel. *Du überlegst*, schien er sagen zu wollen, *wer davon gewusst hat, wo Kim Ju Lyn untergebracht war?*

»Richtig«, erwiderte Albin in Gedanken. »Darüber – und wie jemand in Erfahrung gebracht haben könnte, wo sie wohnte. Dasselbe frage ich mich hinsichtlich Raffaela Perotti, wenngleich sie ja bei einem anderen Festival aufgetreten ist, aber das klären wir gleich noch.«

Fans bringen alles Mögliche über ihre Idole in Erfahrung. Das kennst du doch aus dem Fernsehen, wenn die die Hotels der Stars umlagern.

»Ja. Schon. Trotzdem. Das ist ein Stochern im Nebel. Aber manchmal erwischt man was.«

»Meine Güte«, sagte die junge Frau zu sich selbst und ließ die Finger über die Tastatur flitzen, »jetzt blockiere ich dich aber!«

»Pardon?«, fragte Albin.

»Oh, Entschuldigung, nichts weiter.« Sie machte eine Geste, als wolle sie eine Fliege verscheuchen. »Nur ein lästiger Mensch, der uns andauernd mit E-Mails bombardiert. Ein Komponist, der seine Werke anbieten will.«

»Aha«, machte Albin und legte den Kopf leicht in den Nacken und dachte: Ach. Ach der. Genau, das war der Mann, den Bouyer erwähnt hatte. Auch Theroux hatte von dem Mann gesprochen. »Ist der Name …«

»Cédric Guerin. Kennen Sie ihn?«

»Ich habe den Namen gehört im Zusammenhang mit seiner Aufdringlichkeit, mehr nicht.«

»Es gibt freundliche Menschen, die sich bewerben oder ihre Arbeiten anbieten, wenngleich wir da nichts für sie tun können. Und es gibt welche, die einem sehr auf die Nerven gehen.«

»Und er gehört zu letzterer Sorte?«

»Ja. Und jetzt fällt mir wieder ein, wie das mit den Buchungen war. Ich hatte kurz in die E-Mails schauen wollen«, sagte Nadine André und sah Albin an. »Das war ein ziemliches Hin und Her. Ich hatte erst ein Hotel für das gesamte Ensemble gebucht, dann aber die Bitte erhalten, für Mademoiselle Kim eine andere Unterkunft zu suchen. Dann hieß es kurzfristig, ihr Lebensgefährte würde sie begleiten, worauf es nochmals eine Umbuchung gab.«

»Warum wurde das denn nochmals umgebucht? Sie hatte doch schon eine eigenes Zimmer?«

»Der erste Umbuchungswunsch kam über ihre Agentur, über Monsieur Catania. Der zweite kam über die Musikerin persönlich per E-Mail, weshalb ich den ersten Auftrag storniert habe und dann den zweiten gebucht. Darauf hat sich die Agentur bei mir gemeldet und nachgefragt, was das mit der Umbuchung solle. Ich habe es Monsieur Catania dann erklärt, und er meinte dann überrascht: Ach so, das habe er ja gar nicht gewusst.«

»Catania hat also ein Zimmer für sie gebucht – nicht in dem Hotel, in dem das ganze Ensemble untergebracht werden sollte?«

»Ja. Er hat auch Blumen für das Zimmer geordert sowie nach dem Konzert Champagner und einen kleinen Imbiss.«

Albin kratzte sich am Kinn.

Nadine André nickte leicht, kaute auf der Unterlippe und sagte: »Vielleicht … plante Catania eine kleine private Feier.«

Albin nickte und hörte, wie Tyson wieder das Wort ergriff. *Erinnerst du dich daran, dass Bouyer Andeutungen gemacht hatte, dass dieser Catania sich manchmal mit seinen Musikerinnen einlässt?*

Albin erinnerte sich.

Vielleicht hat er ein Tête-à-Tête mit Kim Ju Lyn geplant, aber nicht damit gerechnet, dass sie ihren Freund mitbringt. Und sie hat dann eine Umbuchung auf eine Catania-freie Zone veranlasst. Vielleicht hatte sie ja selbst nicht damit gerechnet, dass ihr Freund mitkommt. Es war so kurzfristig, dass sie Catania nicht informieren konnte, der von den neuen Fakten überrascht war. Wer weiß.

Albin nickte.

Er wandte sich an Nadine André: »Wer würde denn wissen, in welchen Hotels die Musiker untergebracht sind?«

»Die Festivalleitung. Die Hoteliers. Sponsoren, Veranstalter. Wie andere Festivalbüros arbeiten wir für gewöhnlich stets mit denselben Hotels und Gastronomen zusammen. Sie werden in den Programmhinweisen auch als offizielle Partner genannt. Also: Geheim ist das nicht.«

Albin nickte erneut. Er deutete mit dem Kinn auf ein Plakat, das dem Datum nach ein kurz bevorstehendes Konzert ankündigte. Es zeigte drei Männer in lässiger Kleidung, die mit ihren Instrumenten in einem Kornfeld standen, über dem sich ein spektakulärer Himmel spannte. Etwas weiter vorne stand eine sehr attraktive Brünette in einem flammend roten Kleid und blickte herausfordernd in die Kamera.

»Gibt es noch viele Events im Rahmen Ihres Festivals?«, fragte Albin.

Nadine André drehte sich um und schaute dann auch auf das Plakat. »Oh, die *Hieronymus Strings* – aber ja, das wird ein großartiges Konzert werden. Wir bespielen häufig

Kirchen oder Klöster in der Umgebung, und dieses Mal ist es uns tatsächlich gelungen, die Abbaye de Sénanque für ein Gastspiel gewinnen zu können.«

Notre-Dame de Sénanque – das Zisterzienserkloster aus dem 12. Jahrhundert nahe Gordes lag inmitten von Lavendelfeldern, die von den Mönchen bewirtschaftet wurden. Es war längst zu einem Wahrzeichen der Region Vaucluse avanciert.

Sie erklärte weiter. »Die *Hieronymus Strings* gehören zu den internationalen Topkammermusikensembles, kennen Sie die?«

»Nie gehört.«

»Sie haben sich in der relativ kurzen Zeit ihres Bestehens diesen Rang erspielt. An ihrer Spitze steht eine Französin, die großartige Violinistin Xenia Bonnet. Falls Sie Interesse haben, könnte ich Ihnen durchaus eine Karte reservieren.«

»Oh, sehr freundlich, aber im Moment habe ich wirklich wenig Zeit.«

Nadine André nickte.

Albin wandte sich zum Gehen, drehte sich dann aber noch einmal kurz zum. »Ach, eine Frage noch: Die Violine, die Xenia Bonnet da in den Fingern hält, ist sicher sehr teuer, oder?«

Nadine André lächelte und nickte. »Von einem Stradivari-Schüler«, erklärte sie. »Allerdings spielen ihre Mitmusiker ebenfalls herausragende Instrumente. Das will also nichts heißen – und dann kommt es ja immer noch darauf an, wie gut jemand spielt. Der Cellist John Franklin zum Beispiel ist ebenfalls sehr renommiert.«

»Ist das eigentlich die klassische Besetzung? Drei Geigen und ein Cello? Ich habe das inzwischen schon häufiger gesehen.«

»Erste und zweite Violine, die Viola beziehungsweise Bratsche und das Cello, ja, das ist sehr klassisch für ein Kammermusikquartett.«

»Wird das Ensemble eigentlich auch von der Agentur *Rondo Classique* vertreten?«

»Das ist der Fall, Monsieur. Ramon Catania hat viele renommierte Ensembles und Solisten in seiner Agentur versammelt. Er übernimmt auch Buchungen als Subagentur für den europäischen Markt bei Künstlern, die aus Übersee kommen und zum Beispiel bei amerikanischen oder japanischen Agenturen unter Vertrag sind.«

Albin lächelte zurück und nickte der jungen Frau zu. »Wenn ich es mir recht überlege«, sagte er, »habe ich an dem Tag doch noch nichts vor. Eine Karte für mich wäre wirklich ganz reizend.«

16

Eine knappe Stunde später parkte Albins SUV in Avignon vor dem dortigen Festivalbüro an der Ecke Boulevard Saint-Michel/Avenue des Sources. Er erkundigte sich dort ebenfalls nach Hotelbuchungen und wer davon wisse – und hörte erneut den Namen Guerin, der sehr lästig und eine wahre Plage sei. Er habe sich nach dem Gastspiel von Raffaela Perottis Quartett sogar in den Backstage-Bereich geschlichen, um den Musikern eine Komposition zu übergeben und sich von Perotti eine ziemliche Abfuhr geholt – und die wisse gut, wie man die verteile.

Schließlich verließ er das Büro, schlenderte mit Tyson zurück zum Bahnhof, wo er geparkt hatte, kaufte zwei Vanille-Erdbeer-Eis am Kiosk und setzte sich unter die Platanen auf dem Vorplatz auf eine Bank in den Schatten. Er löste das Eis aus der Verpackung, legte Tyson eines hin, aß das andere selbst und betrachtete das rege Treiben am Gare D'Avignon Centre. Autos fuhren in die Tiefgarage und aus ihr heraus, andere suchten Parkplätze, Rucksackreisende kamen an oder betraten das Terminal.

Als er sein Eis mitsamt Waffel aufgegessen hatte, schlabberte Tyson immer noch an seinem herum. Albin griff in die Hosentasche, zog sein Handy und eine zerknautschte Packung Gitanes heraus, zog die gebogene und leicht geknickte Zigarette mit den Fingern gerade und zündete sie sich an. Vielleicht sollte er sich doch bald mal eine Umhängetasche aus Leder zulegen, mit denen viele junge Geschäftsleute oder Hipster herumliefen. Es sah zwar nicht sehr männlich aus, fand er, aber praktisch waren die Dinger mit Sicherheit. Er paffte eine weiße Wolke in den Himmel, schaute dem Rauch hinterher und fragte Tyson in Gedanken, warum, zum Teufel, noch keinerlei Lösegeldforderung für Kim Ju Lyn oder Raffaela Perotti vorlag oder ein Erpresserschreiben bezüglich der Instrumente.

Drei Möglichkeiten, erwiderte Tyson zwischen Schlabbern und Schlürfen. *Erstens: Die Frauen sind ermordet worden, und die Instrumente werden an irgendwelche Sammler verkauft. Zweitens: Der oder die Entführer sind noch nicht dazu gekommen, eine Forderung zu stellen. Drittens: Es geht um etwas ganz anderes.*

»Was wäre das Motiv – wenn nicht Geld?«

Keine Ahnung. Wer ist denn der Commissaire hier? Ich oder du?

»Wenn er sie entführt hat, dann muss es einen Ort geben, an dem er sie festhält. Es ist nicht einfach, mehrere Gefangene auf einmal zu haben. Wenn es ein Einzeltäter ist, dann muss er damit rechnen, dass die Gefangenen in der Mehrheit sind und ihn angreifen könnten, um sich zu befreien. Es wird ein verlassener Ort sein. Wenn er sie über mehrere Tage festhält, benötigt er außerdem etwas Infrastruktur: Nahrung, Wasser, eine Toilette. Er wird sie nicht rund um die Uhr überwachen können.«

Ich glaube ja, erwiderte Tyson und schleckte sich die Lefzen, *es ist eben doch drittens.*

»Und was wäre drittens genau?«

Wie gesagt: Du bist der Commissaire. Ich bin nur ein dummer Hund.

Albin grinste, stieß den Rauch durch die Nasenlöcher aus und nahm das Handy. Er rief den Internetbrowser auf und gab einen Namen in die Suchleiste ein. Einen Moment später öffnete er das Bilderverzeichnis von Google – und erkannte unter dem Suchbegriff Cédric Guerin den hageren Kerl, den er am Konzertabend in Fontaine-de-Vaucluse beinahe umgelaufen hätte. Er suchte weiter und gelangte schließlich auf eine Homepage, auf der der Komponist und Cellist sich und seine Arbeiten in den höchsten Tönen anpries, außerdem eine Auflistung der Wettbewerbe, die er schon gewonnen hatte.

Schließlich schloss Albin den Browser und rief Castel an, die sich reichlich genervt anhörte und so klang, als sitze sie gerade im Auto.

»Sind Sie gerade unterwegs?«, fragte Albin.

»Bin ich.«

»Wo denn?«

»Auf der Autobahn.«

»Was machen Sie denn da?«

»Spielt das irgendeine Rolle, Albin? Ich bin halt gerade auf der Autobahn unterwegs, wen interessiert's?«

»Sie müssen sich um ein paar Dinge kümmern.«

»Sagt wer?«

»Meine Güte, sind Sie schnippisch. Sie sind mir lieber, wenn Sie mit mir flirten, Castel!«

Er hörte sie lachen. »Träumen Sie weiter.«

»Ich weiß genau Bescheid, meine Liebe, aber Sie haben keine Chance bei mir, Sie sprechen mit einem bald verheirateten Mann.«

Sie lachte wieder. »Ich bin sogar zur Hochzeit eingeladen, wissen Sie das?«

»Ich weiß. Sie brauchen auch nichts Aufreizendes anzuziehen. Das wirkt bei mir nicht.«

»Albin – weswegen rufen Sie mich an?«

»Sind Sie jetzt besser gelaunt?«

»Minimal. Ich hatte gerade einen schwierigen Termin in Marseille.«

»Aha«, machte Albin und dachte sich seinen Teil. Dann berichtete er von seinen Besuchen in den Festivalbüros und was er über Kim Ju Lyn, Ramon Catania und Raffaela Perotti gehört hatte.

Castel fragte: »Hatten Kim und Catania etwa eine Affäre?«

»Möglicherweise. Es klingt etwas danach. Ein eigenes Zimmer abseits der anderen Musiker, Champagner … Könnte sein. Kim spielte übrigens mal mit Perotti zusammen in einem Quartett. Und Perotti ist ebenfalls bei Catania unter Vertrag. Das kommt mir alles recht auffällig vor.«

»Falls sie vielleicht eine Affäre hatten und es zudem eine Verbindung von Kim zu Perotti gibt, dann haben wir einen hinreichenden Anlass, uns Catania noch mal vorzuknöpfen.«

»Ich frage mich nur …«, meinte Castel.

»… was das Motiv sein könnte«, ergänzte Albin.

»Ja.«

»Keine Ahnung. Da ist noch etwas. Ich sitze gerade am Bahnhof in Avignon. Ihr solltet euch die Videoaufnahmen der Überwachungskameras vom Parkplatz und der Tiefgarage aus der Nacht ansehen, in der Perotti verschwand. Vielleicht hatte der Entführer hier sein Auto abgestellt.

Ich würde es annehmen, weil es in der Nähe des Hotels keine Parkmöglichkeiten gibt. Außerdem solltet ihr euch beim Papstpalast umhören. Sicher gibt es dort Kameras an den Kassen. Vielleicht war der Entführer zuvor beim Konzert.«

»Okay.«

»Perotti hatte an dem Abend außerdem Streit mit einem Mann namens Cédric Guerin.«

»Wer ist das?«

Albin erklärte es und ergänzte, dass er Guerin auch bei dem Konzert in Fontaine-de-Vaucluse gesehen hatte.

»Ist es nicht ganz normal«, fragte Castel, »dass Musikinteressierte aus der Region hier Konzerte von renommierten Musikern besuchen? Zumal jemand, der seine Werke gespielt wissen will? Vielleicht haben solche Fans sogar Konzertabos.«

»Ja«, sagte Albin. »Aber …«

»Ich denke, wir konzentrieren uns zunächst auf Catania. Ist plausibler.«

»Morgen gibt es wieder ein großes Konzert mit einer renommierten Musikerin. In der Abtei von Sénanque.«

»Oh?«

»Sie spielt ein wertvolles Instrument.«

»Verstehe«, sagte Castel. »Ich sehe, was ich tun kann. Wir reden mit den Veranstaltern und sorgen für Polizeipräsenz. Darauf wollten Sie doch hinaus?«

»Unter anderem.«

Albin hörte die Glocken der Kathedrale schlagen. Verdammt, dachte er und sprang auf.

»Castel – ich muss jetzt das Gespräch beenden. Ich habe einen wichtigen Termin.« Bevor Castel noch etwas sagen konnte, hatte er sie schon weggedrückt. »Los, Tyson«, sagte er, hob den Mops an und klemmte ihn sich unter den Arm. »Wir sind spät dran!«

Und lief los zum Auto. Zum Glück war es nicht weit.

17

Ramon Catania saß gerade auf der Terrasse und gönnte sich einen kleinen Snack mit frischer Salami, würzigem Käse und einem Gläschen Wein. Es war ein prächtiges Haus. Er hatte es günstig erworben – ein altes Gehöft, das er aufwendig hatte sanieren lassen. Der Stil lag irgendwo zwischen provenzalischem und toskanischem Landhaus. Er hatte außerdem einen Pool anlegen lassen.

Das alles war nicht gerade preiswert gewesen, aber schließlich hatte er sich das alles selbst erarbeitet und durfte sich daher auch etwas gönnen. Zudem war er ja nicht irgendjemand, weshalb ein schicker Maserati und ein Alfa Spider in der Garage parkten und eine Rolex Daytona an seinem Handgelenk baumelte. Das Modell, das durch Paul Newman berühmt geworden war.

Er erinnerte sich daran, wie er Ju Lyn zum ersten Mal den Maserati gezeigt hatte. Sie war darüber amüsiert gewesen und hatte Catania einen Poser genannt. Aber das war er nicht. Er gönnte sich gerne hübsche und kostspielige Dinge, das war alles. In den Kreisen, in denen er sich bewegte, konnte man außerdem nicht herumlaufen wie ein Hippie oder mit einem Renault vorfahren. Unmöglich. Zudem hatte Catania ein Händchen für Stil und Qualität.

Allerdings hatte er noch nie ein gutes Händchen für finanzielle Dinge gehabt. Es war paradox. Er war ein erfolgreicher Geschäftsmann. Trotzdem lief ihm ständig das Geld wie Sand zwischen den Fingern hindurch. Doch um jemanden als professionellen Geschäftsführer einzustellen, war er zu eitel und zu stolz. Abgesehen davon wollte er besser niemanden in seine Buchführung blicken lassen. Ein Profi hätte sicherlich die Hände über dem Kopf zusammengeschlagen, ja, ihm womöglich sogar klargemacht, dass einiges darin ziemlich unsauber war. Und da schloss sich dann der Teufelskreis, denn ohne einen Profi war Catania gezwungen, so weiterzumachen wie bisher.

Das Konzerthaus in Spanien hätte eigentlich das große Ding werden sollen. Er hatte sich mit wohlhabenden Geschäftsleuten zusammengetan, die eine Möglichkeit zum Investment suchten. Aber dann war alles wegen behördlicher Probleme bezüglich der Grundstücke und Denkmalschutzfragen gescheitert, und Catania hatte enorm viel Geld in das Projekt gesteckt, das ihm nun an anderer Stelle fehlte.

Catania trank einen Schluck Rotwein und blickte nachdenklich auf den Pool. Über der blauen Oberfläche tanzten einige Moskitos. Es gab viel zu erledigen, dachte er. Verdammt viel. Das Wasser stand ihm bis zum Hals. Und das Einzige, was er tun konnte, war zu hoffen, dass es ihm wie dem Frosch in der Fabel erging. Das Tier war in einen Bottich Milch gefallen und drohte zu ertrinken. Es strampelte die ganze Nacht lang um sein Leben – bis durch das Strampeln die Milch zu Butter wurde. Der Frosch bekam wieder Halt und konnte aus dem Bottich springen.

Glücklicher Frosch, dachte Catania und setzte das Glas ab, als das Telefon klingelte. Es war das Büro, das Sekretariat.

Catania seufzte und nahm das Gespräch an.

»Ja?«

»Monsieur Catania, gerade sind zwei Polizisten von der Gendarmerie hereingekommen, die Sie sprechen wollten. Ich habe gesagt, dass Sie im Homeoffice sind.«

Catania blieb fast das Herz stehen. Er konnte sich denken, weshalb die Polizei dieses Mal bei ihm vorstellig wurde.

»Ich bin nicht zu sprechen«, sagte er und drückte das Gespräch weg.

Verdammt! Er sprang auf und fing schlagartig an zu schwitzen. Was jetzt? Wenn die Gendarmerie auftauchte, war das etwas anderes, als wenn zwei Kriminalpolizisten erneut mit ihm ein Gespräch führen wollten. Die wollten ihn verhaften! So viel war klar. Und wenn die Polizei wusste, dass er im Homeoffice war, dann würde sie hier in Kürze auftauchen. Doch Catania wollte sich auf gar keinen Fall verhaften lassen.

Also blieb ihm nur eine Möglichkeit. Und wenn man später behaupten würde, er sei geflüchtet, dann könnte er immer noch sagen: So ein Blödsinn, ich musste rasch fort, woher sollte ich denn wissen, dass die Polizei zu mir kommen würde, hat mir ja keiner gesagt …

So oder so: Er hatte keine Zeit zu verlieren.

Catania setzte sich hektisch in Bewegung. Er lief ins Schlafzimmer und stopfte ein paar Sachen in den großen Rollkoffer, wobei ihm immer wieder die Hornbrille von der verschwitzten Nase rutschte. Dann ging er mit dem Koffer ins Büro, ließ ein paar wichtige Aktenordner folgen. Schließlich öffnete er den Schrank und nahm den Geigenkoffer heraus. Er hielt ihn in den Händen, betrachtete ihn einen Augenblick lang und ging im Kopf die nächsten Schritte durch.

Er musste sich in Sicherheit begeben. Nur von einem sicheren Standort aus wäre er weiter handlungsfähig, und er musste handlungsfähig bleiben, denn ansonsten würde alles über ihm zusammenbrechen. Schließlich packte er den Geigenkoffer zu den anderen Sachen, zurrte den Reißverschluss am Trolley zu und zog ihn zum Flur, wo er sich den Autoschlüssel schnappte und dann nach draußen ging. Er öffnete den Maserati, der neben dem Spider parkte, und wuchtete den Koffer auf den Rücksitz.

Dann setzte er sich ans Steuer und fuhr los. Der Motor röhrte wie ein Tiger kurz vor dem Sprung.

18

Staatsanwalt Luc Bonnieux hatte keine Minute gezögert, die Überprüfung der Videoüberwachung am Bahnhof von Avignon in die Wege zu leiten. Zahir hatte die Aufgabe aufgedrückt bekommen, die Festplatten zu durchforsten.

Natürlich hatte er deswegen rumgemault und auf Arabisch geflucht – seine Eltern stammten aus Libyen. Aber Zahir war innerhalb der Behörde so etwas wie der Dienstnerd und kannte sich exzellent mit Computern und Programmen aus. Das war zwar nicht zwingend nötig, um Videoaufnahmen zu durchforsten. Aber manchmal musste man einen Screenshot verbessern, wenn man auf einer schlechten Aufnahme etwas erkennbar machen wollte. Und dann kam eben Zahir ins Spiel. Abgesehen davon hatte Castel den Eindruck, dass er das gar nicht so schlimm fand und lieber vor dem Monitor saß, als draußen Klinken putzen zu gehen.

Was einen Durchsuchungsbeschluss für das Büro von *Rondo Classique* und die Privatwohnung von Ramon Catania betraf, hatte Bonnieux allerdings sehr wohl gezögert. Was Castel nicht wunderte, denn dass es eine Verbindung zwischen Catania und dem Verschwinden von Kim Ju Lyn und Raffaela Perotti gab, war lediglich eine Annahme und zum gegebenen Zeitpunkt durch nichts zu belegen. Aber die neuen Informationen boten sehr wohl einen Anlass, um sich den Mann noch einmal vorzunehmen. Womit sich Bonnieux schließlich einverstanden erklärt hatte. Er hatte auch angewiesen, dass die Polizei das abendliche Konzert in der Abtei von Sénanque überwachen sollte – zumal er dort höchstpersönlich mit seiner Gattin weilen würde, da man ihm Karten geschenkt habe.

Theroux und Castel saßen gerade im Auto und fuhren zum privaten Wohnsitz von Catania. Für den Fall, dass er doch im Büro war, hatten die Kollegen aus Arles auf Castels Bitten kurzfristig einen Streifenwagen zur Agentur geschickt, um ihn dort unter Aufsicht auf Castel und Theroux warten zu lassen. Ein bisschen Druck auf den Mann konnte sicherlich nicht schaden, fand Castel.

Theroux fluchte und wich mit wildem Hupen und Aufblenden einem Sportwagen aus, der gerade einen Trecker überholte und ihnen mit hohem Tempo entgegenkam.

»Vollidiot«, zischte Theroux und starrte in den Rückspiegel. »Meine Fresse, das war ein Maserati. Der hat mehr als 400 PS!«

»Aha«, machte Castel. Sie interessierte sich nicht für Autos. Mit ihrem Motorroller kam sie gut zurecht, und ansonsten nahm sie sich eben einen Wagen aus dem Fuhrpark der Polizei.

Wenige Minuten später bog Theroux in die Zufahrt eines Anwesens ein – ein mit viel Liebe renoviertes Bauernhaus, zu dem auch ein Pool und eine große Doppelgarage gehörte, in der aber nur ein Wagen parkte. Das Heck sah aus wie das von einem kleinen Cabrio-Sportwagen, ein Alfa Romeo Spider, dachte Theroux. Instinktiv parkte er genau dahinter, um für den Fall der Fälle den Spider zu blockieren. Schließlich stiegen sie aus und sahen sich um. Theroux' Handy summte, und er nahm das Gespräch an.

Währenddessen ging Castel zum Haupteingang und drückte die Klingel. Sie wartete darauf, dass jemand kam und öffnete, was aber nicht geschah. Sie klingelte nochmals. Theroux beendete gerade das Gespräch und berichtete, dass das die Kollegen gewesen seien: Catania halte sich nicht in der Agentur auf, sondern sei im Homeoffice.

»Na dann«, sagte Castel, klingelte erneut, aber es geschah immer noch nichts.

Theroux hatte sich bereits in Bewegung gesetzt, ging um das Haus herum, blickte in ein paar Fenster und rief nach Catania. Niemand gab Antwort. Castel nahm sich die andere Seite des Hauses vor, blickte ebenfalls durch ein paar Fenster, bis sie schließlich Theroux auf der mit Terrakotta gefliesten Terrasse am Pool traf. Die Glasschiebetür stand weit offen. Davor befand sich ein kleiner Tisch, daneben ein Stuhl, auf dem Tisch eine offene Flasche Wein und ein halbvolles Glas. Auf einem Brettchen lagen einige Scheiben Käse und Salami. Alles in allem sah es so aus, als habe sich Catania einen kleinen Snack gegönnt und sei nur kurz ins Haus gegangen. Aber dort schien er nicht zu sein. Castel rief nach ihm durch die Terrassentür. Keine Antwort.

»Vielleicht ist ihm etwas zugestoßen«, sagte Castel.

»Gut möglich«, erwiderte Theroux. »Wir sollten nachsehen. Gefahr im Verzug.«

Castel nickte. Damit war das Betreten der Wohnung quasi legalisiert. Allerdings schien Ramon Catania tatsächlich nicht im Haus zu sein.

Das Wohnzimmer war elegant eingerichtet. Ein Flügel

stand dort, außerdem gab es eine teuer aussehende Anlage. Die Küche schloss sich an. Weiter hinten befanden sich ein Schlafzimmer und das Büro. Nirgends eine Spur von Catania, auch nicht im Keller oder im Bad. Der Vogel war ausgeflogen, obwohl sein Wagen in der Garage stand. Er hatte es augenscheinlich eilig gehabt, was diverse Gründe haben konnte.

»Ob er einen Maserati fährt?«, fragte sich Theroux und griff zum Handy, während Castel sich ein wenig umsah.

»Er fährt einen«, sagte Theroux zwei Minuten später. »Sagt seine Mitarbeiterin in der Agentur. Sie hat ihn direkt angerufen, als die Polizei bei ihr erschienen ist. Aber da habe er das Gespräch schon abgewürgt.«

»Na, super«, sagte Castel und tippte auf das Pad eines Laptops, das neben einem gefalteten Brief und einem aufgerissenen Umschlag aufgeklappt auf dem Küchentisch stand. Der Bildschirmschoner lief. Nach dem Antippen erschien der Ordner mit dem Mülleimer. Darin gab es eine Reihe von Dateien. Catania war anscheinend nicht mehr dazu gekommen, sie vollständig zu löschen.

»Da sichert man sich doppelt ab«, brummte Theroux, »und dann so was.«

»Das Sekretariat ruft an, dass die Polizei da ist – und er verlässt fluchtartig die Wohnung.«

Castel scrollte durch die Dateien, ohne eine anzuklicken. Es handelte sich um Pdfs und Word-Dokumente. Der Fotoordner war im Hintergrund geöffnet. Castel holte ihn in den Vordergrund. Jede Menge Bilder von Konzerten und Musikern. Castel scrollte etwas hoch. Weitere Bilder von Konzerten, privaten Feiern, Schnappschüsse – und einige Bilder zusammen mit ihm und Kim Ju Lyn. Darüber hinaus zwei, die wie Handyaufnahmen aussahen und Kim Ju Lyn nackt zeigten.

»Ups«, machte Castel und spürte, wie Theroux ihr über die Schulter blickte.

»Ups«, bestätigte er. »Hat er die Nacktfotos gelöscht?«

Castel verneinte. »Er wollte andere Dateien löschen. Aber wer weiß.« Sie fischte den Brief vom Tisch und faltete ihn auf. Es war ein behördliches Schreiben vom Finanzamt. Ein ziemliches ernstes Schreiben. Castel faltete den Brief wieder zusammen. »Das ist ein Vollstreckungsbeschluss mit der Ankündigung, dass das Finanzamt zu einem Hausbesuch anrücken wird.«

»Ups«, machte Theroux erneut.

»Vielleicht wollte Catania deswegen einige Dinge vom Computer löschen.«

»Wir sollten nach dem Maserati fahnden lassen«, sagte Theroux. »Ich meine: Die Polizei rückt an – und er haut ab. Damit macht er sich nun vollends verdächtig. Dazu kommen diese massiven finanziellen Sorgen und die Tatsache, dass er wohl wirklich etwas mit der Geigerin hat oder hatte.«

Castel nickte. »Und ihre kostbare Geige ist mit ihr verschwunden, genau wie das Instrument von Raffaela Perotti samt Künstlerin.«

Castel blickte Theroux an. Der dachte nach und sagte dann: »Okay. Catania und Ju Lyn haben etwas miteinander. Er will ein kuscheliges Zimmer nach dem Konzert mit ihr buchen und bestellt den Schampus dazu. Wider Erwarten kommt aber ihr Freund mit. Sie bucht rasch das Zimmer um. Catania ist rasend eifersüchtig. Außerdem hat er mit Ju Lyn geplant, den Raub ihres Instrumentes zu fingieren, um sich mit dem Erlös finanziell zu sanieren, weil ihm das Finanzamt an den Hacken klebt. Er wird im neuen Hotel vorstellig, der Freund ist dort, bei Catania brennt eine Sicherung durch, und er legt den Freund um. Dann haut er mit Ju Lyn ab. Vielleicht steckt sie mit drin und plante, ihren Lebensgefährten zu beseitigen, weil sie eh mit Catania durchbrennen will.«

»Das wäre eine Möglichkeit, wie es gewesen sein könnte«, sagte Castel. »Und Perotti …«

»… nehmen sie sich auch noch vor, weil das Geld aus der Geige von Ju Lyn allein nicht ausreicht für Catania, und Ju Lyn natürlich auch noch eine Scheibe abhaben will. Zudem kann Ju Lyn die Perotti eh nicht ausstehen – sie hatten in diesem London Quartett zusammengespielt und sich im Streit getrennt. Warum also nicht gleich der verhassten Frau noch eins auswischen?«

Castel schürzte die Lippen und fuhr sich durch die kurzen Haare. »Also«, sagte sie, »stecken Catania und Ju Lyn irgendwie unter einer Decke, tauchen gemeinsam ab und wischen der Konkurrentin Perotti noch eins aus.«

»Ja.«

»Aber warum entführen sie sie dann?«

»Weil Ju Lyn sie hasst und ihr Angst machen will.«

»Und der Mord …«

»… hat sich entweder so ergeben oder war ein Unfall.«

»Es gibt noch keine Lösegeldforderungen …«

»… weil Catania und Ju Lyn sowieso bereits Käufer für die Instrumente haben, da sie sich in der Szene auskennen und alles geplant haben. Und weil Catania jetzt die Nerven durchgegangen sind, bricht das ganze Kartenhaus zusammen. So einfach ist das.«

Castel musterte Theroux und sagte: »Weißt du – manchmal bist du etwas schwer von Begriff. Aber manchmal bist du wirklich genial, Alain.«

Theroux sah Castel fragend an. »Warum bin ich manchmal schwer von Begriff?«

»Weil das so ist. Spielt keine Rolle.«

»Warum sagst du es dann, wenn es keine Rolle spielt?«

»Nur so, Alain. Ist jetzt egal.«

»Aber wenn es nicht wichtig ist, dann sagt man es doch nicht? Das widerspricht sich doch.«

»Alain. Siehst du? Genau das meine ich.«

»Was?«

»Das.«

Theroux schüttelte den Kopf wie ein nasser Hund. »Jetzt kapiere ich gar nichts mehr.«

»Vergiss es. Vergiss einfach alles und gib die Fahndung nach Catania und dem Maserati raus.«

»Okay«, sagte Theroux.

Castel atmete tief durch. Manchmal fragte sie sich wirklich, ob sie es nur mit Verrückten zu tun hatte, die ihr die Nerven rauben wollten – Albin Leclerc ganz vorneweg.

19

Gabriel Martinet zog an seiner Zigarette und schwitzte in der Schutzweste. Was für eine riesige Scheiße, dachte er und schlug mit der Faust aufs Dach des Dienstwagens.

Dennier stand auf der anderen Seite des Autos, telefonierte und wirkte ebenfalls genervt. Gegenüber schälten sich gerade die Sondereinsatzkräfte aus ihrer Kampfmontur. Zwei unterhielten sich wie alte Saufkumpane mit Bertrand Vollant, der in einem engen Muskelshirt unter dem khakifarbenen Fieldjacket, seinem kahlrasierten Kopf und der Pilotensonnenbrille aussah wie Robert de Niro in Taxi Driver – mit dem Unterschied, dass Vollant nicht so wirkte, als stünde er kurz vor einem Amoklauf, sondern eher, als würde er seine alten Kollegen von der BRI-BAC gleich auf einen Drink hereinbitten.

Allerdings war seine Wohnung gerade von einigen Mitarbeitern des DCSI belegt, die Sachen in Kartons verpackten, um sie herauszuschleppen. Ein Drogenspürhund war auch dabei. Aber der hatte nirgends angeschlagen – und den Schutz der Sondereinsatzstaffel hatte auch niemand gebraucht.

Vollant war hingegen freundlich und kooperativ. Er hatte sich über den Durchsuchungsbeschluss amüsiert und gesagt: »Immer nur hereinspaziert.«

Dann war auch noch ein Kollege von Martinet herausgekommen und hatte gesagt: »Gabriel – bei dem finden wir nichts. Die Wohnung ist clean. Da steht nicht mal ein gebrauchter Computer herum. Nur ein nagelneues Laptop, das er erst vor ein paar Tagen gekauft haben muss. Auf dem Bildschirm klebt noch die Schutzfolie. Nicht ein einziger Aktenordner ist da, keinerlei Unterlagen, rein gar nichts.«

»Mir egal«, hatte Martinet erwidert, »packt trotzdem alles ein.«

Und das Gleiche geschah gerade an drei anderen Standorten, wie Dennier Martinet mit einem Kopfschütteln und besorgten Gesichtsausdruck beim Telefonieren zu verstehen gab. Also waren auch die Zugriffe bei Tarek Calvar, Tanguy Martin und Leon Dombois in die Hose gegangen. Sie waren aufgeflogen. Die vier wussten jetzt zweifelsfrei, dass sie ihnen an den Hacken klebten. Und höchstwahrscheinlich hatten sie das vorher schon gewusst und entsprechende Vorkehrungen getroffen.

Martinet riss die Klettverschlüsse auf und zog die Schutzweste aus. Sein Hemd darunter war klatschnass. Er sah, dass Vollant ihn von der anderen Straßenseite aus angrinste. *Dir haue ich dein Grinsen noch aus der Visage*, dachte Martinet und ging über die Straße, ohne sich um die hupenden Autos zu kümmern, die seinetwegen bremsen mussten. Vollant sah ihn herausfordernd an und rührte sich nicht, während die schwer gepanzerten Sondereinsatzkräfte zur Seite traten.

»Ich dachte, ihr würdet eher kommen«, sagte Vollant und wirkte amüsiert. »Früher sind wir immer gegen vier Uhr morgens los, weil man da die Leute im Tiefschlaf überraschte. Aber jetzt, nachmittags, zur Kaffeezeit – also bitte, Martinet, was soll denn der Scheiß?«

Allein die Tatsache, dass Vollant Martinets Namen und sein Gesicht kannte, sprach Bände. Sie hatten noch nie persönlich miteinander zu tun gehabt.

»Du kannst deinen Kaffee bald im Knast trinken«, zischte Martinet. »Ich habe dich und Calvar, Martin und Dombois im Visier. Und wenn ihr nur kacken geht, ich werde es mitbekommen.«

»Stehst wohl auf Männerhintern?«

»Scheißegal, ob wir etwas finden oder nicht: Ich kriege euch am Arsch.«

Vollant grinste den BRI-BAC-Leuten zu. »Seht ihr – er steht wirklich auf Männerhintern. Wegen dieser uralten Sache willst du uns drankriegen? Wegen Unterschlagung von Beweismitteln? Das ist Jahre her, Mann. Hältst du uns für so bescheuert? Das fällt auf die gesamte Brigade zurück, Martinet. Du bewirfst sie mit Scheiße. Findet ihr das gut, von der DCSI mit Scheiße beworfen zu werden, Jungs? Die rufen euch, weil sie sich selbst nicht herantrauen – und hauen euch hintenrum in die Pfanne. Schönen Dank auch.«

Martinet spürte die Blicke der Sondereinsatzkräfte auf sich, ignorierte sie jedoch. »Es ist egal, wie lange das her ist.«

»Wir sind unbescholtene Bürger.«

»Ich weiß genau, was ihr seid.«

»Und wen hast du wegen diesem Unsinn mit den Videoaufnahmen unter Druck gesetzt? Castel vielleicht?«

Na toll, dachte Martinet. Das wussten sie also auch. Solche Informationen konnten sie nur von einem Insider haben. Wenn das mal nicht Castel selbst war, dachte er, wobei er sich das eigentlich nicht vorstellen konnte. Schließlich hatte niemand außer ihm selbst und Dennier gewusst, dass er Castel zu einer Aussage herangezogen hatte. Sie tauchte nirgends namentlich auf.

Jedenfalls hatte er Vollant, Calvar, Martin und Dombois gründlich unterschätzt. Es lief darauf hinaus, dass sie polizeiinterne Sympathisanten hatten oder welche im Ministerium oder sogar bei der DCSI selbst. Die Burschen waren weitaus gefährlicher und noch sehr viel besser vernetzt, als er angenommen hatte. Vollant und Konsorten waren nur die Spitze des Eisbergs, und er würde teuflisch auf der Hut sein müssen.

Er las in Vollants Blick, dass er richtiglag. »Keine Ahnung«, sagte er, »wer diese Castel ist.«

Vollant lachte. »Am Arsch hängt der Hammer, Martinet.«

»Siehst du«, erwiderte Martinet, »jetzt fängst du selbst mit Männerhintern an. Was werden deine Nazifreunde dazu sagen? Oder seid ihr sowieso alle schwul?«

»Zieh Leine«, sagte Vollant und wedelte mit den Fingern, wie um ein lästiges Insekt zu verscheuchen.

Jetzt war es Martinet, der grinste. »Bis bald, mein Süßer. Und bring besser deinen Anwalt mit.«

Vollant nickte, jetzt überhaupt nicht mehr amüsiert. Seine Augen stachen wie Eispickel.

»Bis bald, Martinet«, sagte er.

20

Ein betörender Duft lag an diesem Abend über der Abtei von Sénanque. Die Anlage war 1148 im Tal zwischen den Höhenzügen von Murs und Gordes errichtet worden. Das Zisterzienserkloster war grau wie die Felsen, romanisch streng und karg gebaut und wurde noch heute genutzt. Man konnte sogar Aufenthalte buchen, um in die Stille einzukehren und wieder zu sich zu finden.

Um zum Kloster zu gelangen, musste man sein Auto auf einem Parkplatz abstellen, der meist gut gefüllt war: Sénanque galt als ein Highlight für Touristen. Man folgte einem Weg durch die von den Mönchen bewirtschafteten Lavendelfelder und kam geradewegs auf das Kloster zu, wo man von einem kleinen Shop, in dem Bücher und Lavendelprodukte sowie Honig verkauft wurden, begrüßt wurde.

Der Kreuzgang im Inneren war beeindruckend. Aber er war zu eng, um als Bühne für ein Konzert zu dienen. Auch die Klosterkirche, aus der man zur Mittagszeit manchmal die gregorianischen Gesänge hören konnte, wurde dazu heute nicht genutzt. Stattdessen waren die Bühne und die Stühle außerhalb des Klosters aufgebaut.

Buntes Licht illuminierte die historische Kulisse. Zahlreiche Besucher standen dort bereits in festlicher Garderobe, während der Sonnenuntergang den Abendhimmel über dem Kloster in allen erdenklichen Rottönen färbte. Zwischen dem Publikum standen auch einige Mönche in ihren asketischen Kutten, unterhielten sich, lachten und erschienen Albin vollkommen weltlich. Er sah sich im Gehen weiter um und sog den Duft von Lavendel und wildem Rosmarin ein. Tyson hatte er heute zu Hause gelassen – laute Musik, selbst klassische, und sensible Hundeohren, das passte nicht zusammen.

Er hatte Veronique vorgeschlagen mitzukommen, aber sie hatte dankend abgelehnt. Sie war sogar ganz froh, dass er heute Abend aus dem Haus war. Sie plante nämlich, mit Manon und Clara eine Kleideranprobe zu machen – im Rahmen einer Videokonferenz auf dem Laptop, die sie mit Veroniques Töchtern führen wollten. Moderne Zeiten, dachte Albin. Alles machten sie heutzutage mit diesem Computerzeugs. Jeder war ständig und überall erreichbar. Das hatte seine Vorteile, klar, aber kein Mensch konnte sich heute mehr vorstellen, wie man früher ohne Handy hatte überleben, geschweige denn ordentliche Polizeiarbeit machen können.

Irgendwie hatte es aber dennoch geklappt, und man konnte nicht sagen, dass die Kriminalstatistiken damals schlechter gewesen wären, im Gegenteil. Eher war es so, dass es trotz der Digitalisierung immer mehr Straftaten gab.

Das Areal um die Bühne herum war abgesperrt. Am Eingang standen zwei Gendarmen, die Albin nicht kannte. Das war also der Polizeischutz für heute Abend – nicht besonders spektakulär. Zwei Polizisten. Er zeigte sein Ticket vor und ging auf ein Grüppchen von Menschen zu, blieb dann aber etwas abseits stehen und steckte sich eine

Gitanes an. Er sah Eric Bouyer, der ihn ebenfalls erkannte und grüßend die Hand hob. Albin grüßte auf dieselbe Weise zurück, paffte und amüsierte sich erneut über die geschäftstüchtigen Mönche, die nur durch ihre Kutten zu unterscheiden waren und dadurch, dass sie Wasser statt Sekt oder Champagner tranken. Nicht dass es lächerlich wirkte, gar nicht. Aber irgendwie witzig und sympathisch.

Er betrachtete die Klappstühle vor der Bühne, die nummeriert waren, und glich sie mit der Nummer auf seinem Ticket ab. Sein Platz war in der vorletzten Reihe ganz rechts. Nicht einmal schlecht, um den Überblick zu behalten und relativ unauffällig schnell aufstehen und verschwinden zu können, ohne sich durch die Reihen drängeln zu müssen.

Eine junge Frau vom Catering bot Albin etwas zu trinken an. Er bedankte sich und angelte ein Glas Sekt mit Organgensaft von ihrem Tablett. Er war nur mäßig kühl. Während er einen Schluck trank, ließ er den Blick über das Publikum schweifen. Einige Leute saßen bereits auf ihren Plätzen. Neben der Bühne entdeckte er Nadine André vom Veranstaltungsbüro, die ein schwarzes Kostüm zu ihrer Le-Corbusier-Brille trug und einen Clip am Revers haften hatte, der sie als Mitarbeiterin auswies. Sie sprach mit einem schlaksigen Mann, der aufdringlich wirkte und einen Aktenordner unter dem Arm klemmen hatte. War das nicht dieser Kerl, dachte Albin – dieser Cédric Guerin, der Komponist? Ging der nun den Veranstaltern hier auch auf die Nerven und hatte seine Noten dabei?

Albin wollte sich gerade in Bewegung setzen, doch sein Einschreiten war nicht nötig – einen Augenblick später standen zwei Mitarbeiter der Bühnentechnik neben Guerin sowie ein graumelierter Herr im Anzug, der wie Nadine André einen Clip anheften hatte. Alle vier redeten auf den Komponisten ein, der sich schließlich verzog und in der ersten Reihe Platz nahm.

Albin leerte das Sektglas – und drehte sich um, als er von hinten angesprochen wurde. Staatsanwalt Luc Bonnieux – der hatte ihm gerade noch gefehlt. Er hatte seine Gattin dabei, eine elfengleiche, durchaus attraktive und freundlich wirkende Dame. In ihrer Gegenwart schien Bonnieux sich zusammenzureißen, denn er sagte: »Leclerc! Sie hier, das ist ja eine Überraschung!« Er reichte ihm sogar die Hand zur Begrüßung und lächelte, wenngleich seine Augen absolut nicht mitlächelten, sondern Albin eiskalt ansahen. Albin wechselte das Sektglas von der Rechten in die Linke, schüttelte ihm die Hand und begrüßte dann Bonnieux' Ehefrau, die Albin interessiert musterte.

»Wie schön«, sagte sie, »dass wir uns einmal persönlich kennenlernen, Monsieur Leclerc. Ich habe schon viel von Ihnen gehört.«

»Ich hoffe nur Gutes«, sagte Albin und lächelte. Bonnieux lächelte auch – aber es glich eher einem Zähnefletschen, und seine Frau wechselte schnell das Thema.

»Was für ein wunderbarer Abend, nicht?«

»Zweifelsohne«, bestätigte Albin.

»Dass Sie ein Klassikfreund sind«, sagte Bonnieux, »hätte ich ja nun nicht erwartet.«

»Ich habe von der Festivalleitung eine Karte spendiert bekommen«, sagte Albin. »Deswegen bin ich hier. Und aus Gründen der Sicherheit.«

Bonnieux lachte jovial und wedelte mit dem Zeigefinger vor seinem Gesicht herum. »Immer im Dienst, unsere polizeilichen Berater. Aber nicht vergessen: Sie haben eine Verschwiegenheitsklausel und einen Haftungsausschluss unterschrieben – also besser keinen Unfall bauen oder mit dem Fuß umknicken, ha ha!«

Ich knicke dir gleich deinen manikürten Griffel um, dachte Albin, aber da nahm Bonnieux den Finger schon wieder runter und ließ die Hand in der Sakkotasche verschwinden. Dann schwirrte er mit seiner Ehefrau ab und begrüßte die nächsten Bekannten.

Schließlich begab sich das Publikum auf seine Plätze. Es mochten an die zweihundert Personen sein. Albin beobachtete sie und erinnerte sich daran, wie Eric Bouyer ihm gesagt hatte, dass man sowieso immer dieselben träfe: die Kulturfreunde, die aus persönlichem Interesse dabei waren. Dann die Vertreter von Sponsoren und wichtigen Institutionen, die dabei sein mussten und für die der Besuch eher zur persönlichen Imagebildung beitrug. Und zum Schluss diejenigen, die eine Schnittmenge bildeten: Kulturpolitiker wie Bouyer selbst oder die Veranstalter.

Einige wenige natürlich waren ausschließlich zum Arbeiten hier: die Techniker, das Cateringpersonal – und der Polizeiberater Albin Leclerc, der auf keinen Fall vergessen durfte, dass er einen Haftungsausschluss und eine Verschwiegenheitsklausel unterzeichnet hatte. So eine Frechheit, dachte er und setzte sich. Er verfolgte, wie der graumelierte Herr von eben auf die Bühne kam, sich bei den Sponsoren wie dem Luxushotel *Airelles La Bastide de Gordes* bedankte und schließlich das Quartett begrüßte. Es gab brausenden Applaus. Als die Musiker die Bühne betraten, atmete Albin auf – sie waren komplett.

Er erinnerte sich an die Worte von Nadine André, dass

zu einem klassischen Kammermusikquartett zwei Violinen, eine Bratsche und ein Cello zählten. Ob das eine Rolle spielte? Eine Violine und eine Bratsche samt der dazugehörigen Musikerinnen waren verschwunden. Fehlten noch ein Cello und eine weitere Violine zu dem Quartett, zum Beispiel der Cellist John Franklin, der sich gerade das Instrument zwischen die Beine klemmte – ein gutaussehender, cooler, junger Typ, was ein weiteres Mal Albins Bild von klassischen Musikern revidierte.

Oder aber eine Violinistin wie Xenia Bonnet, die nun ebenfalls Platz nahm und ihre Geige justierte. Meine Güte, dachte Albin, sie klemmte sich ein paar hunderttausend Euro unters Kinn. Dafür konnte man sich ein Haus kaufen. Oder mehrere neue Autos.

Die Instrumente der anderen Musiker waren ebenfalls sehr kostbar, hatte Nadine André erklärt. Da waren also wenigstens eine halbe Million Euro auf der Bühne versammelt – eher mehr. Er las das Programm durch und die Informationen zum ersten Stück des Abends. Das *Hieronymus Quartett* spielte demnach das Streichquartett f-Moll op. 80 von Felix Mendelssohn Bartholdy. Der berühmte Komponist hatte es laut Begleittext geschrieben, um den plötzlichen Tod seiner geliebten Schwester Fanny zu verarbeiten, der ihn komplett aus der Bahn geworfen hatte.

Albin blickte wieder auf, als die Musiker loslegten. Und es drückte ihn geradewegs in den Stuhl, als würde er in einem startenden Flugzeug oder einem mit Vollgas beschleunigten Auto sitzen.

Unfassbar.

Albin schloss die Augen. Er kannte klassische Musik bislang nur aus der Konserve und stellte jetzt fest, dass es etwas vollkommen anderes war, wenn sie live und von Meistern ihres Fachs gespielt wurde. Es war der Unterschied zwischen einem Côtes du Rhone und einem verfluchten Margaux!

Albin bekam Gänsehaut. Die Musik kroch ihm durch alle Nervenbahnen. Das Stück begann zunächst hektisch, in Aufruhr, wurde still, langsam, dann wieder aufgeregt, dramatisch, wieder zärtlich und voller Trauer, manchmal romantisch, dann wieder wuchtig, zornig und herzzerreißend, schließlich wieder so konfus wie zu Beginn. Es war eine emotionale Achterbahnfahrt – bis alles nur noch nach Leere klang und traurig war. So traurig, wie seine Tochter Manon heute beim Gerichtstermin geschaut hatte, dachte Albin.

Nein, nicht traurig. Leer.

In diesem Blick hatte er alle Enttäuschung über ihr vergeudetes Leben mit diesem Bastard Gilles gelesen, den sie zwar früher geliebt haben mochte, der aber stets eine elende Kanaille gewesen war, was Manon erst spät, aber zum Glück überhaupt erkannt hatte. Und heute vor Gericht, als sie Gilles so angesehen hatte und er mit hasserfülltem Blick zurückschaute – ja, da musste ihr klargeworden sein, welchem Selbstbetrug sie all die Jahre aufgesessen war.

Mendelssohns Musikstück war wie der Soundtrack dazu und spiegelte die volle Bandbreite dessen wider, was ein Schicksalsschlag wie eine Scheidung mit sich brachte. Albin hatte es ja selbst erlebt, die Palette von Zorn, Enttäuschung, romantischer Erinnerung an die schönen Tage, Verbitterung über alles, was danach kam, und Verzweiflung darüber, was den Kindern mit einer solchen Trennung angetan wurde.

Gilles, der Bastard, hatte Manon über Jahre hinweg immer wieder geschlagen – bis sie schließlich mit Clara aus Paris zu Albin in die Provence floh. Ebenfalls über Jahre hinweg hatte Manon zuvor nicht mit Albin geredet, weil er mit dem Psychopathen Gilles einmal richtig aneinandergeraten war. Außerdem hatte er alles dafür getan, um Manon und Albin zu entzweien. Nachdem Manon ihn verlassen hatte, war er vollkommen durchgedreht und hatte vor nichts zurückgeschreckt, um sie zurückzubekommen. Ihre Ablehnung hatte ihn sprichwörtlich in den Wahnsinn getrieben, und als Mensch mit einem heillos übersteigerten Ego konnte und wollte er einfach nicht zulassen, dass sie sich ihm entzog.

Er hatte ihr Stöcke zwischen die Beine geworfen, wo er nur konnte – ja, er hatte sie sogar des Drogenkonsums beschuldigt und schlüpfrige, private Fotos, die sie irgendwann einmal gemacht hatten, ins Internet gestellt. Er hatte sie als Hure beschimpft, um das Sorgerecht zu erlangen. Dann musste irgendetwas geschehen sein – denn plötzlich hatte er sich mucksmäuschenstill verhalten und seine Anwälte alle Ampeln auf »Grün« geschaltet.

Als Gilles Manon heute zunächst mit einem Kuss begrüßen wollte, war sie ausgewichen. Und als Gilles Albin die Hand reichen wollte, als sei nichts geschehen, hatte Albin sich einfach nur weggedreht.

Schließlich hatte Albin auf dem Parkplatz nach der Anhörung Manon die Tür zum Einsteigen offen gehalten und beobachtet, wie Gilles zu seinem BMW ging, ein Kärtchen hinter dem Scheibenwischer abzupfte, es las, wie versteinert wirkte, es dann fortwarf und mit quietschenden Reifen losfuhr. Albin hatte noch einen Moment abgewartet und Manon gesagt, noch eine rauchen zu wollen, während sie sich mit ihrem Handy beschäftigte. Er war zu dem Platz geschlendert, auf dem eben noch Gilles' Wagen gestanden hatte, hatte das Kärtchen aufgenommen und gelesen, was darauf geschrieben stand.

Es waren nur wenige Worte: »Mach keinen Scheiß, sonst finde ich dich. Fantomas.«

Fantomas.

Die Figur war vor dem Ersten Weltkrieg sehr beliebt gewesen. Mindestens so beliebt wie die Streiche von Arsène Lupin, dem Meisterdieb – nur, dass Fantomas ein gerissener Schurke war, der Parfümflaschen mit Schwefelsäure füllte oder seine Opfer mit dem Gesicht nach oben auf die Guillotine schnallte, damit sie das Fallbeil kommen sahen. Viele Jahre später wurde Fantomas in den Filmen mit Louis de Funès und Jean Marais wieder bekannt. Bekannt als der Mann mit der grünen Maske. Eine Maske wie die, die Albin kürzlich durch Zufall in die Hände gefallen war …

Der aufbrandende Applaus riss ihn ins Hier und Jetzt zurück. Er schluckte einige Male, bis der Kloß im Hals verschwunden war, und klatschte, bis ihm die Hände schmerzten. Schließlich folgten noch zwei weitere Stücke, die Albin nicht minder beeindruckten.

Am Ende des Programms verneigten sich die Musiker vor dem Publikum. Der Applaus toste. Es gab Standing Ovations, und auch Albin schloss sich dem an. Und obwohl er keine Vergleichsmöglichkeiten hatte, war ihm klar: Das, was er da eben gehört hatte, war Weltklasse gewesen. Wenn Musik es schaffen konnte, einen so zu berühren, dann mussten Meister ihres Fachs am Werk gewesen sein.

Albin verfolgte, wie das Quartett die Bühne verließ –

was im allgemeinen Aufbruch nicht ganz so einfach war: Zweihundert Menschen wuselten ihm vor der Nase herum. Viele gingen bereits zu ihren Autos – der Weg dorthin war mit Fackeln beleuchtet. Andere versammelten sich in Grüppchen an den Außentheken, stießen mit Champagner an und debattierten über das Konzert. Neben der Bühne floss ebenfalls Champagner, wie Albin jetzt sehen konnte. Dort standen einige Offizielle bei den Organisatoren und Musikern, die bereits damit befasst waren, ihre Instrumente einzupacken und sich zum Aufbruch bereit zu machen.

Albin steckte sich eine Zigarette an, kniff die Augen zusammen und erkannte in der Dunkelheit, wie Nadine André und zwei, drei andere Personen die Musiker zum Parkplatz begleiteten. Sie nahmen allerdings einen anderen Weg durch die Lavendelfelder als die aufbrechenden Gäste. Klar, dachte Albin, die Stars sollten natürlich in Ruhe gelassen werden. Etwas abseits schien ein zweiter Parkplatz zu sein. Dort stand ein dunkler Van, in den alle einstiegen.

Albin wartete ab, bis der Wagen fortfuhr. Zwei Minuten später sah er die Lichter des Autos auf der Straße, die die Felsen hinauf in Richtung Gordes führte. Er nahm erneut den Flyer zur Hand. Das *Airelles La Bastide de Gordes* an der Rue De La Combe warb darin mit einer großen Anzeige und wurde als Sponsor des Konzertabends herausgestellt – ein ausgezeichnetes Fünf-Sterne-Hotel mitten im Ortskern. Albin nahm an, dass es dorthin gehen würde und die Musiker in dem Luxustempel kostenfrei logierten, zudem es vorhin ausdrücklich in der Begrüßung erwähnt worden war. Vermutlich wäre es sowieso bis unter die Decke mit Touristen voll. Und soweit Albin die Örtlichkeiten vor Auge hatte, gab es nur einen einzigen, unspektakulären

Eingang zum Hotel und einen klitzekleinen Parkplatz gegenüber. Außerdem liefen selbst vor dem Eingang ständig Angestellte herum, die in Landestracht gekleidet waren und die Gäste begrüßten oder ihnen beim Aus- und Einladen halfen und die Koffer in die mit historischen Möbeln im Stil des 18. Jahrhunderts eingerichteten Zimmer trugen. Auf der anderen Seite gab es Terrassen mit Pools, kleinen Parks und eine vortreffliche Außengastronomie, die eine spektakuläre Panoramaaussicht auf den Luberon ermöglichte – falls man sich den Aufenthalt in dem noblen Hotel denn leisten konnte oder wollte.

Das Ganze wirkte sehr sicher auf Albin. Und vielleicht war die Gefahr sowieso gebannt. Zwei Entführungen – das reichte ja auch, zumal inzwischen die Polizei aufgescheucht und das Risiko bei weiteren Taten deutlich gestiegen war. Wahrscheinlich war es ganz einfach: Ramon Catania und Kim Ju Lyn steckten unter einer Decke. Es ging um Versicherungsbetrug und eine persönliche Rache, die aus dem Ruder gelaufen war. Andererseits war eine Theorie nur eine Theorie, nicht mehr. Man konnte nie wissen, dachte Albin. Deswegen war es besser, auch an diesem Abend auf Nummer sicher zu gehen. Zudem war das Hotel in Avignon auch nicht gerade einsam gelegen oder leer gewesen, und trotzdem war Raffaela Perotti verschwunden.

Albin sah sich um, es waren kaum noch Konzertgäste da. Auch Bouyer, mit dem er gerne noch einen letzten Schluck getrunken hätte, war nicht mehr zu sehen. Bonnieux und dieser Nachwuchskomponist Guerin waren ebenfalls verschwunden.

Also schlenderte Albin zurück in Richtung Parkplatz. Am Eingang standen immer noch die beiden Gendarmen, doch auch sie schienen sich zum Aufbrechen bereit zu machen. Albin zeigte ihnen seine Karte vor und erklärte, wer er war.

»Irgendwas Auffälliges?«, fragte er.

Die Uniformierten verneinten.

»Tut ihr mir einen Gefallen und schaut noch mal beim *La Bastide* in Gordes vorbei? Kennt ihr das?«

Die beiden nickten und setzten ihre Mützen auf. »Natürlich kennen wir das«, sagte der Jüngere von beiden.

»Logieren die Musiker dort?«

»Ja.«

»Wäre gut, wenn ihr euch dort zur Sicherheit kurz blicken lasst«, erklärte Albin. »Präsenz zeigen und so.«

»Unsere Schicht ist allerdings bald zu Ende.«

»Macht nichts«, sagte Albin. »Fahrt hoch. Parkt euren Wagen am Hotel, bis die Schicht zu Ende ist.«

»Wir parken einfach an der Wache und gehen zu Fuß hin.«

Albin fiel ein, dass die Gendarmerie Nationale in Gordes ihren Standort am Place René Cassin hatte, was nicht weit entfernt vom Hotel war.

»Falls etwas ist, ruft mich an. Jederzeit.«

»In Ordnung, Monsieur le Commissaire.«

Er nickte, lächelte zufrieden und klopfte beiden auf die Schultern. »Gute Männer. Eure Väter wären stolz auf euch«, sagte er – und fand, dass es doch immer noch einen exquisiten Klang hatte: *Monsieur le Commissaire* …

21

Cédric Guerin zitterte am ganzen Leib, als er ins Auto stieg. Das Konzert war atemberaubend gewesen und Xenia Bonnet so brillant wie zuvor Raffaela Perotti beim Konzert in Avignon. Wie phantastisch es klingen würde, wenn sie eines seiner Stücke spielten, und dazu noch Sophie Dejardin am Cello, die ja bald als Solistin in Vaison-la-Romaine konzertierte.

Wenn, dachte Guerin und mahlte mit den Backenzähnen, sich nur irgendjemand für seine Werke interessieren würde!

Aber das tat keiner. Niemand.

Immer wieder wurde er nur verscheucht wie eine lästige Fliege. Es warf ja nicht einmal jemand auch nur einen Blick auf seine Noten! Keiner gab ihm den Hauch einer Chance, und wie sollte er anders auf sich aufmerksam machen? Er hatte zwar ein paar Auszüge versendet, an Agenturen, Veranstalter, Ensembles, aber nie eine Rückmeldung erhalten, höchstens Standardabsagen, weshalb er dazu übergegangen war, das persönliche Gespräch zu suchen.

Seine Kompositionen waren außerdem zu gut, als dass er sie einem Amateurensemble geben würde. Er hatte kein Interesse daran, Perlen vor die Säue zu werfen und sich zunächst eine Basis zu schaffen, einen Ruf zu erarbeiten und seine Karriere von unten her aufzubauen. Das dauerte viel zu lange und war angesichts der Qualität seiner Arbeiten unangemessen.

Ja, und sie hatten Qualität. Guerin kannte sich gut genug aus, um sein Können objektiv einzuschätzen. Und deswegen ging es ihm darum, mit einem Paukenschlag die Bühne zu betreten, wie ein Komet einzuschlagen.

Aber alle verjagten ihn nur, nahmen ihn nicht ernst. Es war, als hätten sie sich gegen ihn verschworen – und manchmal dachte er, das könnte tatsächlich der Fall sein. Dass jemand seine Einzigartigkeit erkannt hatte und aus Neid wollte, dass Guerin klein blieb. Das war denkbar, wenngleich er es nicht beweisen und sich auch nicht vorstellen konnte, um wen es sich dabei handeln sollte. Es sei denn, die ganze Branche hätte eine Übereinkunft gegen ihn getroffen, was man ja auch nicht grundsätzlich ausschließen konnte.

Immerhin winkten ja schon Leute ab, die er noch gar nicht persönlich kennengelernt hatte, wenn er sich bloß mit Namen vorstellte. Die mussten ja von ihm wissen. Das stand auch Schwarz auf Weiß in diesem Brief von Catania. Diesem ... Bastard. Ja, vielleicht steckte der ja hinter der Verschwörung. Der Mann war einflussreich. Und viele berühmte Musiker und Ensembles waren bei ihm unter Vertrag. Man sollte ihm wirklich mal eine Lektion erteilen. Denn es war unerträglich, was er Guerin kürzlich geschrieben hatte. Ein beleidigender Affront, für den man früher den anderen herausgefordert hätte. Aber der Tag der Abrechnung war zum Glück nicht mehr fern.

Das alles ging schon seit Jahren so. Und Guerin war sich stets sicher gewesen, dass er mit Beharrlichkeit irgendwann zum Ziel kommen würde. Ein Irrglaube, wie er inzwischen zugeben musste. Deswegen hatte er nun ein ganz anderes Projekt in Angriff genommen, das den Leuten ein für alle Mal zeigen würde, *wer* Cédric Guerin war. Ja, dachte er und ließ den Motor an. Es würde einzigartig werden. Grandios. Nie da gewesen. Deswegen hatte er auch die Pillen seit ein paar Wochen komplett weggelassen, denn die betäubten nur seine Kreativität. Das konnte er jetzt absolut nicht gebrauchen. Er musste in Hochform sein und dafür sorgen, dass die Welt hinhörte und sein gewaltigstes Werk exakt so gespielt werden würde, wie es gespielt werden musste. Danach wäre nichts mehr wie zuvor.

Schon bald. Sehr bald.

Dann fuhr er los. Es gab noch einiges zu tun.

22

Nach dem Diner mit den Veranstaltern tat Xenia Bonnet das, was sie nach jedem Konzert tat, um wieder runterzukommen und in den Schlaf zu finden: Sie ging eine Runde joggen. Es entspannte und machte sie müde.

Oft war es nach den Konzerten und vor allem auf Tourneen so, dass sie nach einem Auftritt einerseits körperlich und mental vollkommen erschöpft war, andererseits aber hellwach und aufgedreht. Hinzu kamen Jetlag oder kleinere Zeitverschiebungen – je nachdem, wo man gerade unterwegs war, innerhalb von Europa oder in Übersee.

Außerdem musste man stets Höchstleistungen für das Publikum bringen, ganz egal, wo man gerade auftrat. Die Menschen bezahlten viel Geld für ein Ticket und hatten außerdem hohe Ansprüche an das Ensemble. Diese Erwartungen durfte man nicht enttäuschen. Dabei war es egal, ob man vorgestern in Sydney, gestern in Tokio, heute in New York und zwei Tage später in London spielte: Man musste bei jedem Konzert hundert Prozent geben, gleichgültig, wie es einem ging.

Xenia hatte ihre ganz persönlichen Rituale entwickelt, um mit dem Tourneestress klarzukommen. Jeder wusste, wie sehr sie ins Laufen vernarrt war, das sich beinahe zu einer Obsession entwickelt hatte. Sie informierte sich sogar stets bei den Veranstaltern oder der Agentur, ob man im

Umfeld der jeweils gebuchten Hotels gut laufen könnte. Eigentlich hatte ja ihr Agent Ramon Catania heute Abend noch kommen wollen, doch der glänzte mit Abwesenheit und hatte auch keine Mitteilung schicken lassen.

Jetzt lief sie los, ließ das Hotel hinter sich und joggte über den Kreisverkehr hinweg an der alten Festungsmauer entlang. Ein Auto fuhr an ihr vorbei, das zunächst hinter ihr gewesen war. Sie sah den roten Lichtern hinterher, die nach einer Kurve aus ihrem Blickfeld verschwanden. Sie lief weiter, genoss die Bewegung und ließ schließlich den Ortskern hinter sich.

Die Luft war herrlich, nicht zu kalt und nicht zu warm, satt und würzig duftend. Nach einer halben Stunde beschloss sie, noch bis zu der langgestreckten Kurve vor sich zu laufen und dann umzukehren. Zurück im Hotel noch heiß duschen und ab ins Bett. Denn morgen ging es bereits weiter nach Bordeaux und am anderen Tag weiter nach Deutschland, dann nach Dänemark und Polen, bis der Flug nach Peking anstand. Dort war sie noch nie gewesen.

Plötzlich schoss aus der Einmündung in einen Wirtschaftsweg direkt neben Xenia eine Person in dunkler Kleidung auf sie zu. Sie trug eine Strumpfmaske.

Ehe Xenia reagieren konnte, wurde sie zu Boden gestoßen und spürte einen scharfen Stich im Hals. Sie wollte aufschreien, doch ihr wurde der Mund zugedrückt. Nur Sekunden später fühlte sich ihr Körper heiß und taub an. Sie konnte sich nicht mehr bewegen, auch nicht schreien, als die Hand von ihrem Mund genommen wurde.

Sie wurde an den Fußgelenken gepackt und von der Straße in den Wirtschaftsweg gezogen. Dort parkte ein Auto mit geöffnetem Kofferraum. Panisch nahm sie wahr, wie ihre Hosentaschen abgetastet wurden. Sie sah die helle Chipkarte vom Hotel, mit der sie ihre Zimmertür öffnen konnte, und hörte schweres Atmen.

Dann wurde es dunkel.

23

Castel duschte eiskalt, dann wieder heiß, wieder eiskalt. Als sie fand, dass ihr Kreislauf genug in Schwung gekommen war, stellte sie das Wasser ab, zog sich an und ging in die Wohnküche des kleinen Hauses, das sie am Rande von Carpentras gemietet hatte. Früher war es für Feriengäste genutzt worden.

Castel war praktisch veranlagt und hatte es möbliert übernommen. Inzwischen hatte sie sich an die Einrichtung gewöhnt und fand es nicht erforderlich, sich neue Möbel anzuschaffen – wenngleich Jean immer wieder sagte, dass er jederzeit mit ihr zu Ikea fahren würde oder sie seinen Kombi nehmen könnte.

Er hatte die Nacht hier verbracht. Jetzt stand er in der Küche, hatte gerade Kaffee gemacht und aufgebackene Croissants auf den Tisch gestellt. Im Radio lief Musik von Lady Gaga. Die Sonne fiel durch die Schiebetür, knallte gnadenlos wie jeden Morgen auf die zur Südseite ausgerichtete Terrasse und kündigte einen weiteren heißen Tag an.

Die kleine schwarze Mopsdame Mila lag unter dem Küchentisch. Jean hatte sie auf Castels Zureden hin adoptiert, weil ihr Herrchen verstorben war, ein Kunstfälscher. Na ja. Eigentlich hatten sie Mila gemeinsam unter die Fittiche genommen. Sie verstand sich ausgezeichnet mit Albin Leclercs Mops Tyson. Es war köstlich, den beiden beim

Spielen zuzusehen – ein schwarzer und ein beigefarbener Mops, wie Yin und Yang.

Jean hatte sich bereits für die Arbeit fertig gemacht. Das Sakko hing über einem der Klappstühle, auf dem Tisch stand sein Laptop, auf dem einige E-Mail-Fenster geöffnet waren. Er war Kunsthistoriker und arbeitete im Musée Granet in Aix-en-Provence, wo gerade eine neue Ausstellung für das kommende Jahr vorbereitet wurde, in der es um Impressionisten ging. Jean fand das ziemlich langweilig, aber damit war ein Publikumserfolg garantiert, und den konnte das Museum zurzeit ziemlich gut gebrauchen.

Castel rubbelte sich die Haare trocken und legte das Handtuch zur Seite, stellte sich auf die Zehenspitzen und gab Jean einen Kuss in den Nacken, bevor sie sich setzte, um sich über den Kaffee und die Croissants herzumachen. Nebenbei las sie die neuen Mails auf ihrem Handy.

»Wie wäre es heute Abend mit Restaurant?«, fragte Jean.

Castel blickte kurz zu ihm, schenkte ihm ein Lächeln und antwortete: »Sehr gern. Wohin gehen wir?«

»Das überlege ich mir noch. Vielleicht kommen ein paar Freunde mit.«

Castel hatte keine Freunde. Das heißt, nicht wirklich und nicht hier. Sie verstand sich ganz gut mit Albins Tochter Manon. Und sie hatte eine Freundin in Marseille. Das war es dann aber auch schon mit ihren sozialen Kontakten.

»Klar. Wer denn?«

»Mal sehen. Ich maile mal herum.«

Castel mochte die meisten von Jeans Freunden. Wenngleich sie selbst in einer anderen Welt lebte. Sie war Polizistin, Jeans Clique bestand aus Leuten, die allesamt mit Kunst und Kultur zu tun hatten.

Sie las eine Mail von Theroux, die er am frühen Morgen rausgeschickt hatte. Er stand meist früh auf, was an den Kindern lag, die zur Schule oder in die Kita mussten. Sie hörte geistesabwesend, wie Jean noch etwas erzählte, doch ihr Fokus lag auf dem Inhalt der Mail. Demnach hatten sie nicht nur die Freigabe für die Videoüberwachung vom Bahnhof bekommen. Außerdem hatte Ramon Catania seine Kreditkarte einige Male benutzt – unter anderem, um ein Flugticket zu kaufen. Catania war für heute Nachmittag in Marseille auf einen Flug nach Sevilla gebucht. Hatte er in Südspanien nicht ein Konzerthaus bauen wollen, was in die Hose gegangen war? Vielleicht besaß er dort eine Ferienwohnung oder hatte Bekannte, bei denen er Unterschlupf finden konnte. Doch so weit würde es nicht kommen, denn sie würden Catania abfangen, bevor er in die Maschine stieg. Theroux bereitete schon alles für den Zugriff vor.

»…na ja, schauen wir mal, oder?«, fragte Jean.

Castel hatte ihm nicht zugehört, aber sie wollte auch nicht nachfragen und sich blamieren. »Na klar, das sehen wir dann«, sagte sie.

»Okay«, machte Jean.

Castel trank noch etwas Kaffee. Bevor sie die Tasse wieder absetzen konnte, meldete sich ihr Telefon. Das Display zeigte den Namen des Anrufers: Albin Leclerc.

Sie ging sofort dran.

»Castel.« Seine Stimme klang hart, aber gleichzeitig aufgeregt. »Große Scheiße.«

»Und zwar?«

»Xenia Bonnet. Die Violinistin. Verschwunden. Samt Instrument.«

Für einen Moment war Castel sprachlos. Sie stand auf

und ging zur Terrassentür, blinzelte in die grelle Sonne und versuchte, die Information zu verarbeiten. Bonnet. Violinistin. Das war …

»Das Konzert gestern?«, fragte sie. »In Sénanque?«

»Scharf gefolgert, Castel. Es ist verdammt unfassbar – ich war selbst vor Ort, sogar Bonnieux war da. Zwei Gendarmen haben den Eingang bewacht. Ich habe sie zum Hotel in Gordes geschickt, wo die Musiker residierten. Auch dort zeigten sie Präsenz. Und heute früh bekomme ich den Anruf, dass Xenia Bonnet unauffindbar und ihr Zimmer leer ist. Die Musiker wollten mit einem Taxi los. Aber sie war nicht da. Das gleiche Spiel wie in Avignon. Das heißt: ähnlich. Sie war wohl noch joggen. Kam nicht zurück. Trotzdem ist ihre Violine mit ihr verschwunden. Beim Laufen wird sie die wohl kaum dabeigehabt haben.«

»Ich fasse es nicht«, murmelte Castel.

»Ist aber so. Also schwingen Sie die Hufe und geben Theroux Bescheid.«

»Wir haben Neuigkeiten über Catania.«

»Den Agenten?«

»Ja«, sagte Castel – und erzählte Albin, was es Neues gab.

»Da haben Sie verflucht viel an den Hacken, Castel. Auf geht's«, sagte er und beendete das Gespräch.

Castel seufzte schwer und fuhr sich mit der freien Hand über das Gesicht. Dieser Tag fing ja toll an. Sie ging zurück in die Küche, legte das Handy auf den Tisch und sagte mit einem weiteren Seufzer: »Ich fürchte, das mit dem Essen heute Abend wird nichts werden, Jean.«

Sie spürte seine fragenden Blicke auf sich und zuckte mit den Schultern.

»Siehst du, Cat«, sagte er und machte eine kraftlose Geste mit der Hand, »es ist immer irgendetwas.«

»Das ist mein Beruf, Jean. Ich lebe nicht nach der Stechuhr.«

Jean griff nach dem Sakko, zog es an, klappte das Laptop zusammen und klemmte es sich unter den Arm. »Ich weiß«, erwiderte er. »Aber deswegen muss es mir noch lange nicht gefallen.«

Castel nickte. »Ja«, sagte sie. »Tut mir leid.«

»Es geht ja nicht nur darum. Ich würde gerne mehr schöne Dinge mit dir unternehmen. Kurztrips, Kino, Theater. Aber es ist schwer, weil es sich so oft zerschlägt.«

»Tut mir leid.«

»Ich möchte nicht, dass wir uns verlieren. Du bist mir wichtig.«

Castel spürte einen Stich im Herzen. »Du mir auch.«

Er beugte sich vor, um sie zu küssen. Sie roch seinen Duft, sein frisches Eau de Toilette. Spürte die Stoppeln seines Dreitagebarts. »Ruf mich an«, sagte er und schnappte sich dann Mila, die bereits aufmerksam neben ihm stand, weil sie wusste, dass es jetzt losging. Castel konnte sie ja schlecht zur Arbeit mitnehmen, und alleine zu Hause wollten sie die Kleine auch nicht lassen.

Schließlich verschwanden die beiden. Castel trank den Kaffee aus und aß den Rest vom Croissant. Sie hörte den anspringenden Motor von Jeans Wagen und wie er sich entfernte. Dann nahm sie ihre Sachen und ging raus, schloss den Motorroller auf und klappte das Sitzfach auf, um ihren Helm herauszunehmen. Schließlich brauste sie los und bemerkte in den Rückspiegeln einen schwarzen BMW, der am Straßenrand geparkt haben musste. Er fuhr ebenfalls los und schloss zu Castel auf, bis er so dicht hinter ihr war, dass der Stoßfänger beinahe das Heck des Motorrollers berührte. Was, zum Teufel, war denn das für ein Idiot, dachte Castel. Sie konnte die beiden Fahrer nur vage erkennen. Anscheinend hatten sie Glatzen und trugen Sonnenbrillen.

Im nächsten Moment ließ sich der BMW etwas zurückfallen, um dann mit Vollgas an ihr vorbeizufahren. Die Straße war sehr eng und zu beiden Seiten mit dichtem Bewuchs gesäumt. Castel wurde beinahe abgedrängt, spürte rechts einige Blätter gegen ihren Oberarm schlagen und links den Luftzug des BMW, der knapp vor ihr wieder einscherte, sich mit hoher Geschwindigkeit entfernte und hinter der nächsten Kurve schließlich verschwand.

Sie versuchte, sich das Nummernschild zu merken. Aber es war schon zu spät.

24

Albin legte das Handy wieder zur Seite. Er betrachtete sich im Schlafzimmerspiegel und kam sich in dem dunkelblauen Anzug fremd vor. Dann drehte er sich ins Profil, zog den Bauch ein und strich die gestreifte Krawatte gerade, die Veronique ihm eben nach dem Frühstück gebunden hatte. Sie war mit seiner Knotentechnik nicht zufrieden gewesen.

»Meine Güte, das ist doch kein Zopf, den man flechten muss«, hatte sie gesagt.

»Mein letzter Krawattenknoten datiert von 1996«, hatte Albin erwidert und nebenbei mit der Gendarmerie telefoniert. Von dort hatte er die Nachricht über Xenia Bonnets Verschwinden erhalten, was seine Laune nur noch schlechter werden ließ. Er kam sich vor wie eine dieser Schaufensterpuppen, während Veronique um ihn herumging, hier und da am Ärmel und am Saum zupfte und Haare vom Revers pickte, während Manon danebenstand und anerkennend nickte. Sie war geschminkt und hatte erklärt, dass sie das Make-up für die Hochzeit testen wollte. Aber Albin glaubte, dass sie vielmehr die Ränder unter den geröteten Augen verdecken wollte. Sie musste in der Nacht geweint haben, vermutlich die Folge vom gestrigen Termin vor Gericht.

»Die Krawatte war so teuer, wie sieht denn das aus, die wirst du mir nicht mit einem vermurksten Knoten verderben, mein Lieber«, hatte Veronique gesagt, ihm dann mit der flachen Hand gegen die Brust geklopft und schließlich lächelnd zu ihm hinaufgeschaut. »Fertig. Was für ein stattlicher Mann. Geh hoch und sieh dich im Spiegel an, mein Zukünftiger. Und hör auf zu murren – so ein Testlauf muss sein, damit später nichts schiefgeht.«

Genau das hatte Albin dann getan und Castel angerufen, während er sich im Spiegel ansah und fand, dass er in dem Aufzug auch gut als Bankdirektor durchgehen würde oder als Ministerpräsident. Der Eindruck würde sich noch verstärken, nachdem er heute beim Friseur war, keine Frage. Nicht dass er einen Schnitt nötig hätte. Aber Veronique hatte darauf bestanden, dass er sich die Haare schneiden lässt, bevor er an den Altar tritt. Er solle deswegen nicht herumnörgeln – er habe ja keine Ahnung, was Manon, sie selbst und ihre Töchter Charlotte und Nicole am Morgen des Hochzeitstags für einen Frisurenmarathon vor sich hätten. Da sei das bisschen Schnippschnapp bei ihm ja wohl nicht zu viel verlangt.

Albin löste den Schlipsknoten, aber nur so weit, dass er ihn wiederverwenden konnte, zerrte die Krawatte wie eine Schlinge über den Kopf und legte sie auf dem Bett ab. Dann zog er den Anzug aus und stattdessen seine alte Jeans und ein Poloshirt an, hängte den Anzug samt Krawatte sorgfältig auf einen Bügel – und fühlte sich schon bedeutend wohler.

Er stellte sich vor, was für ein Aufruhr bei der Polizei über die nunmehr dritte verschwundene Musikerin herrschen musste. Erst recht in der Musikwelt. Und Staatsanwalt Bonnieux wäre sicherlich außer sich – auch deswegen, weil er gestern selbst vor Ort gewesen war.

Albin suchte seine Turnschuhe und überlegte, warum zum Teufel es immer noch keine Lösegeldforderung gab. Wenigstens hatten sie eine Spur zu diesem Ramon Catania, der sich durch seine Flucht in die Rolle des Hauptverdächtigen katapultiert hatte. Allerdings: Wenn er auf der Flucht war, wäre er doch kaum so leichtsinnig und würde kurz zuvor noch eine weitere Musikerin entführen und ihr Instrument mitgehen lassen? Vor allem war nach wie vor die Frage offen: Warum nicht nur die Instrumente, wenn es ihm ums Geld ging?

Aber Begehren machte die Menschen irre, übertriebene Zuneigung konnte in Wahnsinn münden.

Genau wie bei seinem künftigen Exschwiegersohn Gilles.

Und vielleicht wie bei Cédric Guerin, diesem Nachwuchskomponisten. Schließlich war er bislang bei jedem der Konzerte aufgetaucht und den Leuten schrecklich auf die Nerven gegangen. Nein, mehr noch: Er hatte sie sehr offensiv bedrängt und nach Albins Einschätzung ganz offensichtlich einen Sprung in der Schüssel. Man sollte sich den Burschen mal genauer ansehen, überlegte Albin, zog seine Turnschuhe an und ging dann wieder nach unten. Er überlegte kurz, ob er Tyson mitnehmen sollte, der ihn bereits sehnsüchtig ansah. Doch er entschied sich dagegen.

»Ich bin dann mal beim Friseur«, sagte Albin, schnappte sich den Schlüssel, stieg ins Auto – und fuhr ganz woanders hin.

25

Gigondas war ein winziger Ort mit etwa fünfhundert Einwohnern und Häusern, die am Hang der Dentelles de Montmirail verstreut waren. Allerdings gab es zwei Dinge, die den Ort hervorhoben, der ungefähr auf halbem Weg von Carpentras nach Vaison-la-Romaine lag.

Das erste war die Lage an sich, denn die war im Schatten der Dentelles durchaus spektakulär. Die grauen Felsen schossen wie der gezackte Rückenkamm eines Urzeitwesens spitz und bis zu siebenhundert Meter hoch aus dem Boden. Es gab zahllose Wanderwege in der Gegend.

Das zweite war die Tatsache, dass es in Gigondas einen richtig guten und nach dem Ort benannten Wein gab, weshalb die Gegend mit Weingütern, den Domaines, nur so gespickt war. Man konnte regelrecht von einem zum anderen spazieren – falls man nach den Besuchen der ersten überhaupt noch gerade laufen konnte, denn der Gigondas hatte es in sich. Er war ein in der Region durchaus ernsthafter, feuriger und charaktervoller Konkurrent zum ebenfalls schwerblütigen und würzigen Châteauneuf-du-Pape.

Tatsächlich bevorzugte Albin sogar den Gigondas, der ja sozusagen im Vorgarten von Carpentras hergestellt wurde. Ein Fläschchen zu Käse, Schinken und Salami oder zu kaltem Geflügel – perfekt. So wenig sich Albin ansonsten mit kulinarischen Genüssen auskannte – obwohl er die gute Küche von Veronique natürlich zu schätzen wusste –, aber beim Wein gab es für ihn keine Kompromisse. Auch nicht bei Zigaretten. Und beim Kaffee auch nicht.

Die Ebene zwischen dem Flüsschen Ouvèze und dem Gebirgszug wartete mit Weinfeldern auf, so weit das Auge reichte. Die Bauern des Ortes trieben es in Gigondas selbst sogar noch auf die Spitze: Sie hatten, wo es eben möglich war, jede noch so kleine freie Fläche mit Weinreben bestückt und zahllose Terrassen angelegt, um dem Boden das Letzte für den profitablen Tropfen abzugewinnen.

Albin überlegte, ob er auf dem Rückweg noch kurz irgendwo anhalten und eine oder mehrere Kisten mitnehmen sollte, als Reserve für seinen Keller. Wer wusste schon, irgendwann vergaß man mal, neuen Wein zu kaufen – und dann stand man dumm da, wenn man nicht vorgesorgt hatte.

Albin stellte den Wagen auf dem kleinen Parkplatz mitten im Ort ab, wo sich das Rathaus mit seinen hellblauen Fensterläden und den Flaggen über dem Eingang befand und direkt daneben das Office de Tourisme lag. Er steckte sich eine Gitanes an und schlenderte unter den Platanen über die Rue Eugène Raspail, an der es kleine Läden mit Degustation der örtlichen Weine gab, Restaurants und ein Immobilienbüro, einige kleine Galerien und mehrere Geschäfte – alles sehr hübsch und beschaulich. Nach wenigen Minuten erreichte er einen kleinen Supermarkt mit angeschlossener Bar Tabac in einem Eckhaus. Er ging zu der Eingangstür neben dem Geschäft, prüfte das Klingelschild. Den gesuchten Namen fand er nicht, weshalb er um das alte, aus sandfarbenen Bruchsteinen gebaute Haus herumging, wo eine schmale Treppe zu einem weiteren Eingang führte.

Albin nahm die zwölf Stufen, bis er auf dem Absatz stehen blieb und an einem an der Hauswand angebrachten Schild erkannte, dass er hier richtig war. Er drückte auf die Klingel. Er wartete, rauchte, drückte nochmals die Klingel, aber nichts geschah. Er nahm das Handy, suchte die Festnetznummer auf der Homepage und rief an. Niemand nahm ab. Er klingelte ein weiteres Mal. Nichts.

Albin klemmte sich die Zigarette in den Mundwinkel, kniff das linke Auge gegen den Rauch zu, sah sich um und fingerte gleichzeitig den Schlüsselbund aus der Hintertasche seiner Jeans. Im Zentrum, wenn man denn überhaupt von einem solchen sprechen wollte, hatte er eben noch eine Handvoll Touristen gesehen. Hier hingegen war es still, nirgends eine Menschenseele, alles wirkte wie ausgestorben. Ungewöhnliche Situationen erforderten ungewöhnliche Maßnahmen, dachte Albin, suchte den Dietrich am Schlüsselbund heraus und drehte sich wieder zur Tür.

Der Einbrecherkönig Etienne Gaspard hatte Albin vor einigen Jahren in die Feinheiten und Techniken des Knackens von Schlössern eingeweiht. Er hatte sich davon Hafterleichterung versprochen, was aber nur mäßig geklappt hatte. Seitdem hatte Albin regelmäßig mit dem Dietrich trainiert, denn es war immer wieder mal hilfreich für die Polizei, hinter verschlossene Türen zu schauen – allein nur deswegen, damit man sicher sein konnte, ob sich dahinter etwas verbarg, für das man einen Durchsuchungsbeschluss brauchte, worauf man dann einen Schlosser anforderte, der die betreffende Tür nochmals ganz offiziell und juristisch einwandfrei öffnete.

In seinen besten Zeiten hatte Albin nicht länger als eine Minute für ein durchschnittliches Schloss gebraucht. Dieses hier war vollkommen herkömmlich und zudem schon alt und abgenutzt. Albin hatte es nach wenigen Augenblicken geöffnet, worauf die Tür mit einem leisen Knacken aufsprang.

Er schnippte die Zigarettenkippe auf die Straße und hatte für einen Augenblick ein schlechtes Gewissen deswegen. Clara hatte im Kindergarten an einem Umweltprojekt teilgenommen und Albin vorgerechnet, um wie viele Jahre er früher sterben würde, weil er rauchte, und ihm außerdem erklärt, was für eine schlimme Umweltverschmutzung von weggeworfenen Zigarettenkippen ausging. Seitdem bemühte er sich redlich, die Filter nach dem Ausdrücken aufzubewahren und im regulären Müll zu entsorgen, denn Clara hatte ja recht und Albin über das Problem nicht einmal ansatzweise nachgedacht. Über drohende gesundheitliche Probleme und geringere Lebenserwartung wegen des Rauchens schon. Immerhin war es ja auf jede Packung gedruckt, und Clara hatte ihn mehr als einmal gefragt, wie er denn so dumm sein könne und dennoch rauchte, obwohl ja *rie-sen-groß* auf den Packungen stehe, dass es tödlich sei. Aber wie das mit der Sucht so ist und dem psychologischen Effekt, dass Menschen immer davon ausgehen, schon nicht selbst betroffen zu sein, fühlte auch Albin sich in der Hinsicht unverwundbar.

Stellte sich die Frage, dachte Albin und tauchte in das Halbdunkel im Treppenhaus ein, wie das mit dem Grad der Verwundbarkeit von Cédric Guerin aussah. Denn es war nicht auszuschließen, dass dieser sehr hoch war, weil er dauernd von Musikern und Veranstaltern abgelehnt und sogar rausgeworfen wurde, obwohl er sich doch selbst für einen großen Komponisten hielt. War er so verwundet, dass er Rache an denen nahm, die ihn ablehnten und die er wegen ihres Könnens und ihrer Bekanntheit beneidete?

Zu Hause war er jedenfalls nicht.

Albin sah sich im Flur um. Dort stand ein teuer aussehendes Rennrad sowie ein ebenfalls nicht ganz preiswert wirkender Rucksack für größere Touren. Außerdem eine Fußmatte, auf der ein paar leichte Bergsteigerschuhe abgestellt waren – die Sorte, die man fürs Freiklettern verwenden würde. An der Wand darüber gab es zwei Garderobenhaken. An einem hingen zusammengerollte Bergsteigerstricke.

Drei weitere Stufen führten hinauf zur Wohnungstür, die nicht verschlossen war.

Albin öffnete sie vorsichtig – und stand in einem weiteren Flur, dessen Wände mit Bildern vom Mont Ventoux und anderen Bergen regelrecht gepflastert waren. Dazwischen hingen Fotos von klassischen Konzerten. Albin war sich nicht sicher, wen sie zeigten und ob Guerin selbst unter den Orchestermusikern zu sehen war. Außerdem gab es hier und dort Plakate von Festivals. Rechts ging es in eine kleine Küche, die unaufgeräumt wirkte. Links befand sich das Schlafzimmer. Das Bett war gemacht. Notenblätter lagen darauf herum.

Geradeaus ging es ins Wohnzimmer, das gleichzeitig als Arbeitsraum zu dienen schien. Auch hier hingen viele Bilder mit Bergsteigermotiven an den Wänden. Eines davon – da war sich Albin sicher – zeigte in der Tat Guerin, und zwar auf der Spitze des Mont Ventoux, die Hände ausgebreitet, als sei er Jesus höchstpersönlich und wolle so schnell wie möglich ans Gipfelkreuz genagelt werden. Zwei weitere zeigten einen deutlich jüngeren Guerin mit Gewehr neben einem erlegten Hirsch und in Anglerkluft mit einem kapitalen Hecht.

Albin sah außerdem ein altes Sofa und ein Klavier, auf dem sich Noten stapelten. Es gab einen Schreibtisch, der ebenfalls voller Papiere war und auf dem ein Computer stand. Rechts in der Ecke war ein Hocker, davor ein mit Notenblättern bestückter Ständer. In der anderen Ecke des Raums befand sich ein größerer Koffer für ein Musikinstrument, mindestens von der Größe eines Cellos. Er wirkte reichlich abgewetzt und stand halb offen. Statt mit einem Instrument war er mit Saiten, zwei Streichbögen und anderen Accessoires gefüllt, die man als Musiker benötigte. Vermutlich wurde er nur noch zur Aufbewahrung genutzt. Aber ein Cello konnte Albin nirgends entdecken.

Guerin war also Komponist. Seiner Homepage nach gab er auch Unterricht und war als Instrumentalist zu buchen. Er fuhr gerne Rad, und zwar ambitioniert, denn der Drahtesel auf dem Flur war ein teures Markenrennrad. Das galt auch für die alpine Ausrüstung, die Albin im Flur gesehen hatte: einen großen Rucksack, ein paar Kletterschuhe und zwei Rollen Stricke. Guerin schien einerseits ein introvertierter Musiker zu sein, andererseits ein Outdoorfreak, der auch mal Jagen und Angeln ging, wenngleich Albin bislang keine entsprechende Ausrüstung aufgefallen war.

Die Wohnung wirkte chaotisch, was dafür sprach, dass Guerin ein zerstreuter, unsortierter Mensch war und damit das Klischeebild eines Künstlers erfüllte. Die Einrichtung war alt, vielleicht hatte er die Wohnung möbliert übernommen oder die Sachen gebraucht gekauft. Guerins Geschäfte schienen also nicht so toll zu laufen – was ihn nicht daran hinderte, sein ganzes Geld in qualitativ hochwertiges Equipment für seine Leidenschaften zu stecken.

Albin erinnerte sich an den ersten Eindruck, den er von Guerin gewonnen hatte. Er wirkte ein wenig überheblich und musste sehr von sich selbst überzeugt sein, wenn er Künstlern und Veranstaltern dauernd so auf die Nerven ging und anscheinend nicht verstand, dass seine penetrante Art nicht gut ankam.

Mit anderen Worten war Guerin also ein eher introvertierter Künstler, der die Musik und die Natur liebte und außerdem ein Selbstbild von sich hatte, das bei weitem nicht mit dem übereinstimmte, das andere Menschen von ihm hatten.

Albin betrachtete noch einmal das Foto mit der Jesusgeste. Guerin wirkte darauf wie entfesselt, zufrieden, streckte das Gesicht der Sonne entgegen. Neben ihm stand der Rucksack, den Albin im Flur gesehen hatte. Außerdem trug er schwere Wanderstiefel und eine professionelle Outdoorjacke. Beides war Albin im Haus nicht aufgefallen. Gut möglich, das sie normalerweise neben den Bergsteigerschuhen auf der Matte standen und die Jacke sonst an dem Haken darüber hing. Demnach war Guerin vielleicht zu einer kleinen Bergtour aufgebrochen. Andererseits mochte er auch mit dem Cello unterwegs sein, denn das fehlte samt eines tauglichen Kastens – der alte, mit dem Equipment gefüllte, wirkte jedenfalls nicht so, als werde er noch zur Verwahrung eines Instrumentes benutzt.

Albin sah sich weiter um, betrachtete ein Dokument an der Wand, das Cédric Guerin als Absolventen der Musikhochschule Bordeaux auswies. Daneben hing ein Foto, das einen jüngeren Guerin im Frack und mit Cello zeigte, wie er sich gerade verbeugte – vielleicht nach einem Konzert. Albin schob die Papiere auf dem Schreibtisch mit dem Zeigefinger hin und her.

Die meisten waren Musikstücke, mit denen Albin nichts anfangen konnte. Er konnte keine Noten lesen und war nicht einmal in der Lage, ein »C« zu erkennen. Auf den Blättern war herumgekritzelt worden, Korrekturen mit Rotstift, hektisch, dynamisch, impulsiv. Die Ausdrucke trugen in der obersten Zeile den Titel »La Couronne du Monde – Hymne au Mont Ventoux« – »Die Krone der Welt – Ode an den Mont Ventoux«. Es schien der Entwurf einer Komposition und Ausdruck einer wahren Verehrung für diesen Berg zu sein.

Daneben lagen Rechnungen auf dem Tisch, aufgerissene Umschläge und Schreiben mit offiziellen Briefköpfen. Albin sah welche vom Festival aus Avignon und von anderen Veranstaltern. Er sah Briefköpfe von Orchestern, Ensembles und Agenturen. Die Anschreiben begannen in der Regel mit »Es tut uns leid, dass …« – Absagen. Ein Brief stammte von der Agentur *Rondo Classique* und war schwungvoll mit Ramon Catania unterzeichnet. Albin sah sich das Schreiben etwas genauer an. Dem Datum nach war es vor zwei Wochen versandt worden.

Er las: »Ich untersage Ihnen hiermit, weiterhin mich, meine Agentur und meine Klienten zu belästigen. Ihr Ton ist unverschämt und wird mit jeder Ihrer Zusendungen unverschämter. Ohnehin wanderten bislang alle in den Müll. Sie brauchen daher gar nicht nachzufragen und mein Sekretariat mit Anrufen zu belästigen. Ihre Nummer ist längst blockiert. Monsieur Guerin: Ihre Kompositionen sind belanglos wie ein Tropfen Wasser im Ozean. Wenn zahllose Fachleute Ihnen das attestieren (und ich weiß, dass sie das tun), dann muss ja etwas dran sein. Sie sollten endlich Ihre Perspektive auf sich selbst ändern. Musik kann ein schönes Hobby sein. Für mehr reicht es bei Ihnen aber nicht. Sehen Sie das endlich ein. Mit unfreundlichen Grüßen, Ramon Catania.«

Albin musste schmunzeln und legte den Brief zur Seite. Mein Lieber, dachte er, das war eine klare Ansage. Trotzdem hatte sich Guerin nicht davon beeindrucken lassen. War das nur Verbohrtheit – oder sogar das Symptom einer psychischen Krankheit?

Albin griff erneut zu seinem Handy und googelte die Homepage von Cédric Guerin. Es gab eine Aktualisierung. Demnach plante Guerin, ein Konzert zu geben und als Livestream zu senden. Der Titel: »La Couronne du Monde – Hymne au Mont Ventoux«. Es sollte »in Form und Inhalt alles bisher Existente überstrahlen und bereits jetzt würdig für die Annalen der Musikgeschichte sein. Eine einzigartige Hymne für die Provence, für Frankreich, für die Welt und nie da gewesen in ihrer Art der Darbietung«.

Ausgerechnet an Albins Hochzeitstag wollte er den Stream senden – genau um die Uhrzeit, zu der Albin seit einer Stunde zum zweiten Mal verheiratet sein würde. Mal abgesehen davon, dachte Albin und steckte das Handy wieder ein – wer sah sich denn mittags oder nachmittags einen Livestream im Internet an? Allerdings war es ja ein Wochenende, da vielleicht schon eher.

Er blickte sich noch einmal um, schaute auch in die anderen Zimmer und verließ dann die Wohnung.

Zurück auf der Straße stoppte er vor dem kleinen Supermarkt mit der Bar Tabac, der unter Guerins Wohnung lag, und ging hinein. Drinnen war es angenehm kühl und noch überschaubarer, als er es vermutet hatte. Es gab eine kleine Kasse, eine Handvoll Regale mit Frischwaren, Gemüse und Dosen, eine kleine Abteilung mit Getränken, die Bar Tabac, das war's. An der Kasse saß eine Frau mittleren Alters mit einer dicken Hornbrille, hochgesteckten Haaren und aufwendig gestalteten Fingernägeln. Sie machten klackende Geräusche auf dem Smartphone, von dem sie nur kurz aufblickte, um Albin zu mustern und »Bonjour« zu sagen. Er kaufte eine Packung Gitanes und sagte beim Bezahlen: »Wie herrlich ruhig und still es heute ist.«

Die Frau lachte. »Ja, zum Glück, ansonsten werden wir hier oft beschallt, das können Sie sich nicht vorstellen.«

Albin tat überrascht.

Die Frau zeigte nach oben. »Da wohnt ein Musiker. Ich weiß wirklich nicht, ob das Musik sein soll, was er da spielt.«

»Eine E-Gitarre kann sehr laut sein, ja«, erwiderte Albin.

Die Kassiererin prustete. »Damit könnte ich ja noch leben. Er spielt Cello. Aber keinen Mozart oder so. ›Neue Musik‹ nennt sich das. Für mich ist das eher ›schiefe Musik‹. Meine Tochter würde genauso klingen, wenn sie Cello spielt, und sie ist erst drei.«

»Neue Musik?«

»Ist Kunst, sagt er.« Sie verdrehte die Augen und gab Albin das Wechselgeld. »Auf die Art von Kunst kann ich verzichten.«

»Tja, diese Künstler, oder?«

»Merkwürdiger Kerl, sage ich Ihnen. Eigenbrötler. Aber na ja, zum Glück quält er uns heute nicht.«

Albin lachte zustimmend und steckte die Gitanes ein. »Ich drücke die Daumen, dass er so schnell nicht wieder nach Hause kommt.«

Sie zuckte mit den Schultern. »Hat vorhin sein Cello ins Auto gepackt und noch ein paar andere Sachen und ist losgefahren. Sah so aus, als würde er länger wegbleiben.« Sie lachte. »Hoffentlich!«

»Da braucht er aber sicher einen Kombi für so ein großes Instrument.«

»Einen alten Volvo fährt er.«

»Oh, vielleicht habe ich ihn sogar gesehen. Ein blauer Volvo?«

Sie schüttelte den Kopf. »Nein. Dunkelgrün. 850er.«

Albin machte eine abwinkende Geste. Er wünschte der Frau noch einen schönen Tag und setzte sich wieder in Bewegung.

Aber bevor er ins Auto stieg, ging er noch kurz in die kleine Cave am Parkplatz. Wegen der Kiste Gigondas. Oder drei oder vier.

26

Theroux und Castel standen im Abflugterminal des Aéroport de Marseille Provence, links und rechts flankiert von zwei uniformierten Polizisten. Castel betrachtete die großen Tafeln, auf denen die Flüge angekündigt wurden. An einigen Check-in-Schaltern standen lange Schlangen von Fluggästen mit Gepäck. Man konnte deutlich sehen, welches die Ferienflieger waren. Theroux starrte sehnsüchtig dorthin und sagte: »Ich würde jetzt auch deutlich lieber in den Urlaub fliegen, sage ich dir.«

Castel erwiderte: »Dafür hast du keine Zeit. Du wirst bald Vater. Und Leclerc heiratet.«

»Mhm«, machte Theroux und schaute wieder auf die Tafeln. »Da«, sagte er dann. »Check-in-Schalter 42.«

Castel sah sich in der großen Halle des 60er-Jahre-Baus mit den gefachten Decken um. Dann verortete sie den Schalter, setzte sich mit Theroux in Bewegung und bedeutete den beiden Uniformierten, im Hintergrund zu bleiben. Sie wollte nicht riskieren, dass Catania sie sah, panisch wurde und die Flucht ergriff, was die Sache unnötig verkomplizieren würde. Denn eigentlich sollte alles geschmeidig über die Bühne gehen.

Es war ein Kinderspiel gewesen, das Okay dafür zu bekommen, Catania zu verhaften – nicht nur wegen der verschwundenen Musikerinnen, sondern weil er sich offensichtlich auf der Flucht vor der Steuerfahndung befand, die ganz konkrete Forderungen an ihn hatte. Falls Ramon Catania nicht freiwillig mitkommen würde, dann könnten sie ihn mit dem Segen der Finanzbehörden wegen Verdunklungsgefahr vorläufig in Haft nehmen. Und genau das würden sie tun.

Castel und Theroux gingen auf den Schalter von Ryanair zu, der etwa zweihundert Meter von ihnen entfernt war. Castel spürte ein Summen in der Hintertasche ihrer Jeans. Sie zog das Handy und ging dran. Es war Zahir.

»Ich habe die Aufnahmen der Überwachungskameras jetzt durchgesehen«, sagte er. »Viele Fahrzeuge kommen in dem betreffenden Zeitraum nicht in Frage. Von einer Person, die kurz durchs Bild geht und einen großen Rollkoffer hinter sich her zieht, habe ich eine Aufnahme extrahiert. Ein herkömmlicher, schwarzer Trolley. Man kann aber das Gesicht der Person nicht erkennen. Sie trägt eine Mütze und eine Kapuze, von der Statur ist sie schwer einzuschätzen, normale Körpergröße, Alter zwischen zwanzig und sechzig.«

»Na toll«, sagte Castel. Mit der Beschreibung konnte man nun wirklich nichts anfangen.

»Ja, ich weiß, Cat, tut mir leid. Mit dem Wagen kommen wir auch nicht sehr viel weiter. Ich habe einen dunkelblauen Renault Espace, neueres Baujahr, der in die Tiefgarage fährt und einige Minuten nach dem Erscheinen der Person mit dem Koffer die Garage verlässt. Er hat keine Kennzeichen. Das heißt: Die waren mit Tape überklebt worden.«

»Dann ist er das.«

»Ja. Ich habe eine Fahndung nach dem Fahrzeug herausgegeben. Aber der kann natürlich von sonst woher kommen. Es könnte auch ein Mietwagen sein.«

»Mist.«

»Ja, ist nicht viel, ich weiß.«

»Ist auf Ramon Catania oder seine Firma ein Espace zugelassen?«

»Nein. Er hat auch keinen gemietet. Er hat mit der Kreditkarte nur die Flugtickets gekauft und heute früh in Marseille die Zimmerrechnung im *Sofitel Vieux Port* bezahlt.«

Klasse, dachte Castel. Da hatte Catania es sich noch mal richtig gutgehen lassen.

Zahir redete weiter. »Ich hatte noch Hoffnung auf den Kassenautomaten in der Tiefgarage. Da ist auch eine Kamera, aber die gibt leider nicht mehr her. Ich dachte, wir könnten Fingerabdrücke an Geldstücken oder Geldscheinen finden, obwohl das eine Arbeit für Bekloppte wäre. Aber natürlich ist der Automat in der Zwischenzeit geleert worden.«

»Alles klar. Danke.« Castel steckte das Handy im Gehen wieder ein.

»Zahir?«, fragte Theroux.

Castel nickte und brachte Theroux auf den neuesten Stand. Einige Augenblicke später kamen sie am Schalter an. Fast ganz vorne stand Ramon Catania. Ein Glück – fünf Minuten später, und er wäre schon eingecheckt gewesen, was den Zugriff etwas komplizierter gestaltet hätte. Catania trug eine Anzughose, ein Hemd und darüber eine Trainingsjacke. Er hatte einen großen, schwarzen Rollkoffer dabei und wirkte übernächtigt. So viel hatte das Hotel mit tollem Ausblick auf den Alten Hafen und dem großen Wellnessbereich dann wohl doch nicht gebracht.

»Monsieur Catania?«, fragte Castel.

Catania blickte zu ihr und zuckte zusammen.

Unisono hielten Castel und Theroux ihre Ausweise hin.

»Wir würden Sie gerne einen Moment sprechen«, sagte Castel.

»Aber … mein Flug geht sehr bald und …«

»Es wäre gut, wenn wir uns etwas unterhalten könnten.«

»Wir haben uns doch schon unterhalten. Sie waren in meiner Agentur. Ich wüsste nicht, was ich da noch hinzufügen sollte, und mein Flug …«

»Scheiß auf Ihren Flug!« Theroux war genervt. Er neigte sich etwas vor und senkte die Stimme. »Mann, Catania, wir fragen Sie freundlich, und Sie tun so, als wären wir Luft?«

Die zwei Personen vor Catania waren jetzt mit dem Einchecken fertig. Er war als Nächster dran.

Catania blickte hin und her. Zog den Ausweis aus der Seitentasche seiner Jacke. »Ich … ich muss einchecken …«

»Nein«, sagte Theroux. »Wir unterhalten uns jetzt. Ich spendiere Ihnen sogar einen Kaffee.«

»Dazu ist keine Zeit …«

Castel sagte. »Sie kommen nun bitte mit, denn ansonsten werde ich Sie verhaften und von meinen Kollegen in Gewahrsam nehmen lassen.«

Erst jetzt schien Catania die zwei Gendarmen zu bemerken, die inzwischen etwas näher gekommen waren.

»Ich … Also … Gut, aber nur kurz.«

Catania scherte aus der Schlange aus. Er sah sich verstohlen um, schien peinlich berührt, dass die übrigen Fluggäste und die Angestellten der Fluggesellschaft am Schalter ihn womöglich für einen Schwerkriminellen oder Terroristen hielten.

»Meine Fresse, echt.« Theroux regte sich weiter auf, während Castel Catania zur Seite nahm und ihm sagte, dass er bitte folgen soll. Die beiden Uniformierten gingen voran auf eine Tür zu, an der ein »Polizei«-Schild hing und die mit einem Plastikkärtchen geöffnet wurde. Dahinter gab es einen kleinen Besprechungsraum.

»Ich weiß nicht, was das hier alles soll«, sagte Catania. »Einfach lächerlich.«

Theroux brummte beim Reingehen: »Es kommen zwei Polizisten zum Flughafen, um sich mit Ihnen zu unterhalten, und fangen Sie vorm Einchecken ab. Können Sie sich möglicherweise vorstellen, dass es um eine ernste Sache geht und Ihr Flug mir und meiner Kollegin scheißegal ist?«

Castel schwieg und führte Catania in den kleinen Raum, bot ihm einen Stuhl an. »Und lächerlich?« Theroux machte ein genervtes Geräusch. »Mal sehen, ob Sie es gleich noch lächerlich finden – das hier ist kein Kasperletheater, Mann!«

»Alain, bitte«, sagte Castel. Sie kannte das von ihm.

»Ist doch wahr«, knurrte er, zog sich einen Stuhl heran und setzte sich. Catania nahm ebenfalls Platz, zögerlich, und hielt den Griff seines Trolleys weiter fest umschlossen. Es war ein großer Koffer, wie gemacht für einen längeren Aufenthalt. Ein Koffer wie der, den Zahir beschrieben hatte. Allerdings auch ein Koffer wie Millionen andere.

»Warum wollen Sie nach Sevilla fliegen?«, fragte Castel.

»Geht das die Polizei etwas an?«

»Allerdings. Außerdem geht es die Steuerfahndung etwas an.«

Catania schluckte. Sein Adamsapfel hüpfte auf und ab. »Ich wollte zu einem Kurzurlaub und noch ein paar Dinge im Hinblick auf mein leider gescheitertes Projekt regeln.«

»Und sich der Polizei entziehen. Wegen Kim Ju Lyn, Raffaela Perotti, Xenia Bonnet und der kostbaren Instrumente im Wert von einer Dreiviertelmillion Euro.«

»Ich … Ich verstehe nicht ganz?«

Theroux fuhr wieder hoch. »Jetzt tun Sie doch nicht so! Als ob Sie das nicht wüssten!«

Castel sagte: »Raffaela Perotti ist ebenfalls verschwunden – und mit ihr ihr kostbares Instrument. Außerdem Xenia Bonnet. Beide gehören zu Ihrem Klientenstamm, und Sie haben uns gesagt, dass Sie mit Raffaela Perotti essen waren, was für eine durchaus persönliche Beziehung spricht. Ist Ihre Beziehung zu Mademoiselle Bonnet ähnlich gelagert – und beide Beziehungen vergleichbar zu der mit Kim Ju Lyn?«

»Ich weiß nicht, worauf Sie hinauswollen, wirklich nicht. Sie sind alle meine Klientinnen, ja, aber ich habe eine Kartei von mehreren hundert Klienten. Xenia Bonnet? Sie ist ebenfalls verschwunden?«

Theroux sagte: »Genauso verschwunden wie Sie, Catania, als wir Sie privat aufsuchen und nach Raffaela Perotti befragen wollten. Sie konnten gar nicht schnell genug ein Ticket nach Sevilla buchen und abhauen. Glauben Sie, wir wären so blöd und würden davon nichts mitbekommen? Denken Sie, wir wären nicht in der Lage, Ihre Kreditkartenkonten zu checken?«

Catania blickte zwischen Castel und Theroux hin und her. »Ach«, sagte Catania, »darum ging es?«

»Worum denn sonst, Mann?«

»Ich dachte …« Er schluckte schwer. »Na ja. Sie haben doch eben die Steuerfahndung erwähnt.«

Castel sagte: »Sie haben Vollstreckungsbescheide erhalten, und es wurde eine Sonderprüfung angesetzt, weil Sie massive Schwierigkeiten mit den Finanzbehörden haben – das wissen wir. Und das Finanzamt freut sich sehr über unsere Unterstützung. Aber Ihre Geldsorgen sind uns nicht so wichtig, denn wir ermitteln in einem Mordfall und drei mutmaßlichen Entführungen sowie Diebstahl von kostbaren Instrumenten. Und da Sie fliehen wollten, gehen wir davon aus …«

»Ich wollte doch nicht fliehen!«

Theroux schlug mit der flachen Hand auf den Tisch. »Wie nennen Sie denn das hier sonst? Hals über Kopf sind Sie von zu Hause weg, nachdem Sie erfuhren, dass die Polizei Sie sprechen will. Geben Sie es zu, Sie wollten untertauchen!«

»Ich …« Catania wischte sich über die Stirn. Seine Hand zitterte. Seine Stimme war leise. »Ich dachte, die Steuer hätte die Polizei geschickt. Ich bekam morgens sehr unangenehme Post, dann den Anruf aus der Agentur, dass die Polizei da sei – und dann bekam ich Panik und wollte eine Weile nach Spanien, meine Gedanken sortieren, bevor ich … Na ja, den Behörden alles erkläre und mein Steuerberater und Anwalt alles sortiert haben. Ich weiß, das war ein Fehler. Aber ich habe wirklich absolut nichts mit dem Verschwinden von den Musikerinnen zu tun, bei Gott, ich bin vielmehr entsetzt über das alles.«

Castel fragte: »Die andauernden Probleme mit der Steuer haben ebenfalls mit Ihren Fehlinvestitionen in Spanien zu tun?«

Catania nickte.

»Es geht um einige hunderttausend Euro?«

Catania nickte erneut.

»Das ist eine Summe, die man mit dem Verkauf von teuren Instrumenten sicherlich wieder reinholen kann«, sagte Theroux.

Catania riss die Augen auf und starrte Theroux an: »Was? Sie glauben … Sie denken …?«

»Nichts denke ich«, erwiderte Theroux. »Ist es denn so?«

»Ich habe nichts, aber auch gar nichts mit dem Verschwinden der drei zu tun! Ich bin weder ein Entführer noch ein Dieb! Ich muss doch sehr bitten, wirklich!«

Castel lehnte sich in dem unbequemen Stuhl zurück. »Ich frage Sie noch einmal zu Ihren Beziehungen zu Raffaela Perotti und Xenia Bonnet. Waren sie vergleichbar mit der Beziehung zu Kim Ju Lyn?«

»Ich weiß nicht, was Sie meinen. Was denken Sie denn bloß, um Himmels willen?«

»Herrgott!« Theroux verdrehte die Augen. »Mann, Sie haben oder hatten eine Affäre mit Mademoiselle Kim. Es gibt sehr private Fotos. Sie haben ein lauschiges Zimmer in Fontaine mitsamt Champagner und Diner gebucht – und dann waren Sie angepisst, als Kim Ju Lyn alles wieder abbestellt und sogar noch ihren Lebensgefährten mitgebracht hat, der überhaupt nicht eingeplant war. Außerdem sind sich Perotti und Kim spinnefeind, die eine möchte der anderen sicherlich gerne mal eins auswischen. Und jetzt sage ich Ihnen, was ich denke, nämlich: Ihre Affäre mit Kim Ju Lyn hilft Ihnen beim Bereinigen Ihrer Finanzprobleme, und Sie beide machen Hälfte Hälfte, weil Sie auf die geniale Idee gekommen sind, ein paar kostbare Instrumente zu verhökern und die Entführungen vorzutäuschen. Doch dann kommt Kims Lebensgefährte dazwischen, und etwas geht schief – der Ärmste wird umgebracht, tja, Pech gehabt. Trotzdem machen Sie beide weiter und nehmen sich noch Kims ärgste Feindin Perotti vor, denn Kim hat Ihnen gesagt: Ich mache da nur mit, Ramon, wenn wir der Schlampe eins auswischen. Kapieren Sie jetzt, warum meine Kollegin Sie nach der Art Ihrer Beziehung zu den anderen Frauen fragt?«

»Das sind – nichts als Hirngespinste!«

»Was ist denn die Wahrheit?«

Catania sammelte sich. »Ju Lyn und ich – wir hatten eine kleine Affäre, nicht mehr, und das ist schon seit einiger Zeit vorbei. Sie zog einen Schlussstrich, nachdem sie ihren Freund kennengelernt hatte und mit ihm zusammenzog. Wir hatten nichts Ernstes miteinander. Sie ist eine junge erfolgreiche Frau, ich bin ein älteres Semester, und zudem haben wir eine Geschäftsbeziehung. Eine andere Beziehung hatten wir nie. Es war rein oberflächlich. Ich hatte die Suite in Fontaine als eine Art Geschenk für sie gebucht, ein Zeichen, wenn man so will, für sie und ihren Freund natürlich. Ich hatte nie vor, sie dort persönlich zu treffen. Aber sie hat das Signal wohl falsch verstanden und kurzerhand die Suite wieder abbestellt, um wiederum mir ein Signal zu senden.«

»Sie wussten, dass sie mit ihrem Freund unterwegs war?«

»Natürlich wusste ich das.«

»Und was war mit Raffaela Perotti und Xenia Bonnet?«

»Gar nichts. Sie sind Klientinnen, und ich bin geschockt über ihr Verschwinden. Raffaela und Ju Lyn haben zusammen studiert, waren zunächst befreundet, entzweiten sich aber im gemeinsamen Ensemble, das dann aufgelöst wurde. Die zwei passten einfach nicht zusammen, harmonierten nicht miteinander. Abgesehen davon haben sie sich stets gegenseitig als künstlerische Konkurrentinnen betrachtet, obwohl das Unsinn ist, denn sie spielen ja unterschiedliche Instrumente, Violine und Bratsche. Aber diese Feindschaft würde niemals so weit gehen, dass eine der anderen etwas antut. Das ist lachhaft. Von Xenias Verschwinden wusste ich nichts. Ich hatte natürlich geplant, ihr Konzert zu besuchen. Doch dann überstürzte sich alles. Ich habe den Abend und die Nacht in Marseille in einem Hotel verbracht.«

»Welches?«

»Im *Sofitel Vieux Port.*«

»Wofür es Zeugen gibt?«, fragte Castel. Nicht, dass sie die benötigen würde. Sie wusste ja schon von Zahir, dass Catania die Nacht dort war.

»Natürlich, Sie können gern alles nachprüfen«, sagte Catania matt.

»Wie sind Sie hergekommen?«

»Mit meinem Auto. Es parkt in der Flughafengarage.«

»Ihr Renault Espace?«

Catania blickte irritiert drein. »Nein, einen solchen Wagen besitze ich nicht. Da sind Sie falsch informiert.«

»Es gibt Leihwagen.«

»Ich bin mit meinem Maserati hier.«

»Das Parkticket und die Parkplatznummer können Sie vorweisen?«

»Ja«, bestätigte Catania mit einem tiefen Seufzer. Er blickte auf die Uhr. »Mein Flug geht gleich. Ich würde gern den Koffer aufgeben.«

Castel musterte Catania und den Koffer. »Würden Sie ihn für uns öffnen?«

»Den Koffer?«

Castel nickte.

»W-warum? Da ist nur Kleidung drin, nichts von Interesse«, stammelte Catania.

»Was von Interesse ist«, erwiderte Theroux, »und was nicht, bestimmen wir. Aufmachen, bitte.«

Catania wirkte unschlüssig. Schließlich nickte er, drehte sich zur Seite und legte den Koffer auf den Rücken, um ihn zu öffnen.

Darin befanden sich diverse Kleidungsstücke, Hemden, Unterwäsche, Hosen und einige Aktenordner.

Und ein Geigenkoffer.

»Öffnen Sie bitte den Geigenkoffer«, sagte Castel.

Catania nahm ihn heraus, legte ihn auf den Tisch und ließ die Verschlüsse aufschnappen. Castel sah einige Geldbündel. Zusammengerollte Euroscheine, sicherlich einige Zehntausend.

»Woher stammt das Geld?«, fragte sie.

»Aus meinem Safe«, erwiderte Catania. Er schwitzte.

»Wie viel sind das?«

»Ungefähr fünfundzwanzigtausend.«

»Und die Aktenordner?«

»Unterlagen. Rechnungen. Verträge.«

»Alles Dinge, die die Steuer nicht sehen soll?«

Catania schwieg.

»Was ist das für ein Geigenkoffer?«

»Ein alter, der mir gehört. Es war gerade nichts anderes zur Hand.«

Castel nickte. Natürlich würde der Koffer auf Fingerabdrücke untersucht werden müssen. Er könnte einer der Musikerinnen gehören.

Catania blickte auf die Uhr. »Mein Flug geht sehr bald«, wiederholte er.

»Den Flug können Sie vergessen«, sagte Theroux. »Wir werden das Bargeld und die Akten beschlagnahmen. Und Sie kommen am besten freiwillig mit, damit wir uns mit Ihnen über alles noch einmal in Ruhe unterhalten können.«

Und, dachte Castel, damit sie in der Zwischenzeit einen Durchsuchungsbeschluss erwirken und Catanias Wohnung und Büro auf den Kopf stellen könnten. Es mochte stimmen, dass er mit dem Verschwinden der Musikerinnen nichts zu tun hatte. Dennoch war er im Moment ein Verdächtiger und zugleich ein Zeuge – und abgesehen davon hatte er sich wegen seiner finanziellen Probleme jetzt jede Menge Ärger an den Hals geladen.

»Bin ich etwa verhaftet?«, fragte Catania.

Theroux sagte: »Noch nicht. Aber wenn Sie nicht freiwillig mitkommen, dann müssen wir Sie festnehmen.«

Catania schluckte schwer. »Sie sollten lieber aufklären, wohin Ju Lyn, Raffaela und Xenia verschwunden sind, statt mich weiter zu drangsalieren!«

»Das werden wir«, sagte Castel.

Und dachte: hoffentlich. Denn sie hatte nach wie vor keine Idee, wo die Frauen stecken könnten und wer sie entführt hatte.

27

Ju Lyn stand wie ein zum Sprung bereiter Panther vor der Tür, die Zähne fest aufeinandergepresst. Ihre Nasenflügel bebten. Ihr Blick war gesenkt. Sie pumpte Luft in ihre Lungen, schrie dann auf und warf sich mit voller Wucht ein weiteres Mal gegen das massive Holz. Doch es bewegte sich kein Stück in den Angeln. Nur ihre Schulter schmerzte jetzt noch mehr.

»Das hat doch keinen Sinn«, sagte Raffaela. Ihre Stimme klang matt und hallte in dem Raum wider.

Ju Lyn drehte sich um und fauchte: »Wie oft willst du mir das noch sagen?«

»So lange, bis du es kapierst«, erwiderte Raffaela.

Ju Lyn konnte sie in dem Halbdunkel kaum ausmachen. Aber sie wusste, dass sie sich in der Ecke aufhielt, in der die Luftmatratzen auf dem Boden lagen. Das war alles an Komfort, den sie hier hatten: drei Plätze zum Liegen mit Schlafsäcken, eine Campingtoilette, eine Kühlbox mit einigen Nahrungsmitteln und Wasser. Und dann gab es da noch die Klappstühle und die Notenständer.

Raffaela würde nach wie vor in der Ecke hocken, eine der Decken über die Schultern geworfen, und neben ihr Xenia, vor sich hinstarrend, als habe sie den Verstand verloren. Was gut möglich war. Ju Lyn hatte diese Phase bereits hinter sich: die Verzweiflung, die Ernüchterung, die

Apathie und dann die Panik. Jetzt steckte sie in der Phase der Wut und Aggression – wenngleich sie immer wieder in die anderen Zustände zurückfiel. Es war ein entsetzliches emotionales Auf und Ab, dem man sich entweder hingeben oder etwas dagegen tun konnte. Denn sie war nicht nur entführt worden wie Xenia und Raffaela. Ihr Lebensgefährte Yong Choi war ermordet worden.

Ju Lyn hatte die Apartmentanlage in Fontaine-de-Vaucluse sehr gut gefallen. Sie hatte sie kurzfristig gebucht – alles nur wegen Ramon. Ihr Agent hatte eine Suite für sie organisiert, mit allem Drum und Dran. Aber Ju Lyn war sich nicht sicher gewesen, wie sie diese Geste verstehen sollte. Sie fürchtete, dass er ihr wieder Avancen machen und die Suite für sie und sich selbst wollte, obwohl er ja wusste, dass sie seit einigen Monaten eine Beziehung hatte. Deswegen hatte sie die Suite gecancelt, damit klare Verhältnisse herrschten.

Ju Lyn hatte sich damals dazu hinreißen lassen, auf Ramon einzugehen, der immer wieder heftig mit ihr geflirtet hatte. Er war zwar deutlich älter als sie und nicht wirklich ihr Typ – aber er hatte etwas, konnte sehr charmant sein. Natürlich wusste Ju Lyn, dass man ihm nachsagte, gerne seinen Klientinnen nachzustellen – auch, wenn das sehr unprofessionell war. Aber so war Ramon eben: Er mochte teure Uhren, schnelle Sportwagen und gab sich gerne groß, was ihm mit seinem Projekt in Spanien beinahe das Genick gebrochen hatte. Eine irrwitzige Idee.

Ju Lyn war gerade im Badezimmer gewesen und hatte sich die Haare geföhnt, um sich für das Konzert zurechtzumachen. Sie hatte nichts von dem gehört, was außerhalb des Badezimmers vor sich gegangen war, sich aber nachher immer wieder den wahrscheinlichen Hergang ausgemalt. Sie war nebenan. Es klopfte an der Tür. Yong Choi öffnete. Der Angreifer trat näher und stach ihn in den Bauch und in den Hals. Yong Choi brach tot zusammen. Dann kam der Entführer ins Badezimmer. Ju Lyn sah nicht hin, denn sie dachte, das sei natürlich Yong Choi. Der Mann stach ihr die Nadel einer mit einem starken Betäubungsmittel aufgezogenen Spritze in die Schlagader. Wenige Sekunden später konnte Ju Lyn sich nicht mehr rühren und wurde aus dem Raum geschleppt.

Sie erinnerte sich, wie sie Yong Choi in einer Blutlache liegen sah. Seine offenen Augen starrten an die Decke. Er musste tot gewesen sein. So viel Blut ... Sie wollte schreien, aber es ging nicht. Dann wurde sie in einen großen Rollkoffer gesteckt, was sie aber nur halb mitbekam. Schließlich wurde alles schwarz und sie bekam nur immer wieder mal etwas mit – dass sie in dem Koffer durch die Gegend gezerrt wurde, dass sie in einem Auto sein musste. Und genauso hatte es sich wohl auch bei Xenia und Raffaela zugetragen, wie sie mittlerweile wussten.

Schließlich war Ju Lyn wieder zu sich gekommen, konnte sich bewegen – und stellte fest, dass sie in einer Höhle war. Es war dunkel, kühl und roch nach Moos, Erde und Staub. Die Höhle musste sich in einem großen Felsen befinden. Ju Lyn hatte den Raum ausgemessen und schätzte ihn auf zehn Meter Tiefe, zehn Meter Breite und vielleicht drei Meter Höhe. Die Öffnung war etwa drei Meter breit, aber zugemauert, vielleicht schon seit vielen Jahren. Allerdings war eine Tür angebracht worden. Sie war schwer, massiv.

Ju Lyn hatte versucht, die Steine zu bewegen, aber es

war nicht möglich. Sie hatte ihren Mund gegen die Ritzen gepresst und um Hilfe geschrien, doch es war nichts passiert. Sie hatte alle Wände nach Spalten oder Öffnungen abgesucht, in der Hoffnung, es könnte irgendwo einen Gang geben, der nach draußen führte. Aber sie hatte nichts gefunden. Sie hatte lediglich durch eine der gerade mal bleistiftkopfgroßen Öffnungen zwischen den Steinen lugen können – und weit entfernte graue Felsen und Wälder gesehen. Und der Perspektive auf die Landschaft nach musste sie sich in einer Art Schlucht befinden, und zwar nicht unten, sondern weiter oben – wobei es kaum abzuschätzen war, wie tief die Schlucht überhaupt war.

Die gravierende Frage aber war: Warum waren sie hier? Und ihre Instrumente ebenfalls?

Tag und Nacht verschwammen miteinander. Ju Lyn hatte gekämpft, um nicht verrückt zu werden, hatte sich die Lunge aus dem Leib geschrien, war zusammengebrochen und hatte sich die Augen aus dem Kopf geheult – aus Trauer um Yong Choi, aus Angst vor dem, was ihr geschehen mochte. Sie hatte sich die Fingernägel an der Mauer und der Tür blutig gekratzt. Und schließlich, als sie aus einem verwirrenden Traum benommen aufgewacht war, war plötzlich Raffaela in der Höhle gewesen – mitsamt ihrer Bratsche.

»Hallo, Raffaela«, hatte Ju Lyn gesagt, als ihre frühere Kommilitonin und Ensemblekollegin zu sich gekommen war. Raffaela hatte zunächst gedacht, sie hätte ihren Verstand verloren. Dann hatten sie gemeinsam darüber nachgedacht, warum sie hier waren – und wie man hier entkommen könnte. Eine Möglichkeit zur Flucht hatten sie nicht gefunden. Der Entführer war niemals hier erschienen – nur, als er Raffaela gebracht hatte, und das hatte Ju Lyn nicht mitbekommen.

Immer wieder verfielen die beiden in regelrecht komatöse Zustände, was wohl am psychischen Stress der Entführung lag. Sie hatten viel miteinander geredet, auch über früher, und waren zu dem Schluss gekommen, dass sie sich zwar nach wie vor nicht ausstehen konnten, aber nun einmal gemeinsam in einem Boot saßen und sich zusammenraufen mussten.

Dann war Ju Lyn auf die Idee gekommen, dass etwas im Essen oder im Wasser sein mochte, ein Betäubungsmittel. Das Grausame daran war: Sie mussten schließlich essen und trinken. Sie versuchten, sich damit abzuwechseln, so dass immer eine von ihnen klar im Kopf blieb. Gleichzeitig wollten sie so feststellen, ob es wirklich einen Zusammenhang zwischen der Bewusstlosigkeit und der Nahrungsaufnahme gab.

Und tatsächlich, den gab es.

Schließlich war Xenia gebracht worden. Und am selben Tag waren auf einmal die Notenständer und die Stühle in der Höhle gewesen. Raffaela und Ju Lyn hatten sich weiterhin daran gehalten, abwechselnd zu essen und zu trinken. Sie hatten überlegt, dass der Mann doch von Zeit zu Zeit kommen musste, um nach ihnen zu sehen und neues Wasser und Essen zu bringen. Vielleicht gab es irgendwann die Möglichkeit, mit ihm zu reden. Oder sie könnten ihn vielleicht sogar angreifen und überwältigen.

Trotzdem war Raffaela eingeschlafen und hatte nicht mitbekommen, wie der Mann Xenia mitsamt ihrem Instrument gebracht hatte. Xenia hatte die gleiche Panik durchlitten wie Ju Lyn und Raffaela – mit dem Unterschied, dass

Xenia zwei Menschen hatte, die sie auffangen und trösten konnten, wenigstens ein wenig.

Und immer wieder dachte Ju Lyn an Yong Choi.

Er war Manager in einer Unternehmensberatung gewesen und hatte Kunden aus der Autoindustrie betreut. Park Consulting war die Firma seines Vaters, die als Sponsor bei klassischen Konzerten agierte. So hatten sie sich kennengelernt, er und Ju Lyn – auf einem von Park Consulting unterstützten Festival. Yong Choi hatte immer wieder Auslandsaufenthalte unternommen. Sie führten ihn schon mal in Krisengebiete – zum Beispiel nach Afrika, wo namhafte Autohersteller etwa in Algerien oder Ruanda Fabriken eröffnet hatten, um dort für den inländischen Markt zu produzieren. Für Manager von Park Consulting oder anderen Unternehmen waren dafür Trainings obligatorisch, wie man mit Entführungen umging. Denn die geschahen immer wieder – ob nun Terrorgruppen, Revolutionäre oder einfache Kriminelle dahintersteckten.

Yong Choi hatte ihr die Verhaltensregeln für Entführungsfälle heruntergebetet, weil er sie für einen Kursus lernen musste. Es war wichtig, optimistisch zu bleiben, sich nicht aufzugeben und sich immer wieder zu verdeutlichen, dass sich jemand um die Befreiung kümmerte. Man sollte sich vor Augen führen, dass schon nichts allzu Schlimmes geschehen würde, denn ein Entführer hatte ja ein Ziel, und das konnte er kaum erreichen, wenn man tot war. Außerdem sollte man unbedingt die Kontrolle über sich selbst behalten und weder Traurigkeit noch Schwäche zeigen.

Man sollte sich Aufgaben stellen, um den Geist in Schwung zu halten und sich abzulenken, weshalb Ju Lyn,

Xenia und Raffaela immer wieder einige Stücke im Kopf miteinander durchgegangen waren und ihre jeweilige Stimme gesummt haben. Außerdem hatten sie sich darüber ausgetauscht, was sie über ihre Entführung wussten – und die Motive. Zudem wurde immer wieder gesagt, dass man eine persönliche Beziehung zu seinem Entführer aufbauen und versuchen sollte, den eigenen Handlungsspielraum zu erhöhen. Wenn man sie nicht mehr als Objekte wahrnahm, würde es schwieriger werden, ihnen etwas anzutun. Weiter sollte man sich immer wieder verdeutlichen, dass man nur Mittel zum Zweck war und es nicht um einen persönlich ging.

Doch das, da waren sich Ju Lyn, Raffaela und Xenia einig, galt in diesem Fall anscheinend nicht. Denn es ging sehr wohl um sie als Personen, um ihre Reputation und ihr Können. Außerdem hatte der Mann, der für das alles hier verantwortlich war, Ju Lyns Freund umgebracht. Da war es nicht leicht, eine Beziehung aufzubauen.

Ju Lyn spürte das Brennen und Pochen in ihrer Schulter. Schließlich ging sie wieder zu Raffaela und Xenia. Sie saßen im schummrigen Licht auf den Luftmatratzen. Nur durch die winzigen Ritzen in der Mauer fielen ein paar Sonnenstrahlen ins Innere. Xenia trug noch ihre Laufsachen. Sie war beim Joggen überwältigt worden. Hinter ihnen lagen die Instrumentenkoffer.

»Wir müssen hier raus«, sagte Ju Lyn.

»Ach«, erwiderte Raffaela schnippisch, »wirklich?«

»Ich weiß nicht wie, aber … Irgendwie müssen wir das schaffen.«

»Er scheint doch etwas von uns zu wollen«, flüsterte Xenia und fröstelte. »Er entführt doch nicht ohne Grund drei

Musikerinnen und nimmt auch noch die Instrumente mit. Das hat doch einen Zweck.«

»Deswegen stehen sicher auch die Notenständer da«, sagte Raffaela.

Ju Lyn rieb sich die Schulter. Sie wollte gerade etwas erwidern, als sie ein Geräusch an der Tür hörte. Auch die anderen beiden merkten auf. Es klang, als werde ein Schlüssel herumgedreht. Dann ging die Tür auf. Grelles Sonnenlicht fiel herein. Der schwarze Schattenriss einer Person war zu sehen, die einen länglichen Gegenstand in der Hand hielt. Und da war noch etwas anderes. War das ein Koffer?

Ju Lyn blinzelte in das Licht, Xenia und Raffaela ebenfalls. Die beiden standen auf, drängten sich mit dem Rücken an die Felswand. Auch Ju Lyn machte einen Schritt zurück. Ihr Herz raste. Krachend fiel die Tür wieder zu. Es gab kratzende Geräusche, als der Koffer über den Boden gezogen und schließlich gegen die Mauer gelehnt wurde. Ju Lyn gewöhnte sich rasch wieder an das Halbdunkel. Sie erkannte, dass die Person ein Mann war, und zwar derselbe, der sie hergebracht hatte. Er trug schwarze Sachen und zudem eine schwarze Strumpfmaske. In der Hand hielt er ein Gewehr. Und der Koffer, den er mitgebracht hatte, war ein Cellokoffer.

Ju Lyn wollte etwas sagen. Aber die Worte kamen ihr nicht über die Lippen, ihr ganzer Mund fühlte sich an wie ausgedörrt.

»Da wären wir also«, sagte der Mann und hielt das Gewehr nun in beiden Händen. »Es ist beinahe perfekt.«

»Was«, hörte Ju Lyn die Stimme von Xenia hinter sich, »wollen Sie von uns? Lassen Sie uns gehen! Bitte.«

Der Mann lachte leise und schüttelte den Kopf. »Das

ist leider nicht möglich. Wir haben ja noch nicht einmal begonnen.«

»Womit begonnen?«, fragte Ju Lyn – und war sich schon im nächsten Moment nicht mehr sicher, ob sie das überhaupt wissen wollte.

»Diese Höhle hat eine wunderbare Akustik. Hier drin«, der Mann deutete mit dem Gewehrlauf auf den Koffer, »befinden sich Notenblätter. Ich bin gleich wieder weg. Dann könnt ihr sie herausnehmen und schon einmal mit den Proben beginnen. Ich bin mir sicher, dass ihr die Akustik ebenfalls überwältigend finden werdet.«

»Wir ... sollen ... spielen?«, fragte Raffaela.

»Ja«, sagte der Mann. »Es wird noch nicht perfekt sein, aber ihr könnt schon einmal anfangen.«

Ju Lyn fragte: »Sie haben uns entführt, damit wir hier Musik machen?«

»Es geht nicht nur um Musik, Mademoiselle Kim. Es geht darum, etwas Großartiges zu vollbringen. Und Sie drei sind die fabelhaftesten Musikerinnen, die ich kenne. Glauben Sie mir – ich hätte mir durchaus andere Umstände gewünscht, das alles hier möglich zu machen. Aber ich glaube, es ging nur so.«

»Lassen Sie uns gehen«, sagte Ju Lyn und machte einen Schritt vorwärts. Dann schrie sie auf: »Sie haben meinen Freund ermordet, Sie Schwein!«

»Na, na«, machte der Mann und richtete den Gewehrlauf auf Ju Lyn. Sie blieb sofort stehen. »Es war kein Mord. Es war ein Unfall. Der kleine Zwischenfall tut mir leid, das war nicht so vorgesehen. Ich muss nun wieder gehen, aber ich komme sehr bald zurück. Und bis dahin ...«, der Tonfall änderte sich zu einem Säuseln, »spielt. Spielt, als würde euer Leben davon abhängen. Vielleicht werde ich draußen sitzen und zuhören. Also würde ich empfehlen, dass ihr meinen Wunsch sehr ernst nehmt. Denn wenn ich nichts höre … wäre das nicht sehr gut. Ich müsste denken, ich würde nicht ernst genommen. Nehmt die Noten – und übt.«

»Und dann kommen wir frei?«, fragte Xenia.

Der Mann erwiderte nichts, sondern bewegte sich rückwärts zur Tür, um sie wieder zu öffnen. Das Gewehr blieb auf die drei Frauen gerichtet.

»Wir werden sehen«, sagte er dann, »was die Zukunft bringt und wie zufrieden ich sein werde.«

»In so einem riesigen Koffer bringen Sie die Noten mit?«, hörte Ju Lyn Raffaelas Stimme.

Der Mann lachte wieder leise, stand nun im offenen Türrahmen. Ju Lyn schattete erneut die Augen ab. Ihn jetzt anzugreifen wäre purer Selbstmord. Er war bewaffnet und stand etwa zehn Meter entfernt. Und womit sollte sie ihn auch angreifen?

»In dem Koffer ist außer den Noten auch ein Cello«, sagte der Mann. »Wir werden es für die Kammermusik brauchen.«

»Und wer soll das spielen?«, blaffte Raffaela.

Wieder dieses Lachen. »Einen schönen Tag noch«, sagte der Mann.

Dann schloss er die Tür hinter sich ab.

28

Vaison-la-Romaine: Die Cellistin Sophie Dejardin und das *Orchestre National Avignon-Provence* treten morgen zu einem Vormittagskonzert auf und spielen Robert Schumanns Konzert für Violoncello und Orchester a-Moll op. 129 sowie Antonín Dvořáks Konzert für Violoncello und Orchester h-Moll op. 104.

Albin legte die Zeitung auf den Bistrotisch vor dem Café du Midi. Er zündete sich eine Gitanes an, inhalierte tief und dachte im Ausatmen: Jetzt wird doch der Hund in der Pfanne verrückt.

Lass mich bloß mit deiner Pfanne in Ruhe, schien Tyson sagen zu wollen, der unter dem Tisch lag und abwechselnd die Augenbrauen anhob, den Feierabendverkehr betrachtete und für einen kurzen Moment eine Art seufzendes Knurren von sich gab.

»Eine Cellistin«, sagte Albin in Gedanken zu Tyson. »Zwei Violinen, eine Bratsche – fehlt nur noch das Cello zum klassischen Kammermusikensemble.«

Stimmt, erwiderte Tyson. *Und du meinst …*

»Keine Ahnung, was ich meine«, erwiderte Albin und paffte. »Aber ich denke in jedem Fall, dass man auf dieses Konzert ein besonderes Augenmerk haben sollte – und zwar nicht so halbherzig wie in Sénanque.«

Spielt sie ein kostbares Instrument?

Albin nahm die Zeitung wieder zur Hand und las die Ankündigung noch einmal genauer durch. Sie beschrieb Dejardins beachtliche Vita und ihre großen Erfolge als Solistin. Das zu dem Artikel gehörende Foto zeigte sie mit ihrem Cello, lässig an einer antiken Säule lehnend, in einem schlichten weißen Kleid. Eine attraktive Frau mit sanften Augen und leicht gelockten Haaren. Außerdem stand in dem Text, sie spiele ein besonderes Instrument, das aus dem frühen 18. Jahrhundert und von einem italienischen Meisterbauer stammte.

»Tut sie«, sagte Albin, faltete die Zeitung wieder zusammen und aschte ab.

Na also, erwiderte Tyson.

»Wie gesagt – sie passt genau ins Bild. Das Konzert sollte gut überwacht werden und Dejardin Personenschutz erhalten.«

Ob sich das durchsetzen lässt …

»Nicht meine Baustelle. Damit kann sich Bonnieux herumschlagen. Jedenfalls muss er dafür sorgen, dass nicht noch eine Musikerin und ein kostbares Instrument vor seinen Augen verschwinden.«

Du jedenfalls heiratest morgen.

»Allerdings, mein Freund.«

Und sitzt hier am Vorabend deiner Hochzeit herum, anstatt zu Hause bei der Familie zu sein.

»Tyson. Du weißt doch genau, was da gerade für ein Irrsinn herrscht. Das ganze Anprobieren, alles noch mal Durchgehen und Vorbereiten – da sind wir zwei nur im Weg.«

Stimmt auch wieder.

»Wie du dich erinnerst, sind wir sogar regelrecht herausgeworfen worden, um nicht alles noch chaotischer zu machen.«

Ja, ich weiß. Ich meine ja nur.

»Lass Veronique, Manon und Veroniques Töchter mal machen. Die sind ja gerade erst angekommen. Sie gehen alle voll in den Vorbereitungen auf. Außerdem haben wir einen guten Grund, hier zu sein, richtig?«

Jedenfalls … Tyson gab wiederum dieses Schnauben von sich.

»Rück raus.«

Jedenfalls heiratest du morgen. Und das Konzert ist auch morgen.

»Ja.«

Beides wird wohl nicht gehen – in Vaison vor Ort sein und in der Kirche.

»Das Konzert ist ja vormittags. Das Standesamt und die Kirche sind am späten Nachmittag.«

Das meinst du nicht ernst, Chef?

»Ich stelle nur fest, dass die Uhrzeiten unterschiedlich sind.«

Mhm.

»Es sind fünfunddreißig Kilometer hin, fünfunddreißig Kilometer zurück. Das schafft man in jeweils vierzig Minuten.«

Chef!

»Nur eine Feststellung von Tatsachen. Mehr nicht.«

Ich kenne dich doch!

Albin betrachtete seine Fingernägel und schwieg.

Ich frage mich dennoch …, begann Tyson.

»Ich mich auch«, kürzte Albin ab und sah dem fließenden Verkehr zu. »Geht es um Geld? Geht es um die Musikerinnen? Oder um beides? Niemand hat bisher Lösegeldforderungen gestellt.«

Tyson schwieg sich aus.

Albin hörte knirschende Schritte auf dem Kies vor dem Café und eine Stimme hinter sich.

»Der Bräutigam im Abendlicht. Ein Bild für die Götter«, sagte Matteo, der mit einem Tablett herankam, auf dem zwei Gläser mit Pastis und eine Wasserkaraffe mit dem Aufdruck von Ricard standen.

»Seit wann glauben Faschisten an Götter?«

Matteo lachte bellend auf. »Hier gibt es keine Faschisten. Nur Menschen mit Vorurteilen wie du. Ich habe sehr wohl gemerkt, dass du das Bild von Marine abgehängt hast, während du mein Geschäft heruntergewirtschaftet hast.«

»Es war mir lieber, dass das Objekt deiner feuchten Träume nicht dauernd auf mich herabschaut.«

»Dir ist schon klar, dass sie unsere künftige Präsidentin sein könnte?« Matteo stellte das Tablett auf dem Tisch vor Albin ab, zog den Lappen aus der Hintertasche seiner Jeans und wischte beiläufig um das Tablett herum, hob Albins Aschenbecher hoch, wischte auch dort und steckte das Tuch wieder ein. Dann füllte er die ebenfalls mit Ricard bedruckten Gläser mit Wasser auf und sagte: »Ist 51er drin, kein Ricard. Jemand, der meinen Laden fast in die Pleite gefahren hätte, hat vergessen, Ricard nachzubestellen.«

»Pff«, machte Albin und paffte.

Schließlich schob Matteo Albin ein Glas hin und nahm sich das andere.

Albin sagte: »Ich dachte, du bist auf Antibiotika. Da trinkt man keinen Alkohol.«

»Bei dem, was sie im Beipackzettel schreiben, kann ich froh sein, dass ich noch nicht an den Nebenwirkungen verreckt bin. Man soll beim Arzt anrufen, falls man merkwürdige Phantasien bekommt.«

Albin grinste. »Die hast du doch auch ohne Pillen.«

Matteo winkte mit der freien Hand ab. »Ein Pastis wird schon nicht schaden. Der geht aufs Haus. Ist schließlich dein Junggesellenabschied.«

Albin nahm sein Glas und stieß mit Matteo an. »Ich war ja schon mal verheiratet«, sagte er. »Aber dennoch weiß ich diese Geste zu schätzen – bedenkt man, wie geizig du sonst bist.«

Matteo trank einen Schluck. »Es gibt einen gewaltigen Unterschied zwischen Sparsamkeit und Geiz, mein Lieber. Überhaupt frage ich mich, warum du am Vorabend deiner Hochzeit Menschen auf die Nerven gehst, die trotz schwerer Krankheit arbeiten müssen, statt dich auf den großen Tag vorzubereiten.«

»Ich will nicht im Weg sein«, erwiderte Albin, trank ebenfalls einen großen Schluck und spürte, wie der Alkohol angenehm in seiner Kehle brannte. »Außerdem …«, sagte er und zog eine kleine schwarze Schachtel aus der Hosentasche, um sie auf den Tisch vor Matteo zu stellen. Sie war in Leder eingefasst und trug das goldene Emblem des Juweliers.

Matteo stockte. Dann straffte er sich und sagte mit einer leicht feierlichen Stimme: »Ich werde sie hüten wie meine Augäpfel. Du kannst dich auf mich verlassen.«

»Das will ich doch hoffen.«

»Absolut. Es ist mir eine Ehre.«

»Jetzt mach mal halblang.«

»Ernsthaft.«

Albin musterte Matteo, der es wirklich ernst zu meinen schien. Er trank noch einen Schluck und drückte dann die Gitanes aus. »Da ist noch etwas, wonach ich dich fragen wollte.«

»Nur zu.«

»Wegen der Fantomas-Maske.«

Matteo starrte auf den Verkehr und zuckte mit den Schultern. »Keine Ahnung, was du deswegen wissen willst. Habe ich dir doch schon erzählt.«

»Und wegen diesem Zettel, den ich vor dem Gericht neben dem Auto von Gilles gefunden habe. Er war heruntergefallen, besser gesagt, er hat ihn weggeworfen. Er klemmte an der Windschutzscheibe.«

Matteo schwieg, zuckte erneut mit den Schultern und leerte gleichzeitig den Pastis in einem Zug.

»Ich habe mich gefragt, ob es einen Zusammenhang zwischen der Maske und dem Zettel geben könnte, der unterzeichnet war mit dem Namen …«

»Na so was!«, rief Matteo und streckte den Finger in Richtung Straße. »Schau, wer da kommt! Das ist ja ein Zufall. Deine halbe Gästeschar trifft zu deinem Junggesellenabschied ein! Dann hole ich mal schnell noch ein Glas! Bin gleich wieder da!«

Albin schaute, während Matteo blitzschnell im Café verschwand. Ein Motorroller fräste sich im Slalom durch den Verkehr. Das war Castel. Unverkennbar. Dienstschluss. Sie schien Albin und Matteo bemerkt zu haben und stoppte ihren Motorroller, stellte ihn aus, setzte den Helm ab und kam herüber.

»Castel«, sagte Albin. »Sie kommen mir gerade recht.« Er schob ihr einen Stuhl hin, während Tyson bereits außer sich vor Freude winselte und sich ausgiebig von ihr tätscheln ließ.

»Ich bin überrascht, Sie hier zu sehen«, sagte Castel. »Morgen wird doch geheiratet?«

»Na klar. Und Sie werden dabei sein.«

Castel nickte und setzte sich. Matteo kam bereits aus der Bar und hatte eine Flasche 51er dabei sowie ein weiteres Glas, das er vor Castel stellte.

»Ich muss noch fahren«, sagte sie.

»Auf den Junggesellenabschied können Sie ruhig einen nehmen«, sagte Matteo. »Mit doppelt Wasser.«

Castel lachte. »Junggesellenabschied?«

»Nur symbolisch«, sagte Albin. »Niemand hier ist mehr jung – außer Ihnen.«

Sie stießen an. Schließlich verschwand Matteo wieder im Café. Albin berichtete Castel von seinen Recherchen über Cédric Guerin, danach zog er Castel aus der Nase, wie es mit Catania am Flughafen in Marseille gelaufen war.

»Und wo steckt er jetzt?«, fragte Albin.

»Untersuchungshaft. In erster Linie wegen Verdunklungsgefahr in Bezug auf den Steuerbetrug. Es hat eine Hausdurchsuchung bei ihm gegeben. Auch die Büros wurden durchsucht. Es wurde bislang nichts gefunden, was den Verdacht belegen würde, dass er hinter den Entführungen steckt. Die Auswertung der Videoüberwachung vom Bahnhof in Avignon hat ergeben, dass ein dunkelblauer Renault Espace in Betracht kommt, Kennzeichen konnten wir allerdings nicht ablesen, da es überklebt war. Wir fahnden nach dem Fahrzeug.«

»Hm«, machte Albin. »Seit ihr in Gordes schon weitergekommen?«

»Leider nicht«, sagte Castel. »Wir versuchen die ganze Zeit, den Nachtportier zu erreichen, aber er geht nicht ans Telefon. Die Hotelleitung meint, er sei ein etwas verschrobener Typ und habe wahrscheinlich das Telefon ausgeschaltet oder auf lautlos gestellt und erst wieder in zwei Tagen Nachtdienst. Es sei nicht ungewöhnlich, dass er das Handy ausstellt. Er ist eigentlich schon im Ruhestand, übernimmt aber gern die späten Schichten. Wenn wir ihn bis zum Wochenende nicht erreichen, schicken wir eine Streife bei ihm vorbei.«

»Was denken Sie in Bezug auf Catania? Steckt er dahinter?«

»Meine persönliche Meinung?«

»Ja.«

»Ich glaube nicht«, sagte Castel. »Es wäre noch schlüssig gewesen, dass er mit Kim Ju Lyn gemeinsame Sache gemacht hätte – eine Entführung fingieren und sich den Erlös aus der Violine einstecken. In dem Kontext hätte ich auch noch die gemeinsame Entführung von Raffaela Perotti geschluckt. Aber für den Abend, an dem Xenia Bonnet in Gordes verschwand, hat Catania ein Alibi, da wir verlässlich wissen, dass Catania in einem Hotel in Marseille war. Außerdem ist da die Sache mit dem Mord an Kim Ju Lyns Lebensgefährten. Ich kann mir nicht vorstellen, dass Ju Lyn noch weiter mitgemacht hätte, nachdem Catania ihren Freund umgebracht hat.«

»Es sei denn, der Tod von ihrem Freund wurde in Kauf genommen.«

»Ja, glaube ich aber nicht. Catania war bislang dennoch unser heißester Kandidat.«

»Nehmt Guerin aufs Korn!«

»Wir werden ihn uns genauer anschauen.«

»Er war bislang bei jedem Konzert dabei. Und er hat einen Sprung in der Schüssel. Außerdem das morgige Konzert – ihr müsst es überwachen, und zwar richtig.«

»Ich rufe Bonnieux deswegen noch heute an.«

»Die Cellistin braucht auch Personenschutz.«

»Okay.«

»Denn es fehlt ein Cello. Zwei Violinistinnen sind verschwunden samt Instrumenten, außerdem eine Bratschistin. Zu einem vollständigen Quartett braucht es das Cello.«

»Das habe ich inzwischen begriffen, Albin.«

»Andererseits ist Guerin Cellist, und er ist mitsamt Cello ebenfalls verschwunden.«

»Und wenn man Ihre Theorie zugrunde legt, will er seine Werke endlich aufführen und hat dazu Musikerinnen von Rang und Namen entführt.«

»Könnte sein. Und deswegen gibt es keine Lösegeldforderungen. Weil es nicht ums Geld geht.«

»Und er will entweder das Quartett noch mit einer Cellistin auffüllen – oder selbst spielen.«

»Ja. Beides ist möglich. Das Konzert will er morgen streamen. Wer weiß, was er noch vorhat.«

»Sie meinen, wenn er die Musikerinnen nicht mehr benötigt?«

Albin nickte. »Dass er über Leichen geht, hat er bereits mit dem Mord an Ju Lyns Freund bewiesen. Fahndet nach Guerin!«

»Ich weiß nicht, ob ich eine Fahndung durchsetzen kann«, sagte Castel, leerte ihr Glas und stand auf. »Es gibt keine wirklichen Verdachtsmomente gegen ihn, fürchte ich.«

Das war Albin durchaus klar. »Trotzdem«, sagte er.

Castel nickte. »Wir sehen uns dann morgen vorm Traualtar.«

»Sie wissen schon, wie das klingt, Castel?«

Sie lachte laut auf.

Albin sagte: »Das könnte Ihnen so passen. Darauf haben Sie es von Anfang an angelegt, aber spätestens ab morgen können Sie das vergessen, Sie Träumerin!«

Castel grinste und ging dann zum Motorroller. »Sie sind unmöglich, Albin«, rief sie ihm zu und winkte.

»Einer muss es ja sein«, sagte er und blickte unter den Tisch zu Tyson. »Oder?«

29

Bertrand Vollant und Tarek Calvar hielten mit laufendem Motor am Straßenrand. Vollant saß am Steuer und starrte abwechselnd in den Rück- und den Außenspiegel. Calvar spielte zwar mit dem Handy, hatte aber ebenfalls die Umgebung im Blick. Als Cat an ihnen vorbeifuhr, wartete Vollant noch ein paar Sekunden, ließ zwei weitere Fahrzeuge passieren und scherte dann aus. Besser, wenn etwas Abstand zwischen ihnen und Cat war.

Cat hatte sich den Wagen garantiert gemerkt, als er sie – mit Calvar am Steuer – neulich knapp überholt hatte. Es war nicht nötig, dass ihr der BMW jetzt wieder auffiel. Vollant hatte Calvar deswegen zur Schnecke gemacht, aber der hatte nur erwidert, das hätte einen psychologischen Effekt auf Cat und würde Druck machen. Von wegen! Um ein Haar wären sie eben wieder an ihr vorbeigefahren, als sie plötzlich rechts ran fuhr und Vollant auf die Schnelle eine Parklücke finden musste, zwar im Halteverbot, aber egal. Es konnte ja keiner damit rechnen, dass die Polizistin plötzlich an diesem Café stoppte, um dort einen Schwatz mit dem alten Knacker zu halten.

Es war dieser Typ mit dem Hund. Vollant hatte neulich schon überprüft, um wen es sich dabei handelte: Albin Leclerc, Commissaire im Ruhestand, der offenbar noch als polizeilicher Berater fungierte.

»Wir hätten sie neulich einfach plattmachen sollen«, sagte Calvar jetzt, fuhr sich mit der Hand über den kahlen Schädel und setzte die Sonnenbrille auf. »Von der Straße abdrängen, Problem gelöst.«

»Sie ist ein Bulle, Tarek«, sagte Vollant und klemmte sich dicht hinter den vor ihm fahrenden Volkswagen, damit er durch die Scheiben der anderen Autos hindurch weiterhin Castels Motorroller im Blick behalten konnte. »Wir können sie nicht einfach umlegen. Wir wissen, dass sie uns gefährlich werden könnte, aber bis zu dem Zeitpunkt, an dem wir ganz sicher sind, behalten wir sie im Blick. Aus dem Weg räumen wir sie erst dann, wenn es unbedingt sein muss. Klar, das kann schneller passieren, als wir denken. Martinet ist ebenfalls kein Blödmann. Der weiß sofort, woher der Wind weht, wenn Cat plötzlich mit gebrochenem Genick im Dreck liegt.«

»Na und?«

»Das Auto hinterlässt zu viele Spuren, ganz einfach. Habe ich dir doch schon erklärt, oder? Wir haben mit Tanguy und Leon abgesprochen, dass wir uns an ihren Hintern kleben, sie verunsichern, eine Lücke suchen – und dann weg mit ihr, falls sie uns noch mehr Schwierigkeiten macht. Aber elegant, nicht einfach über den Haufen fahren.«

»Scheißegal, wie wir sie umlegen – Martinet wird sowieso wissen, wer dahintersteckt.«

»Aber er soll es nicht beweisen können und irgendwelche Lacksplitter in Cats Gehirn finden, die zu unserem Auto passen, Mann, kapierst du das nicht?«

»Entsorgen wir eben die Karre.«

»Deinen Arsch entsorge ich. Das ist ein 850i. Der hat mich fast hunderttausend gekostet.«

»Ich habe keinen Bock mehr auf den Mist. Schlimm genug, dass wir Cat nicht auf dem Schirm hatten und Martinet sie plötzlich aus dem Hut gezaubert hat.« Calvar grinste vor sich hin. »Martinet soll sich vor Wut die Seele aus dem Leib gekotzt haben.«

»Wegen neulich?«

Calvar nickte. »Ist vollkommen ausgerastet. Hat seinen Mülleimer durchs Büro gekickt und rumgebrüllt wie ein Geistesgestörter. Hätte ich zu gerne gesehen, echt.«

»Sagt wer?«

»Wie man so hört, weißt schon.«

Vollant lächelte still vor sich hin. Sie hatten Informanten innerhalb der Polizei und des Ministeriums, was ihr Glück war. Da hatten sie eins und eins zusammengezählt und waren draufgekommen, wofür Martinet Cat einsetzen wollte. Natürlich war ihnen klar, dass etwas lief, und sie waren ebenfalls gewarnt. Vollant konnte sich allerdings nicht vorstellen, dass sie eine Ahnung hatten, worum es ging.

Vollant wusste nicht genau, was Cat ausgesagt hatte. Sie konnte nicht viel wissen, denn ansonsten wäre das alles viel früher aufs Tapet gekommen. Cat wusste Dinge, aber sie hatte ihnen nie Bedeutung zugemessen und keine Ahnung, welche Relevanz sie hatten. Insofern war sie eine Art tickende Zeitbombe, die man dringend im Blick behalten musste. Und vielleicht, dachte Vollant, vielleicht sollte er sie auf eigene Kappe einfach mal zur Rede stellen, ohne dass die anderen es mitbekamen. Zu verlieren hatte er nicht viel. Er könnte ihr klarmachen, dass Martinet Cat benutzte, sie instrumentalisierte. An den alten Korpsgeist appellieren. Und vielleicht konnte man sie ja sogar umdrehen und als Sympathisantin gewinnen?

Gemäß der Beschlüsse, die Martinet zu den Hausdurchsuchungen auf den Tisch gelegt hatte, ging es um ältere Fälle – und zwar darum, dass sie die Bodycams manchmal ausgeschaltet hatten. Natürlich hatten sie sich immer mal wieder ein paar Beutel Kokain, Heroin oder Pillen eingesteckt. Das hatte damals keiner mitbekommen. Auch Cat nicht. Das war für Vollant keine Frage. Und wahrscheinlich, stellte sich Vollant vor, hatte Martinet ihr alte Einsatzprotokolle präsentiert und sie bestätigen lassen, dass in einigen Fällen nicht alles gemäß der Vorschrift gelaufen ist – und schon konnte er einen Hebel ansetzen, weil er ansonsten nichts in der Hand hatte. Zum Glück waren sie ja alle rechtzeitig gewarnt worden.

Und Cat – das Problem mit Cat …

Jeder bei der Polizei in Marseille kannte die Geschichte. Castel war gerade von der BRI-BAC in die Mordkommission gewechselt und hatte auch mit Bandenkriminalität zu tun. Zu dem Zeitpunkt war sie mit Mahmoud Hadjali zusammen gewesen. Sie trug sogar seinen Namen ans Handgelenk tätowiert. Hadjali war gebürtiger Libyer, sehr reich, gutaussehend, im Reedereigeschäft tätig, und sie hatte sich Hals über Kopf in ihn verliebt. Was sie und zu dem Zeitpunkt auch noch kein anderer wusste: Hadjali war ein Schwerkrimineller, und seine Schiffe wurden zum Drogen- und Waffenschmuggel genutzt. Er hatte ein Netzwerk, an das auch islamistische Terrorzellen angedockt waren, und Cat als lebende Wanze benutzt. Auf diese Weise bekam er hautnah mit, was die Polizei plante und wusste. Ihr Telefon war angezapft, ihre Wohnung verdrahtet, was sie eines Tages per Zufall herausfand.

Natürlich hatte sie das angezeigt, was Selbstmord für

ihre Karriere war. Dann kam Martinet ins Spiel, weil es wegen der Waffen und dem Terrorismus um innere Sicherheit ging – und der drehte den Spieß um, setzte Cat unter Druck, um sie als lebende Wanze innerhalb von Hadjalis Kreisen einzuschleusen. Schließlich wurde Hadjali eine Falle gestellt. Es kam zu einer Schießerei am Hafen mit vielen Toten, darunter Mahmoud selbst.

Castel servierten sie ab in die Provence. Hadjalis Schwester Laila konnte fliehen und kam später inkognito zurück, um mit Cat abzurechnen.

Vollant, Calvar, Martin und Dombois waren damals am Hafen dabei gewesen, eine Ironie des Schicksals, denn sie hatten schon zu diesem Zeitpunkt Geschäfte mit Hadjali gemacht und die Option auf einige Kisten mit Panzerfäusten und Schnellfeuergewehren aus russischer Produktion erworben. Das zerschlug sich natürlich angesichts der Umstände, und da bereits ein Teil der Ware angezahlt worden war, kam sie der Verlust teuer zu stehen. Noch ärgerlicher war, dass eine Toproute in den Nahen Osten gekappt wurde und der Geheimdienst seither seine Arbeit gut und gründlich machte, weshalb es heute unfassbar schwer war, an Waffen zu gelangen.

Noch problematischer aber war die Tatsache, dass Mahmoud Hadjali das Geschäft zusammen mit seiner Schwester Laila betrieben hatte, die geflohen war. Damit war noch ein Spieler mehr auf dem Brett, der wusste, dass Vollant, Calvar, Martin und Dombois in Mahmouds Geschäfte verwickelt waren. Die anderen, die etwas wissen konnten, waren damals alle am Hafen gewesen, und Vollant und Co. hatten dafür gesorgt, dass sie unter den neun Toten waren.

Womit am Ende nun die Frage blieb: Hatte Laila jemandem nach ihrer Rückkehr davon erzählt? Zum Beispiel Caterine Castel? Oder hatte Cat keine Ahnung gehabt – aber bei ihr haben womöglich plötzlich alle Alarmglocken geläutet, als man ihren Blick auf diese Frage lenkte? So, wie es vor ein paar Tagen vielleicht in der Vernehmung mit Martinet geschehen ist?

Man musste sich ernste Sorgen wegen Castel machen. Aber sie einfach mit dem BMW rammen, zudem mit einem so teuren mit Sonderlackierung – das kam überhaupt nicht in Frage.

Calvar sagte: »Der Scheiß geht mir trotzdem auf die Nerven. Wann gehen wir endlich in ihr Haus, verkabeln die Bude und zapfen ihr Telefon an?«

»Wir haben das Zeug dafür gerade erst bekommen. Sobald sie morgen aus dem Haus ist, legen wir los.«

»Am Ende werden wir sie ja doch umlegen müssen, Bertrand, alles vergebene Liebesmüh, vergeudete Energie.«

»Es ist so abgesprochen.«

»Aber nicht mit uns. Nicht mit dir und mir und Tanguy und Leon.«

»Nein, an höherer Stelle.«

»Zur Hölle mit diesen Typen.«

»Wir werden in der Hölle landen, wenn wir nicht den Befehlen folgen.«

Calvar seufzte, rieb sich über die Stirn. »Weißt du«, sagte er, »das waren noch Zeiten, als wir nur zu viert agiert haben.«

»Wir wollten den nächsten Schritt gehen, also beschwer dich nicht.«

»Ich meine ja nur.«

Vollant sagte nichts und fuhr geradeaus weiter, als Castel nach rechts abbog. Sie war auf dem Heimweg, keine Frage. Er würde einmal um die Stadt herum und dann von der anderen Seite an ihrem Haus vorbeifahren, um das zu verifizieren.

Dann würden sie sich die Nacht um die Ohren schlagen, und sobald Castel am anderen Morgen das Haus verlassen würde, würde er Castel folgen und Calvar ins Haus gehen und das Überwachungsmaterial installieren.

Ein Kinderspiel, dachte Vollant und gab Gas. Was sollte da schon schiefgehen?

30

Albin stand vor der Haustür, rauchte eine Gitanes und blinzelte in die Morgensonne, die durch die Kronen der Platanen schien. Er trug seinen Anzug, hatte die Krawatte umgebunden und noch den Geschmack von Madeleines und Kaffee auf der Zunge.

Er genoss die Stille. Nichts als das leise Rascheln der Blätter im Wind war zu hören, das Knistern der Zigarette, als er daran zog, und der helle Schlag der Kirchenglocke. Er beobachtete Tyson, der neben ihm saß und irgendetwas im Rinnstein fixierte, vielleicht eine Ameise oder eine Fliege. Ihm schien die Ruhe ebenfalls zu gefallen, denn bis gerade eben hatte der reine Wahnsinn im Haus – oder besser gesagt im Irrenhaus – Leclerc getobt.

Veronique, Manon, Clara und Albin hatten zunächst beim Frühstück gesessen – wobei man nicht wirklich von einem gemütlichen Frühstück sprechen konnte. Veronique war mit einem Kaffeebecher in der Linken und einer Madeleine in der Rechten hin und her geeilt, ohne irgendetwas Bestimmtes zu tun, und hatte aufgezählt, woran noch zu denken wäre und wer wann eintreffen sollte. Manon hatte ihr dabei assistiert und war mehrfach von der Küche ins Wohnzimmer gegangen, um den Inhalt ihrer Handtasche zu überprüfen, anschließend im Flur das Handy zu checken und eine Textnachricht zu beantworten, vom Flur nach oben ins Bad gelaufen, von dort wieder zurückgekommen, um in der Küche einen Schluck Sekt zu trinken und in der Handtasche nach dem Rechten zu sehen, dann zurück ins Wohnzimmer, um Veronique bei einem weiteren Schluck Sekt in der Küche abzufangen und daraufhin gemeinsam nach oben zu gehen, um dann wiederum im Wohnzimmer zu überprüfen, ob Claras Frisur noch saß und ihr hübsches Kleidchen nach wie vor einwandfrei war.

Schließlich waren Veroniques Töchter Charlotte und Nicole hupend vorgefahren und über das Haus hereingebrochen – Kleidersäcke und Taschen mit unbekanntem Inhalt, mutmaßlich Schuhe, in den Händen.

Einige Minuten lang waren sich alle vier Frauen wechselseitig um den Hals gefallen, hatten gemeinsam eine weitere Flasche Sekt geleert, die Handtaschen und Claras Kleid überprüft sowie Textnachrichten gelesen und Selfies gemacht, bis sie schließlich mitsamt Clara und einer ungeöffneten Flasche Sekt zum kombinierten Friseur- und Kosmetiktermin abgerauscht waren – nicht ohne Albin ein weiteres Mal darauf hinzuweisen, dass er sich anschließend nicht mehr im Haus aufhalten sollte, damit alle in Ruhe ihre Kleider anziehen und sich vorbereiten konnten. Währenddessen würden sich Albins künftige Schwippschwiegersöhne im Off um alles Weitere kümmern, was ohnehin nicht viel war, genau genommen: gar nichts.

Albin zog an der Gitanes, stieß den Rauch durch die Nase aus und hörte einem Vogel beim Singen zu. Veroniques seit Wochen einstudierter Einsatzplan lief ab wie ein Schweizer Uhrwerk. Tja, dachte er, da blieb für ihn nicht mehr viel zu tun. Im Restaurant war alles organisiert, mit dem Blumenschmuck hatte er sowieso nichts zu tun.

Er musste niemanden abholen und nichts mehr besorgen. Er hatte lediglich die Anweisung, dem Haus fernzubleiben und rechtzeitig im Rathaus beim Standesbeamten und dann in der Kirche vorm Altar zu erscheinen. Bis dahin dauerte es noch einige Stunden, die Albin entweder verbummeln oder konstruktiv nutzen konnte.

Fängst du schon wieder damit an? Du meinst das nicht ernst, Chef, oder?, schien Tyson fragen zu wollen, als er zu Albin aufblickte und seine Augenbrauen lupfte.

»Das Konzert beginnt in eineinhalb Stunden. Eine kleine Matinee mit Orchester. Wir fahren hin, schauen uns um – und ehe wir uns versehen, sind wir schon wieder zu Hause. Bis dahin ist gerade mal Mittag, und es bleiben immer noch zwei bis drei Stunden bis zur Trauung, die wir irgendwie totschlagen müssen. Wir haben mehr als genug Zeit, Tyson. Und wir können schlecht hier herumstehen und Löcher in die Luft starren, bis die Damen zurückkehren, nur um uns dann erneut aus dem Haus zu werfen, weil wir im Weg sind und das Geheimnis ihrer Kleider bis zuletzt gewahrt bleiben muss.«

Meine Güte, warum machen die überhaupt so ein Aufhebens darum, was sie anziehen?

»Weil«, erwiderte Albin.

Weil – was?

»Weil … weiß ich doch nicht. Weil es eben so ist und immer schon so war. Niemand interessiert sich für den Anzug eines Mannes. Aber das Kleid ist das Entscheidende bei jeder Hochzeit. Bei euch Hunden ist das egal. Ihr tragt immer dasselbe Fell. Deswegen verstehst du das auch nicht, Tyson.«

Ich pflege mein Fell täglich.

»Angeber!«

Vor allem heute werde ich es noch einmal pflegen, denn ich nehme an, dass Cat und ihr Lebensgefährte auch Mila mitbringen werden, die kleine schwarze Möpsin.

»Das werden sie mit Sicherheit.«

Wie aufregend! Dann können wir zusammen spielen, Bällchen schnappen, Stöckchen jagen und so.

»Das mit dem ›und so‹ kannst du vergessen, mein Freund!«

Ich meine ja nur.

»Komm«, sagte Albin schließlich. »Nutzen wir die Zeit. Auf zum Konzert des *Orchestre National* – wir schauen nur mal schnell nach dem Rechten und sind ruck, zuck wieder hier.«

31

Vaison-la-Romaine lag an der Ouvèze und galt als größte Ausgrabungsstätte von römischen Relikten in ganz Frankreich. Der Ort hatte heute um die 6000 Einwohner, die meisten davon waren schon älter.

Die Römer hatten den Ort seinerzeit mit Brücken, Tempeln, Bädern, Aquädukten und einem Amphitheater ausgestattet, und die Bevölkerung war auf etwa 10 000 Einwohner angewachsen.

Noch heute gab es hier jede Menge Überreste aus der Römerzeit zu sehen. Die alten Steine waren über die Jahrhunderte hinweg vielfach für andere Gebäude genutzt worden. Die Kirchen wie die Kathedrale Notre-Dame de Nazareth ruhten auf den Mauern alter Tempel.

Überall stieß man auf römische Säulen, Relikte von Bädern oder die Reste römischer Straßen. Die alte Brücke über den Fluss wurde noch heute genutzt. Als Albin einmal mit Clara hergekommen war, hatten sie fasziniert einen alten römischen Toilettenraum besichtigt, und Clara hatte sich absolut nicht vorstellen können, dass mehrere Menschen gleichzeitig auf in Sandstein gemeißelten Löchern saßen, quasi Hintern an Hintern und ohne jegliche Abtrennung zum Nachbarn. Daher komme ja der Begriff, hatte Albin erklärt, dass man eine *Sitzung* abhält oder sein *Geschäft* macht, weil die Römer sich auf ihren Klos beim geselligen Verrichten zum Beispiel gut miteinander über Politik unterhalten konnten oder aber ihre Geschäfte regelten. Im Museum gab es noch mehr zu sehen – Fresken, Mosaiken und Alltagsgegenstände.

Das spektakulärste Überbleibsel aus jener Epoche war natürlich das Amphitheater, das in einen Felshang geschlagen worden war und seinerzeit bis zu 5000 Menschen gefasst hatte. Wie sein noch größeres Gegenstück in Orange wurde es noch heute genutzt, zum Beispiel für die internationalen Chor- und Tanzfestivals. Die Bühne war groß genug für jede Menge Darsteller und maß schon früher mehr als zwanzig Meter in der Höhe und Breite. Die Römer konnten die Bühne und das gigantische Halbrund mit den Zuschauerrängen mit Sonnensegeln überspannen. Die gleiche Technik hatten sie wohl auch in der Arena angewendet, damit sich niemand einen Sonnenbrand holte, während sich die Gladiatoren balgten oder Christen wilden Tieren vorgeworfen wurden – wenngleich die Arena heute nicht mehr erhalten war.

Wenn man zum Amphitheater in Vaison wollte, musste man sein Auto am besten auf einem der Parkplätze an der Rue Sabine oder direkt bei der Site Archéologique an der Avenue Général de Gaulle gegenüber dem Office de Tourisme abstellen und den Rest des Weges zu Fuß gehen. Albin hatte Glück gehabt, noch einen freien Platz zu erwischen. Wie es schien, war das Konzert gut besucht.

Nachdem er Tyson aus dem Kofferraum gehoben und angeleint hatte, verschloss Albin den Wagen. Dann setzte er sich in Bewegung. Er pilgerte mit dem Mops im Strom der anderen Konzertbesucher zum Amphitheater. Der Weg führte zum Teil über sehr altes, vielleicht auch römisches Pflaster und war links und rechts von Pinien gesäumt, die einen intensiven Duft verströmten. Noch war es zum Glück nicht allzu heiß, aber trotz der Wärme und der relativ frühen Uhrzeit waren viele Menschen festlich gekleidet.

Insofern kam sich Albin in seinem guten Anzug und mit der schicken Krawatte keineswegs deplatziert vor, wenngleich seine Motive für den Aufzug fraglos ganz andere waren. Einige Menschen hatten Wasserflaschen dabei, trugen Hüte und Kappen gegen die Sonne. Aber wenn sie gegen Mittag am höchsten stehen würde, wäre das Konzert sowieso schon längst vorbei und Albin mit Tyson auf dem Weg nach Venasque.

Am Eingang wurden die Besucher von einem modernen Ticketing-System empfangen und außerdem ihre Taschen durchsucht. Überall standen Gendarmen herum, die die Besucher im Blick hatten. Albin zählte rund zehn Polizisten alleine im Umfeld des Einlasses, was ihn sehr beruhigte. Er hoffte, dass Castel sich außerdem darum gekümmert hatte, dass das Hotel der Solistin Sophie Dejardin überwacht wurde und die Frau Polizeischutz genoss. Er konnte sich ja nun wirklich nicht um alles selbst kümmern, vor allem nicht heute, an seinem Hochzeitstag.

Die Sicherheitsvorkehrungen waren hier jedenfalls auch ohne Polizeischutz rundum professionell und vollkommen andere als bei den vorherigen Konzerten, die Albin zuvor besucht hatte. Er sah verschiedene Security-Kräfte am Eingang und dahinter, die an ihren schwarzen T-Shirts mit dem Aufdruck einer privaten Sicherheitsfirma, Funkgeräten und In-Ear-Kopfhörern zu erkennen waren. Was kein Wunder war, denn das hier war natürlich eine große und professionelle Konzertarena. Auf dem begrenzten Platz vor der Kirche in Fontaine-de-Vaucluse oder vor dem Kloster von Sénanque gab es im Vergleich nur sehr selten mal ein Konzert.

Das war hier im Amphitheater fraglos anders. Schwer zu schätzen, aber Albin war der Meinung, dass es heute sicherlich ausverkauft wäre, und die Eintrittsgelder spülten ordentliche Summen in die Kasse der Veranstalter. Was auch nötig war, denn die Buchung eines kompletten Orchesters kostete natürlich deutlich mehr als ein Kammermusikquartett. Zwar wurde das *Orchestre National Avignon-Provence* auch mit öffentlichen Geldern finanziert, aber die spielten hier sicherlich nicht umsonst und gänzlich auf Steuerzahlerkosten, denn die Geschäftsleitung würde jedes Jahr dem Aufsichtsrat einen soliden und ausgeglichenen Finanzplan vorlegen müssen.

Eines dieser Aufsichtsratsmitglieder sah Albin jetzt auf der anderen Seite am Eingang stehen: Eric Bouyer, der sich mit zwei Frauen unterhielt und einen Zigarillo in der Hand hielt.

Albin bückte sich und hob Tyson auf den Arm. Hier war viel zu viel Gewühl für den kleinen Hund.

Besten Dank, meinte Tyson.

»Keine Ursache«, erwiderte Albin.

Was willst du hier eigentlich genau, Chef?

»Weiß ich auch noch nicht genau. Mich umsehen. Ist nur so ein Gefühl.«

Aber die Leute hier haben doch alles gut im Griff.

»Ja.«

Und Castel hat sich um Schutz gekümmert, wie man an der Gendarmerie sieht. Drinnen sind sicher auch welche.

Und an der Bühne ebenfalls. Die Kollegen haben doch Routine, wenn es um das Überwachen großer Veranstaltungen geht. Du weißt, nach den vielen Terroranschlägen gibt es neue Sicherheitskonzepte, und wenn die Maschinerie in Gang gesetzt ist, wie hier, dann …

»Ja, trotzdem. Ich will nur sichergehen.«

Du musst lernen loszulassen, Chef.

»Wenn ich dich loslasse, fällst du auf die Nase, mein Freund.«

Du weißt schon, wie ich das meine.

»Ja. Weiß ich. Wird sich alles ändern, sobald ich ein verheirateter Mann bin und mein Leben in ruhigere Bahnen gelenkt wird.«

Ha, ha!

»Ruhe jetzt. Ich muss arbeiten.«

Hast du dir eigentlich schon überlegt, wie du nachher diese Sache ankündigen willst?

»Das mit der Hochzeitsreise?«

Ja.

»Nein.«

Aber …

»Das lass mal meine Sorge sein, Tyson. Und wenn du mit dorthin willst, dann halt jetzt deine Klappe.«

Tyson starrte beleidigt zur Seite und schwieg, während Albin umständlich mit der Linken die Geldbörse aus der Seitentasche des Sakkos zog, sie mit einer Hand aufklappte und mit den Fingerspitzen der anderen seine Visitenkarte mit dem Aufdruck »Polizeilicher Berater« und den abgelaufenen Dienstausweis herauszog. Mal sehen, welche der beiden er heute benutzen würde.

Direkt neben dem Schalter, an dem die Tickets gescannt

wurden, standen zwei Gendarmen neben Angestellten des Theaters und sahen sich jeden Einzelnen genau an.

»Gute Männer«, sagte Albin, als er an der Reihe war, und trat einen Schritt zur Seite, um den weiteren Gästen nicht im Weg zu stehen.

»Sie brauchen ein Ticket, Monsieur«, sagte einer der Angestellten, worauf Albin nickte und ihm seinen Polizeiausweis für den Bruchteil einer Sekunde vor die Augen hielt und »Polizei Carpentras« sagte. Dann wendete er sich den Gendarmen zu und hielt ihnen seine Visitenkarte entgegen – was nicht so einfach war mit dem Mops auf dem Arm.

»Leclerc«, erklärte er. »Ich muss drinnen nach dem Rechten schauen. Wir können keine weitere Entführung gebrauchen. Bin gleich wieder zurück.«

Die beiden winkten Albin durch.

»Mit der Solistin alles in Ordnung?«, fragte er.

Einer der Gendarmen nickte. Er erklärte: »Sie ist mit zivilem Polizeischutz zur Bühne gebracht worden. Ganz diskret. Das Hotel wird ebenfalls überwacht. Alles unauffällig bislang, Monsieur Leclerc.«

Albin sah sich um. Einige Menschen standen in Grüppchen zusammen, begrüßten sich überschwänglich. Viele waren jedoch bereits auf dem Weg, um ihre Plätze zu suchen. Albin hatte nicht vor, sich das Konzert anzuhören. Von hier oben aus war der Überblick gut genug.

Das Amphitheater wirkte nicht mehr allzu antik. Moderne Absperrungen waren rund um die halbrunden Steinterrassen aufgebaut, auf denen die Konzertgäste sitzen konnten. Vor der Bühne standen Klappstühle. Die Bühne selbst war ebenfalls modern, bestand aus Podesten, über denen ein auf

Metallpfeilern ruhendes Gerüst schwebte, an dem Lautsprecher und Scheinwerfer angebracht waren. Eigentlich glich es eher einer zeitgemäßen Konzertarena, und immerhin hatten in Vaison-la-Romaine schon Pop- und Rockgrößen wie Mark Knopfler von den *Dire Straits* gespielt. Technisch war die Arena also auf alles bestens vorbereitet.

Ob sie auf einen Wahnsinnigen vorbereitet war, der Sophie Dejardin entführen wollte, würde sich zeigen. Aber Albin nahm nicht an, dass hier und heute etwas passieren würde. Die Arena war wirklich gut bewacht. Hier kam man nicht rein oder raus, ohne aufzufallen. Castel hatte in der Tat ganze Arbeit geleistet. Dafür würde er sie später noch loben.

Zwei Polizisten kamen von rechts und gingen an Eric Bouyer und den beiden Frauen vorbei, die sich gerade verabschiedeten. Albin ließ Tyson wieder runter und nutzte die Chance, Bouyer kurz zu begrüßen. Nach wenigen Schritten war er bei ihm.

»Leclerc«, sagte Bouyer. Er wirkte überrascht, schwitzte und tupfte sich mit einem weißen Taschentuch aus Stoff die Stirn ab. »Sie hier?«

»Ja, immer für eine Überraschung gut.«

»Freuen Sie sich auf einen großartigen Konzertvormittag. Ich bin natürlich auch wegen meiner Funktion innerhalb des Orchesteraufsichtsrates hier, aber vor allem wegen Sophie Dejardin. Sie ist eine brillante Cellistin. Beinahe so gut wie meine verstorbene Gattin Lorraine.« Bouyer seufzte.

»Ihr Verlust tut mir aufrichtig leid.«

Bouyer nickte und faltete das Taschentuch wieder zusammen. »Niemand spielt, wie sie gespielt hat. Wenn ich noch einmal Schuberts ›Tod und das Mädchen‹ mit ihr hören könnte – aber, na ja. Sophie Dejardin kommt aber in jedem Fall nahe an sie heran. Von daher erwartet uns ein großer Kunstgenuss.«

»Mal sehen, wie viel ich davon mithören kann. Auf mich wartet noch ein sehr wichtiger Termin.«

»Immer viel beschäftigt im Ruhestand.«

Albin zuckte mit den Schultern und nahm eine Gitanes aus der Verpackung, um sie anzustecken.

»Sie entwickeln sich jedenfalls noch zum richtigen Konzertgänger, Leclerc.«

»Man tut, was man kann«, erwiderte Albin und machte eine abschätzende Geste mit der Hand. »Genau wie meine Kollegen.« Albin deutete in Richtung der Polizisten.

»Ja, es ist sehr viel Polizei hier.«

»Wegen der Entführungen«, sagte Albin. »Und wegen des Mordes. Tatsächlich bin ich vor allem deswegen hier. Um mich etwas umzusehen.«

»Ganz schrecklich, Monsieur Leclerc«, sagte Bouyer und schüttelte betroffen den Kopf. »Eine entsetzliche Sache. Befürchten Sie denn, dass hier …«

Wiederum zuckte Albin mit den Schultern und paffte eine weiße Wolke in den Himmel. »Wer weiß«, sagte er zu Bouyer. »Es wurden drei renommierte Musikerinnen entführt, alle drei bei Konzerten wie diesem. Zudem sind kostbare Instrumente verschwunden. Sophie Dejardin ist ebenfalls sehr bekannt. Sie würde in das Opferschema passen. Daher die strengen Sicherheitsmaßnahmen. Die Solistin wird außerdem persönlich überwacht. Auch im Hotel. Hier und heute wird auf keinen Fall etwas geschehen. Sie müssen sich nicht sorgen.«

Bouyer nickte.

»Niemand wird entführt werden«, sagte Albin. »Es wird auch kein Instrument geraubt werden. So ein Cello ist außerdem deutlich größer als eine Violine. Wobei Mademoiselle Dejardin ebenfalls ein sehr teures Instrument spielt, wie man hört.«

»Sie haben Ihre Hausaufgaben gemacht, Leclerc.«

»Wie ein Musterschüler.«

»Ja, alle spielen sehr kostbare Instrumente. Wir hatten ja kürzlich über die Violine von Kim Ju Lyn gesprochen. Spielt das denn eine Rolle? Geht es darum?«

»Könnte sein. Könnte auch nicht sein.«

»Man hört, dass Ramon Catania verhaftet wurde?«

»Hört man das?«

»Die Kulturszene ist klein, Monsieur le Commissaire, und sehr geschwätzig, was Gerüchte und Klatsch angeht. Sie verbreiten sich wie Lauffeuer – vor allem bei Events wie diesem.«

»Ich möchte das weder kommentieren noch bestätigen.«

»Verstehe«, erwiderte Bouyer und nickte. »Es wäre kaum zu glauben, wenn er dahinterstecken würde.«

»Warum nicht?«

»Er mag ein Schlitzohr und ein Charmeur sein. Aber das traue ich ihm nicht zu.«

»Das Böse lauert immer da, wo man es am wenigsten erwartet.«

Bouyer nickte und sah blass aus. Die Ringe unter seinen Augen wurden noch dunkler, als er den Kopf senkte und mit den Blicken etwas auf den Pflastersteinen zu suchen schien. »Da ist was dran. Wir haben niemals gedacht, dass es etwas Schlimmes sein könnte, als Lorraine zur Routineuntersuchung ging. Aber als sie zurückkehrte … Und dass dann alles so schnell ging … Wissen Sie, ich bin ja selbst Mediziner, und dann steht man mit allen Fähigkeiten und Kenntnissen dennoch nur daneben und kann nicht helfen. Es dauerte kein Jahr.«

»Tut mir aufrichtig leid. Ich würde verrückt werden, wenn das meiner Frau passieren würde.«

»Es ist nicht leicht. Es trifft einen wie ein Komet aus dem Nichts, der nur Verwüstung und Chaos hinterlässt.«

»Dennoch geht das Leben weiter.«

»So sagt man jedenfalls«, antwortete Bouyer und blickte wieder auf, als zwei Polizisten an ihm vorbeigingen. »Es ist alles unfassbar. Haben Sie denn eine Spur?«

»Ich bin nur polizeilicher Berater. Die Kollegen tun, was sie können.«

»Aber es muss doch Forderungen von einem Entführer geben?«

»Falls es sich um Entführungen handelt.«

»Um was denn sonst?«

»Alles ist möglich. Was würden Sie vorschlagen?«

Bouyer zuckte mit den Schultern. »Die Sicherheitsvorkehrungen hier sind zumindest so, als würde man einen Terroranschlag erwarten.«

»Vielleicht handelt es sich ja um Anschläge. Anschläge auf die Kultur.«

Bouyer musterte Albin einen Augenblick lang. »Meinen Sie? Das wäre grauenhaft. Die Kultur ist es doch, was die Menschheit ausmacht, nicht? Was bleibt denn noch nach Jahrhunderten und Jahrtausenden von uns übrig? Gemälde, Architektur, Literatur, Musik, Theater … Kunst und Kultur sind doch das, was bleibt. Der Rest ist Schall und Rauch, nicht wahr?«

Albin sog den Rauch ein und stieß ihn durch die Nasenlöcher wieder aus. Darüber hatte er noch gar nicht nachgedacht.

»Das ist richtig«, sagte er dann und blickte auf die graue, vom Mistral leergefegte Spitze des Mont Ventoux in der Ferne. Sie bestand nur aus Geröll mit der futuristisch anmutenden Funkstation obenauf. »Das werden Künstler wie Cédric Guerin sicherlich ebenso sehen.«

»Sie kennen Guerin?«

»Kennen wäre zu viel gesagt. Ich weiß, wer er ist. Und Sie offensichtlich ebenfalls.«

»Der Mann ist ein Plagegeist. Jeder, der in der Provence mit ernsthafter Musik zu tun hat, kennt ihn. Er hat den Orchesteraufsichtsrat drängen wollen, seine Stücke spielen zu lassen. Meine Güte, im Kulturausschuss hat er Anträge gestellt und wollte ganze Festivals aufziehen und Zuschüsse bekommen.«

»Bekam er welche?«

»Natürlich nicht. Er ist ja nicht einmal talentiert. Er ist ein Rinnsal, das über seine Ufer getreten ist.«

»Haben Sie ihn heute schon gesehen?«

Bouyer verneinte. »Normalerweise taucht er bei allen Konzerten dieser Saison auf. Haben Sie Guerin denn als Verdächtigen im Visier?«

»Er ist ein auffälliger Mensch. Auffällige Menschen schaut man sich genauer an. Er hat für den heutigen Tag ein grandioses Konzert angekündigt, das er im Internet senden will. Etwas nie Dagewesenes, das alles andere überstrahlen soll, wie er schreibt.«

Bouyer schmunzelte und blickte auf die Uhr. Immer mehr Menschen setzten sich in Bewegung, um auf den

Rängen Platz zu nehmen. Das Konzert würde bald beginnen. »Das klingt ganz nach Guerin«, sagte Bouyer. »Nun, vielleicht will er ja mit diesem Konzert hier heute konkurrieren.«

»Keine Ahnung«, sagte Albin und wollte die Gitanes löschen, traute sich aber nicht, sie hier vor aller Augen einfach auf den Boden zu schnippen und auszutreten, weshalb er den Filter mit der Restglut zwischen den Fingern hin und her drehte.

»Wenn er alles andere überstrahlen will, muss er sich jedenfalls einen hohen Standort suchen«, sagte Bouyer, tupfte sich erneut den Schweiß von der Stirn und trat aus der Sonne in den Schatten. »Und sich bemühen, dass er hell strahlt. Aber das tut er leider nicht.« Bouyer blickte wieder auf die Uhr. »Danke für das Gespräch. Ich drücke die Daumen, dass Sie dem schrecklichen Treiben bald ein Ende setzen.«

Albin nickte. »Danke. Werden wir.«

Bouyer lächelte, verabschiedete sich und verschwand dann in einer Gruppe von Menschen. Albin sah sich nach einem Mülleimer um und fand einen neben dem Eingang. Er ging dorthin, um die Kippe hineinzuwerfen. Tyson trottete ihm hinterher. Tja, dachte Albin und straffte sich. Hier gab es nichts für ihn zu tun. Außerdem wurde es immer heißer in der Sonne, und er beabsichtigte nicht, sein frisches Hemd durchzuschwitzen.

»Ziehen wir Leine, Tyson«, sagte er, schnappte sich den Mops und verließ das Amphitheater. Auf der anderen Seite vom Eingang setzte er Tyson wieder ab.

Überstrahlen, dachte er, *ein hoher Standpunkt.* Er bummelte mit Tyson in Richtung Parkplatz und beschloss, am

Kiosk noch eine Flasche Wasser zu kaufen, um Tyson etwas zu trinken zu geben, bevor sie zurückfahren würden. Er vergrub die Hände in den Hosentaschen und blickte im Gehen auf die Schuhspitzen. Er sollte seine guten Brogues noch mal polieren, bevor es in die Kirche ging.

Dieser Guerin ist leidenschaftlicher Bergsteiger, oder?, fragte Tyson.

»Offensichtlich, ja.«

Und sein Cello ist mit ihm verschwunden.

»Genau.«

Seine Komposition hieß noch gleich …

»Ode an den Ventoux – oder so ähnlich.«

Albin blickte auf. Zwischen den Pinien war die helle Spitze des Berges zu sehen. Sie strahlte regelrecht in der Sonne.

Der Ventoux, sagte Tyson, *wäre doch zum Beispiel ein hoher Standpunkt, von dem aus man alles überstrahlen könnte, nicht? Und es würde zu dem Titel der Komposition passen und zu Guerin als Bergsteiger und seiner Obsession bezüglich des Berges.*

Albin blieb stehen. Verdammt, dachte er. Verflucht und verdammt.

32

Hell oder dunkel – das war die Frage. Castel stand vor dem Kleiderschrank, hielt einen Kaffeebecher in der linken und ein halb abgebissenes Croissant in der rechten Hand. Es war sehr lange her, dass sie eines der schicken Kostüme getragen hatte. Damals in Marseille, bei einer mondänen Party auf einer Yacht im Hafen, hatte sie das schwarze angehabt und war mit Mahmoud durch die Nacht getanzt. Der Champagner war in Strömen geflossen – und es wurde das eine oder andere Gramm Kokain konsumiert, allerdings nicht von ihr. Mahmoud hingegen hatte sich durchaus ein paar Linien gegönnt, und sie hatte nichts dazu gesagt. Er hatte sich ganz natürlich in den Jet-Set-Kreisen bewegt, und Castel hatte das beeindruckend gefunden: der lässige Luxus, von attraktiven und einflussreichen Menschen umgeben zu sein, Prominente kennenzulernen …

Doch dann war ihr das alles sprichwörtlich um die Ohren geflogen, und die Glamourwelt hatte sich als schöner Schein entpuppt, unter dessen Fassade ein finsteres Herz pochte. Die angeblichen arabischen Scheichsöhne, mit denen sich Mahmoud umgab, waren nichts als Waffen-, Drogen- und Menschenhändler gewesen, die meisten tollen Frauen waren Escorts und die arrivierten französischen Geschäftsleute allesamt halbseiden. Cat hatte sich blenden lassen.

Sie klemmte sich das Gebäck zwischen die Zähne

und hängte das schwarze Kostüm wieder zurück in den Schrank. Sie würde das beigefarbene für die Hochzeit nehmen, dazu passende Riemchensandalen, die Handtasche von Miu Miu und dezentes Make-up. Schließlich biss sie noch einmal vom Croissant ab und sagte mit halbvollem Mund in das auf der Kommode hochkant geparkte und auf sich selbst ausgerichtete Handy: »Ich nehme doch das helle Kostüm.«

»Ah, perfekt«, erwiderte Jean, dessen noch etwas zerknautschtes und unrasiertes Gesicht ihr vom Display entgegenlächelte. Er war noch in seiner kleinen Wohnung in Aix und würde Castel gegen Mittag abholen, um gemeinsam zur Trauung nach Venasque zu fahren. »Dann nehme ich ebenfalls den hellen Anzug.«

»Aber nicht den weißen.«

»Der ist nicht weiß, Cat. Das ist eher knochenfarben.«

»Für mich ist es der weiße.«

»Okay, den nehme ich nicht, sondern dann den beigen.«

»Oder das weiße Sakko mit einer Jeans?«

»Jeans zur Hochzeit, meinst du?«

»So heilig ist die Trauung bei den Leclercs nun auch wieder nicht.«

»Er trägt doch sicher auch einen Anzug.«

»Aber ja«, sagte Castel, spülte den Croissantbissen mit Kaffee herunter, schnappte sich das Handy und ging damit in die Küche, um den Becher wieder aufzufüllen. »Einen blauen. Ich habe mit Manon gemailt, seiner Tochter. Sie sagt, sie könne sich nicht erinnern, ihn zeit ihres Lebens einmal in einem so schicken Anzug gesehen zu haben.«

»Dann sollte ich doch besser auch einen Anzug nehmen. Aber hell, wenn er dunkel trägt?«

»Ich trage hell, und du kommst mit mir. Ich bin das Maß deiner Dinge.«

»Das bist du in jedem Fall.«

Castel warf Jean einen Kuss zu, legte das Handy ab und goss die Tasse halbvoll. Sie sollte nicht zu viel Kaffee tanken. Sie hatte bereits zwei Tassen gehabt und spürte schon die Wirkung des Koffeins.

»Also nimm den beigen, dazu am besten braune Schuhe und einen braunen Gürtel. Nimm die braunen Hilfiger-Schuhe. Die sollten passen.«

»Das sind … Welche sind denn das?«

»Die du kürzlich zur Ausstellungseröffnung anhattest.«

»Ach, meine guten Schuhe.«

»Genau«, sagte Castel, trank rasch noch einen Schluck und schnappte sich das Handy, als ein Anruf einging. Das war Leclerc. »Oh«, sagte sie. »Ich muss Schluss machen. Der Bräutigam ruft mich an.«

»Oh, echt?«

»Ja. Bis nachher, Jean. Zwölf Uhr dreißig.«

»*Oui, mon général.*«

Castel grinste, drückte Jean weg und nahm das Gespräch an. Sie sagte: »Der Bräutigam persönlich.«

»Genau der. Castel. Sperren Sie die Lauscher auf. Es geht um wichtige Dinge.«

Castel seufzte und lehnte sich mit der Hüfte am Küchentisch an. »Worum geht es denn?«

»Habt ihr diesen Guerin gecheckt?«

»Albin, Sie haben mir doch gestern Abend erst von ihm erzählt, wie sollten wir …«

»Folgendes«, fuhr Albin dazwischen. »Schnappen Sie sich Theroux und dann rauf auf den Mont Ventoux.«

Castel verschluckte sich beinahe. »Wie bitte?«

Albin erklärte ihr die Theorie von dem erfolglosen, überall abgelehnten und rachsüchtigen Komponisten Cédric Guerin, der Cellist war und ein nie da gewesenes Konzert am heutigen Tag vom Mont Ventoux aus streamen wolle, während die entführten Musikerinnen Kim Ju Lyn, Raffaela Perotti und Xenia Bonnet ihn bei seiner »Ode an den Ventoux« begleiten würden.

Entgegen seiner bisherigen Gewohnheit sei Cédric Guerin auch nicht bei dem Konzert mit der berühmten Cellistin Sophie Dejardin aufgekreuzt. Denn einerseits sei er laut Ankündigung auf seiner Homepage unterwegs, um sein eigenes Konzert zu geben, und andererseits benötige er keine Cellistin für sein Quartett, da er vermutlich selbst das Cello spielen würde – und zwar nach Albin Leclercs Annahme sehr bald, möglicherweise sogar parallel zum Konzert in Vaison-la-Romaine, um ebendieses zu »überstrahlen«.

Das alles klang ziemlich verrückt, fand Castel. Aber es war auch nicht vollkommen aus der Luft gegriffen. Im Gegenteil – es hörte sich durchaus stimmig an.

»Vielleicht«, sagte sie, »sollten wir zunächst mal seinen YouTube-Kanal ansehen. Abgesehen davon weiß ich gar nicht, ob man vom Ventoux aus überhaupt streamen kann.«

»Castel. Stellen Sie sich nicht dumm. Da oben stehen jede Menge Sendestationen. Und was meinen Sie, wie wohl die Livebilder von der Tour de France ins Fernsehen kommen, wenn von der Ventoux-Etappe berichtet wird.«

»Okay. Natürlich. Sie haben recht.«

»Außerdem haben wir keine Zeit zu verlieren. Falls der

Junge dahintersteckt – was wird er wohl mit den Musikerinnen machen, wenn sein Konzert beendet ist? Alle wieder laufenlassen? Ich bin mir nicht sicher.«

»Nein, ich auch nicht. Aber das Gebiet ist riesig.«

»Wenn, dann wird er auf dem Gipfel sein.«

»Und wie soll er die Entführten dorthin bekommen? Ich meine: Die werden sicherlich nicht freiwillig …«

»Castel! Sie sind immer noch eine Zimperliese! Schaffen Sie Fakten! Schnappen Sie sich Theroux und fahren hinauf, und dann sehen wir weiter!«

»Und Ihre Hochzeit?«

»Dann kommen Sie eben später, verdammt! Wir werden Ihnen und Theroux etwas warm stellen!«

Damit klickte Albin das Gespräch weg. Ende der Durchsage. Das machte er jedes Mal, wenn er nicht weiter debattieren wollte, und ging dann auch nicht mehr dran, wenn man ihn zurückrief.

Castel seufzte, drehte das iPhone in der Hand und dachte nach. Sie öffnete die YouTube-App, suchte nach Cédric Guerin und fand seinen Kanal. Dort gab es eine Reihe von Videos, die Guerin selbst zeigten, wie er auf dem Cello spielte. Und es gab ein Livefenster, auf dem die graue Spitze des Ventoux mit der Sendestation zu sehen war. Der Unterschrift zufolge sollte der Stream in einer Stunde beginnen. Großartig, dachte Castel. Leclerc hatte also nicht falschgelegen. Eine Stunde würde sie von Carpentras aus mit Sicherheit bis zum Gipfel brauchen und – je nachdem, was sie dort oben vorfinden würde – eine Stunde wieder zurück. Also wäre sie nicht hier, wenn Jean aus Aix käme. Und damit war Ärger vorprogrammiert, wenn sie ihm jetzt sagte, dass sie sich wegen eines spontanen Einsatzes verspäten würde. Aber das musste sie in Kauf nehmen. Sie würde ihn von unterwegs aus anrufen. Und Theroux …

Castel ging los, schlüpfte in ihre Turnschuhe und rief gleichzeitig Theroux an, der nach kurzem Klingeln ans Telefon ging.

»Ja?« Er klang atemlos und hektisch.

Castel warf ein paar Sachen in ihren Umhängebeutel. »Alain«, sagte sie, »ich weiß, es klingt bescheuert, aber wir müssen auf den Ventoux.«

»Was? Nein. Warum? Ich meine. Nein, das geht nicht. Meine Frau ist in der Klinik. Das Baby kommt. Ich weiß nicht mal, ob ich es heute zur Hochzeit schaffe. Gerade ist meine Mutter da, um sich um die Kinder zu kümmern. Und – Ventoux? Warum das denn?«

»Wie lange?«

»Was?«

»Bis das Kind kommt?«

»Könnte schnell gehen, könnte aber auch bis heute Abend dauern, ich … Cat, meinst du das jetzt ernst? Was ist das mit dem Ventoux?«

Castel ging raus, warf die Tür hinter sich zu und öffnete das Sitzfach vom Motorroller, um ihren Helm herauszunehmen. Währenddessen erklärte sie Theroux, was los war.

»Aber …«

»Alain. Mir passt es doch nicht«, sagte Castel und setzte sich auf den Roller. »Ich fahre jetzt zum *Hôtel de Police*, und wir treffen uns dort in einer Viertelstunde. Dann holen wir die Dienstwaffen, nehmen ein Auto, fahren den Berg hinauf und sehen uns da oben um.«

»Auf gar keinen Fall kann ich jetzt …«

»Fünfzehn Minuten!«, sagte Castel.

Und dann machte sie es genauso wie Leclerc und klickte Theroux einfach weg. Sie steckte das Handy in die Umhängetasche, ignorierte den Rückruf von Theroux – und fuhr mit Vollgas los.

Den dunklen BMW, der ihr folgte, nachdem ein Mann mit einem Werkzeugkoffer ausgestiegen war und damit zu ihrem Haus ging, bemerkte sie nicht.

33

Albin kaufte am Kiosk einer Bar gegenüber dem Parkplatz zwei Flaschen Wasser und gab im Schatten einer Platane zunächst Tyson ausreichend zu trinken. Eine Schale hatte er sich vom Kioskbesitzer ausgeliehen. Aus der Ferne hörte er die ersten Takte des Konzerts. Er setzte gerade an, um selbst seine Wasserflasche zu leeren, als Eric Bouyer eilig über die Straße ging, auf die Uhr sah und zum Parkplatz lief, der zu diesem Zeitpunkt menschenleer war.

Albin wunderte sich. Hatte Bouyer nicht eben noch gesagt, dass er sich sehr auf das Konzert freue, und sich auf den Weg gemacht, um seinen Sitzplatz einzunehmen? Ihm musste wohl etwas sehr Dringendes dazwischengekommen sein. Ein überraschender Anruf, irgendetwas, das seine Anwesenheit sofort erforderlich machte. Ansonsten würde er sich das Spektakel wohl kaum entgehen lassen.

»Komm, Tyson«, sagte Albin und setzte sich in Bewegung.

Er überquerte die Straße und sah, wie Bouyer seinen Wagen zwischen den zahlreichen anderen erreicht hatte, einen hellen Kombi, und den Kofferraum öffnete. Er nahm etwas heraus, einen länglichen Gegenstand, der in einem olivgrünen Futteral steckte, um ihn auf der Beifahrerseite zu platzieren. Dann warf er die Tür zu, schloss den Kofferraum und setzte sich ans Steuer. Während Albin sich hinter ein Auto duckte, fuhr er rückwärts aus der Parklücke und dann in Richtung Ausfahrt.

Albin rannte zu seinem SUV, schloss auf, hob Tyson auf die Ladefläche und sah, wie Bouyer gerade den Blinker setzte, um nach links auf die Avenue Général de Gaulle abzubiegen. Schnell fuhr er aus der Parklücke und verließ den Parkplatz in derselben Richtung. Im Kreisverkehr sah er Bouyers Wagen erneut. Wie es schien, hatten sie beide denselben Weg.

Was hat er nur in dem Futteral gehabt?, erkundigte sich Tyson von hinten.

»Er ist ehemaliger Tierarzt. Und Jäger ist er auch. Es wird ein Gewehr gewesen sein.«

Warum nimmt er es aus dem Kofferraum, um es auf der Beifahrerseite zu platzieren?

»Weiß der Geier. Um es griffbereit zu haben.«

Wozu denn das?

»Keine Ahnung.«

Er ist doch bestimmt nicht spontan angerufen und zu einer Treibjagd gerufen worden?

»Kann ich mir auch nicht vorstellen.«

Wozu hat er es dann dabei?

»Weil er vielleicht später noch Jagen geht.«

Trotzdem. Man nimmt es doch nicht einfach so aus dem Kofferraum und legt es direkt neben sich?

»Nein«, erwiderte Albin, »eigentlich nicht.«

In gebührendem Abstand fuhr er Bouyer hinterher und dachte darüber nach, was er machen würde, wenn Veronique auf einmal schwer erkrankte oder gar starb. Es war kaum vorstellbar.

Er erinnerte sich daran, wie er über einen langen Zeitraum hinweg immer wieder überlegt hatte, die attraktive Frau vom Blumenladen einmal anzusprechen. Aber ehrlich gesagt, hatte er nie die Zeit dazu gehabt, als er noch im Dienst war, und schon gar nicht den Mut.

Albins erste Ehe war an seinem Job zerbrochen. Seither hatte er sich selbst nicht wieder einer Frau zumuten wollen und stets befürchtet, dass jede andere ernsthafte Beziehung über kurz oder lang ebenso in die Brüche gehen würde. Erst, als er im Ruhestand gewesen war, hatte er sich ein Herz genommen und unter dem Vorwand, Blumen kaufen zu wollen, das Geschäft betreten. Dabei konnte er gerade mal Tulpen und Rosen voneinander unterscheiden. Das war Veronique schnell aufgefallen – genau wie der wahre Grund, aus dem er in den Laden gekommen war: um sie um ein Rendezvous zu bitten.

Zu Albins Erstaunen hatte sie sofort zugesagt.

Das war nicht einmal drei Jahre her. In dieser relativ kurzen Zeit war viel geschehen. Und es kam ihm so vor, als seien er und Veronique schon ewig zusammen. Vielleicht lag das daran, dass sie so unkompliziert war und außerdem klug und reif genug, ihn so zu nehmen, wie er war. Sie wusste, dass sie ihn nur in Maßen ändern konnte, zum Beispiel was kleine Gewohnheiten anging, aber dass an seinen Grundfesten nicht zu rütteln war. Albin hatte nie ein Geheimnis daraus gemacht, aus welchem Holz er geschnitzt war.

Die beiden ergänzten sich fabelhaft. Wo Albin trödelte, haderte und grübelte, schaffte Veronique gerne Fakten und setzte Albin wieder auf die richtige Spur, wenn er schlingerte – manchmal auch mit einem Tritt in den Hintern, was man sich bei einem Polizisten mit einer Waffe im Kleiderschrank ja erst mal trauen musste.

Weiter ließen sich beide Luft zum Atmen: Veronique hatte ihr Geschäft und war damit ausgefüllt, und wenn sie sich um den Laden kümmerte, konnte Albin in dieser Zeit tun und lassen, was er wollte, ohne ein schlechtes Gewissen haben zu müssen.

Als Albin ihr kürzlich gesagt hatte, dass er sehr wohl wisse, was er an ihr habe, aber er sich wirklich frage, was sie an ihm finde – da hatte sie nur gelacht und gesagt: »Liebe ist für mich kein Rätsel, sondern ein Gefühl. Du gibst mir das Gefühl, da zu sein, wo ich immer schon sein wollte. So einfach ist das. Bringst du gleich noch den Müll raus?«

Kurz hinter Malaucène fuhr Bouyer in Richtung Bédoin und dem Lac du Paty – nicht Richtung Carpentras und weiter nach Avignon, wo er wohnte. Albin warf einen Blick auf die Uhr im Fahrzeuginneren. Es war noch nicht einmal Mittag. Zeit genug. Er dachte kurz nach und setzte dann den Blinker ebenfalls in Richtung Bédoin. Nach einer Weile erreichten sie den nächsten Ort: Villes-sur-Auzon.

Tyson fragte: *Was wird denn das jetzt, Chef?*

»Weiß ich noch nicht.«

Willst du mit Bouyer noch einmal sprechen?

»Vielleicht. Wer weiß. Wir werden sehen.«

Wohin fährt der überhaupt?

»Das frage ich mich auch.«

Dürfte es Bouyer nicht langsam auffallen, dass du ihm folgst?

»Weiß der Geier. Er kennt meinen Wagen ja nicht.«

Na ja, einen dunkelblauen Espace fährt er jedenfalls nicht, sondern einen hellen Ford Kombi, oder?

»Mit einem griffbereiten Gewehr.«

Meinst du, er hat die Musik der Cellistin auf der Bühne

gehört, an seine Frau denken müssen – und will sich etwas antun?

»Tyson?«

Ja?

»Du stellst zu viele Fragen. Ich folge meinem Instinkt. So wie du dich unter dem Tisch verkriechst, noch bevor ein Gewitter überhaupt in Sichtweite ist.«

Weil ich das spüren kann. Ich ahne, dass etwas in der Luft liegt.

»Eben«, erwiderte Albin, und fragte sich, ob die Abteilung für Fahrzeugzulassungen in der Unterpräfektur in Carpentras am Wochenende wohl geöffnet war. Vermutlich nicht. Aber es kam auf einen Versuch an.

34

Wenn man von Bédoin oder Malaucène aus auf den Gipfel des Mont Ventoux fahren will, muss man zwischen einer halben Stunde oder dem mindestens Dreifachen kalkulieren – je nachdem, ob man mit dem Auto oder dem Fahrrad unterwegs ist. Auf zwei Rädern waren regelmäßig jede Menge Menschen unterwegs, die die Serpentinen hinaufstrampelten und sich oben über den Ausblick freuten und darüber, sich selbst überwunden sowie eine respektable körperliche Leistung abgeliefert zu haben, was ansonsten eher Radsportprofis, unter anderem bei den Ventoux-Etappen der Tour de France, vorbehalten war.

Der Mont Ventoux war 1912 Meter hoch und keineswegs so schroff wie manche umgebenden Berge, die man bei gutem Wetter vom Aussichtsplateau aus sehen konnte. In Richtung Nordosten blickte man auf die weißen Gipfel der Alpen. Im Süden sah man bei guter Witterung die glitzernde Fläche des Mittelmeeres. In Steilwänden kraxeln musste man hier nirgends. Und wegen seiner guten Besteigbarkeit hatte der Ventoux schon im Mittelalter prominente Alpinisten wie Francesco Petrarca und deutlich später auch Frédéric Mistral auf den Gipfel gelockt, die – oben angelangt – feststellten, dass man den Berg nicht ohne Grund *Ventosus* nannte, den Windumbrausten, woraus sich später vermutlich der Name Ventoux ableitete.

Kein Wunder, denn zum einen war der in der Region vorherrschende Mistral ein wirklich strammer Wind, zum anderen kannten die Provenzalen sowieso über dreißig unterschiedliche Winde aus allen Himmelsrichtungen.

Petrarcas Beschreibung der Bergbesteigung gilt einerseits als Geburtsstunde des Alpinismus, aber auch als seinerzeit neuartige Beschreibung von Natur und Landschaft. Wenn man zum Gipfel hinauffuhr, passierte man ganz unterschiedliche Klimazonen, bis ganz oben nur noch graues Geröll zu sehen war. Das Schotterfeld hatte insbesondere das Ancien Régime zu verantworten, das im 18. Jahrhundert in der baumreichen und nahe der Küste gelegenen Provence die Waldbestände abholzen ließ zum Bau seiner Flotte du Levant, der Mittelmeerflotte, um sie anschließend von der Royal Navy versenken zu lassen. In Verbindung mit den starken Winden hatte die natürliche Erosion auf dem Berggipfel schließlich ihren Tribut gefordert, da halfen auch alle Anstrengungen zur Wiederaufforstung im Biosphärenreservat Mont Ventoux nichts.

Castel nahm nichts davon wahr, während sie sich mit dem Ford Focus durch die scharfen Kurven schraubte und versuchte, das Gejammer von Theroux auf dem Beifahrersitz zu ignorieren, der fortlaufend auf sein Handy blickte.

»Ausgerechnet heute«, stöhnte er und fuhr sich durchs Gesicht. »Man weiß nicht, wie lange es sich noch hinzieht mit der Geburt. Es kann erst morgen sein – oder in zwei Stunden.«

»Ich dachte, du hättest inzwischen Routine«, sagte Castel.

»Ja. Nein. Einerseits schon. Andererseits ist es jedes Mal aufregend. Beim ersten Mal habe ich mit meiner Frau fast zwanzig Stunden lang im Krankenhaus verbracht, bis sie mich dann rausgeworfen hat, weil sie mich nicht mehr ertragen konnte.«

»Na siehst du.«

»Und drei Stunden später war es dann so weit. Ich habe es gerade noch in den Kreißsaal geschafft. Na ja, und jetzt … Sie hatte schon erste Wehen, und weil es ein kleines Problem mit den Vorwehen und der Lage des Kindes gab, hieß es: lieber zu früh als zu spät ins Krankenhaus fahren.« Erneut tickerte er eine Nachricht in sein Handy. »Und als ob es noch nicht genug wäre mit der Hochzeit, müssen wir jetzt auch noch auf diesen bescheuerten Berg fahren. Warum macht das nicht die Wochenendbereitschaft?«

»Weil es unser Fall ist.«

»Wozu gibt es denn dann Bereitschaftsdienste?«

Castel nahm eine scharfe Kurve. Jetzt hatten sie die von Bäumen bewachsene Zone hinter sich gelassen und erblickten das gigantische Geröllfeld mit den beiden Sendetürmen auf der Spitze. Castel warf einen Blick in den Rückspiegel und sah darin einen dunklen BMW, der offenbar den gleichen Weg zum Gipfel hatte und in gebührendem Abstand hinter ihnen herfuhr. Er erinnerte sie an den Wagen, der sie kürzlich fast von der Straße gefegt hatte. Aber das konnte ja wohl kaum derselbe sein. Oder doch?

Sie fragte Theroux: »Willst du dir den Fall etwa vom Bereitschaftsdienst wegnehmen lassen?«

»Natürlich nicht. Wer hat denn überhaupt Dienst?«

»Zahir.«

Und als hätte Castel damit eine magische Beschwörung ausgesprochen, rief in dem Moment Zahir an. Castels Handy war über Bluetooth mit der Gegensprechanlage im

Auto verbunden, so dass Zahirs Stimme dumpf aus den Lautsprechern zu hören war.

»Wir haben endlich mit dem Nachtportier aus Gordes gesprochen«, sagte er. »Heute Morgen haben wir ihn endlich erreicht und eine Streife vorbeigeschickt. Der gute Mann hat einen Mordsschreck bekommen. Es war, wie die Hotelleitung vermutet hatte: Sein Handy war ausgeschaltet, und über Festnetz verfügt er nicht. Abends hat er das Handy wieder eingeschaltet und sich nicht um die eingegangenen Anrufe geschert, weil er die Nummern nicht kannte.«

»Hätten wir mal eher eine Streife bei ihm vorbeigeschickt«, sagte Theroux.

»Na ja, es sind ja bisher gerade mal zwei Tage vergangen«, erwiderte Zahir, »das liegt schon noch im Rahmen, oder?«

»Und was sagt er?«, fragte Castel.

»Der Portier meinte, dass ihm nichts Besonderes aufgefallen sei. Xenia Bonnet hat in Sportbekleidung das Hotel verlassen und ist wohl eine Runde Laufen gegangen. Er hat sich keinerlei Gedanken darüber gemacht, wie lange sie unterwegs war, und angenommen, sie wäre zwischenzeitlich zurückgekehrt, als er es gerade nicht mitbekommen hat. Die anderen Musiker haben noch mit Offiziellen zusammengesessen und ein wenig gefeiert – insgesamt acht Personen, was sich mit den Aussagen der Musiker und der Organisatoren deckt.«

»Also nichts Neues«, sagte Castel.

»Doch«, erwiderte Zahir. »Der Nachtportier hat noch einen weiteren Mann ins Hotel kommen sehen und ihn gegrüßt. Er habe ihm bedeutet, dass er zu der kleinen

Gruppe stoßen und nur schnell hallo sagen wolle. Knapp zehn Minuten später verließ er dann das Hotel wieder. Der Portier hatte keinen Zweifel daran, dass der Besucher ebenfalls ein Offizieller gewesen sein musste, denn er trug auch einen Anzug. Die Beobachtung deckt sich allerdings nicht mit den Aussagen der Übrigen. Die haben ausgesagt, dass keine weitere Person hinzugestoßen sei. Außerdem hat sich der Portier daran erinnert, dass der Mann eine mittelgroße Reisetasche dabei hatte.«

Castel und Theroux sahen sich an. Eine mittelgroße Reisetasche, dachte Castel, war ausreichend dimensioniert, um darin einen Geigenkoffer verschwinden zu lassen. Vielleicht hatte Xenia Bonnets Entführer ihr die Schlüsselkarte abgenommen, ist damit ins Hotel spaziert und hat das Instrument aus dem Zimmer geholt. Nachdem er in Avignon bei der Entführung von Raffaela Perotti noch maskiert gewesen war, hatte er in Gordes keinerlei Wert drauf gelegt, nicht erkannt zu werden. Ziemlich abgezockt und eiskalt.

Andererseits hätte er kaum maskiert durch den Haupteingang kommen können, ohne enorme Aufmerksamkeit zu erregen. Es war wie bei einer Observation, dachte Castel, während sie den schweren BMW-Sportwagen im Rückspiegel beobachtete und sich dann wieder auf die Straße konzentrierte – wenn einem jemand mit einem unauffälligen Wagen folgte, fiel das eher auf, als wenn ein auffälliger Wagen hinter einem herfuhr, denn wer würde so dumm sein, jemanden mit einem auffälligen Wagen zu verfolgen wie zum Beispiel einem dicken BMW Coupé?

»Wer ist die Person gewesen?«, fragte Castel.

»Der Portier hat sie nicht gekannt. Wir haben sofort mit den Veranstaltern telefoniert, die an dem Abend im Hotel waren, und ihnen die Personenbeschreibung gegeben. Eine Dame von der Agentur konnte damit etwas anfangen. Wir haben versucht, ihn zu erreichen. Er meldet sich aber nicht. Wir haben auch eine Streife bei ihm vorbeigeschickt, aber es ist an der betreffenden Adresse niemand zu Hause.«

»Wie ist der Name?«

Zahir sagte es ihnen. Der Name sagte ihnen nichts.

Mittlerweile waren sie fast oben am Gipfel angekommen. Castel schaute sich links und rechts um, ob sie irgendwo eine Spur von Cédric Guerin sah. Theroux blickte ebenfalls aus dem Fenster. Es war irrsinnig, dachte sie. Der Kerl konnte überall und nirgends sein, falls er überhaupt hier war. Aber der Stream hatte das Bild vom Gipfel gezeigt. Also musste er sich ja vor Ort oder irgendwo in der Nähe befinden. Sie rief Albin an, um von dem Gespräch mit Zahir zu berichten. Doch Albin ging nicht dran.

»Da«, sagte Theroux plötzlich und deutete aus dem Fenster.

Jetzt sah es auch Castel. Auf einem Geröllhügel war ein Mann zu erkennen, der irgendetwas an einem Stativ machte. Ein Stuhl stand neben ihm, daran lehnte ein großes Instrument: ein Cello.

Castel fuhr sofort rechts heran und trat auf die Bremse. Während Theroux seine signalrote Armbinde mit der Aufschrift »Police« anlegte, schickte Castel Albin rasch eine Textnachricht mit dem Namen, den Zahir genannt hatte.

»Ich hoffe, er liest das«, sagte Castel.

»Wird er schon«, sagte Theroux. »Ansonsten sagst du es ihm nachher bei der Hochzeitsfeier.«

Theroux riss die Tür auf, steckte sich die Dienstwaffe in das Holster am Hosenbund und verließ den Wagen. Castel legte das Handy ab und nahm ebenfalls die Dienstwaffe aus der Ablage. Sie streifte die Armbinde über und öffnete die Tür. Als sie aus dem Wagen stieg, rauschte der schwarze BMW an ihr vorbei und fuhr sie fast um.

»Du Arsch!«, rief sie dem Wagen hinterher. Es war ein BMW 850i. Und jetzt war sie sicher, dass es der Wagen gewesen war, der sie beinahe von der Straße gedrängt hatte. Und wenn es derselbe BMW war, dann war das hier kein Zufall. Dann könnte es sein, dass ...

Sie wollte noch schnell das Handy nehmen, ließ es aber liegen, denn Theroux ging bereits den Geröllhügel hinauf, und der Mann dort oben hatte sie bemerkt.

Jetzt wurde es kritisch.

35

Albin hatte das Handy auf dem Schoß liegen und auf Lautsprecher gestellt. Es gab auch die Möglichkeit, das Telefon über die Anlage im Auto laufen zu lassen, aber er hatte bisher noch nicht herausgefunden, wie das funktionierte.

Nachdem Veronique ihm das Smartphone geschenkt hatte, war er beim ersten Versuch gescheitert, hatte sich im Wirrwarr von Bluetooth und Wifi-Einstellungen verstrickt und aufgegeben, bevor er noch irgendetwas kaputt machen würde.

Jetzt hatte er die Nummer der Unterpräfektur in Carpentras gewählt, um sich dort mit Danielle Salvat verbinden zu lassen. Danielle hatte früher im Sekretariat bei der Polizei gearbeitet und war seit einigen Jahren in der Unterpräfektur für die Kfz-Zulassungen zuständig. Allerdings ging nur ein Anrufbeantworter dran, der erklärte, dass man außerhalb der Geschäftszeiten anrief.

Also hatte Albin eine andere Nummer gewählt, und gerade meldete sich eine männliche Stimme in der Polizeizentrale und erklärte, dass man mit der Polizei verbunden sei.

»Leclerc hier, Albin Leclerc, polizeilicher Berater«, gab er sich zu erkennen.

Albin hörte ein erkennendes »Ah« am anderen Ende der Leitung.

»Mit wem spreche ich?«

»Tavan hier.«

»Claude Tavan – oder sein Sohn?«

»Der Sohn.«

Albins Handy summte. Ein Anruf ging ein, und zwar von Castel. Wie, zum Teufel, sollte Albin den jetzt annehmen, wo er doch gerade mit Tavan sprach? Castel war dran. Irgendwie funktionierte das, man konnte Gespräche halten, aber Albin wusste nicht, wie. Also ignorierte er den Anruf von Castel erst mal, obwohl es ihn verrückt machte, mit Tavan zu reden, während gleichzeitig das Handy rappelte. Kurz darauf war es wieder still.

»Ich kenne Ihren Vater gut, Tavan. Ausgezeichneter Mann. Er war stolz wie ein Pfau, als sein Sohn sich entschieden hatte, ebenfalls die Polizeilaufbahn zu ergreifen. Wie geht es ihm?«

»Lässt sich im Ruhestand die Sonne auf den Bauch scheinen.«

»Seit wann sind Sie in Carpentras? Polizeischule beendet?«

»Seit drei Monaten, Monsieur le Commissaire«, sagte Tavan.

Das Handy gab jetzt einen Signalton von sich. Eine Kurznachricht von Castel war eingegangen. Albin würde sie anschließend lesen. Da wurde man ja verrückt in diesem Kommunikationswahnsinn!

»Ausgezeichnet«, sagte er, »dass die Ära Tavan fortgeführt wird. Hör mal, Tavan, ich brauche eine Auskunft über ein Fahrzeug. Könnt ihr da mal schnell in den Computer schauen?«

»Wollen Sie ein Verkehrsdelikt anzeigen?«

»Nein, es geht um etwas anderes.«

Albin sagte ihm, was er wollte.

»Das geht nicht, Monsieur Leclerc«, sagte Tavan. »Das unterliegt dem Datenschutz, und Sie sind ja nicht mehr bei der Polizei, sondern Privatier.«

»Tavan. Ihr Vater würde auf seiner Sonnenliege rotieren, wenn er Sie so reden hören würde.«.

»Aber es ist nun mal so.«

»Ich könnte ja Castel oder Theroux anrufen oder jemanden von der Bereitschaft, die dann wiederum bei Ihnen anrufen, um exakt dieselbe Frage zu stellen. Das wäre ein unsinniger Umweg, um das gleiche Ziel zu erreichen.«

»Nun, ich habe die Regeln nicht erfunden, was soll ich machen?«

»Ich sage Ihnen, was Sie tun. Sie schreiben in Ihr Dienstprotokoll, dass Polizeiberater Albin Leclerc die Information haben wollte – genauso, als ob Sie einen der anderen Kollegen vermerken würden.«

»Aber ...«

»Tavan, Menschenskind. Hier geht es nicht um Kernphysik oder Staatsgeheimnisse. Dann machen wir das eben ganz anders. Sie öffnen Ihr Verzeichnis am Computer, stecken Ihre Nase hinein. Ich stelle eine Frage, und Sie antworten ganz einfach mit ›Ja‹ oder ›Nein‹ oder ›Darüber darf ich nichts sagen‹, wenn es Ihnen zu brenzlig wird, okay? Ich brauche die Auskunft wirklich dringend.«

»Wenn Sie meinen.«

»Ja, das meine ich.«

Albin hörte klickende Geräusche. Offenbar fütterte Tavan den Computer. »Dann also los«, sagte er.

»Ist ein dunkelblauer Renault Espace auf den Namen Eric Bouyer zugelassen?«

»Nein.«

»Und auf den Namen Lorraine Bouyer?«

»Ja, bis vor einem Jahr.«

Ach du heilige Scheiße, dachte Albin und beendete das Telefonat.

Seine Gedanken rotierten. Er wollte gerade Castels Nachricht lesen und sie zurückrufen, als mitten in Villes-sur-Auzon die Ampel vor ihm auf Rot sprang, nachdem Bouyer gerade über die Kreuzung gefahren war. Albin gab Vollgas und fuhr bei Rot drüber.

Es war nicht gesagt, dass der dunkelblaue Espace, der von den Videokameras am Bahnhof in Avignon gefilmt worden war, auch der von der verstorbenen Lorraine Bouyer war. Aber es war nicht unmöglich – einen solchen Zufall konnte es ansonsten ja kaum geben. Und es erklärte sich Albin absolut nicht, aus welchem vernünftigen Grund Eric Bouyer mit dem abgemeldeten Wagen seiner verstorbenen Frau nachts aus einer Parkgarage fahren sollte, kurz nachdem Raffaela Perotti entführt worden war. Falls, dachte Albin, falls Bouyer überhaupt am Steuer gesessen hat. Vielleicht war der Wagen gestohlen worden oder Bouyer hatte ihn verkauft oder … Egal. Albin musste dringend mit dem Mann reden, äußerst dringend.

Aber zunächst würde er Castel über den Espace informieren. Albin drückte die Rückruftaste und wartete fast eine Minute lang, dass sie dranging. Was sie aber nicht tat. Er überlegte, ob er ihr eine Textnachricht senden sollte. Aber beim Autofahren mit einer Hand tippen? Nichts da. Also probierte er, Theroux zu erreichen. Doch der ging ebenfalls nicht dran. Na, fabelhaft. Schließlich öffnete Albin die Nachricht, die Castel ihm geschickt hatte, und musste das Handy ganz nahe vor die Augen führen, um sie lesen zu können.

In der Mail stand: »Haben Nachtportier. Verdächtiger mit Tasche nachts im Hotel in Gordes. Identifiziert als Eric Bouyer. Guerin gefunden, gehen jetzt hin.«

Albin wurde es eiskalt.

Eric Bouyer nachts im Hotel in Gordes.

Der blaue Espace.

Eric Bouyer, der vor ihm herfuhr und an der nächsten Straßengabelung nach rechts auf die D942 nach Monieux abbog.

Es war die Straße, die in die Nesque-Schlucht führte.

36

Castel lief Theroux hinterher, der im Gehen sein Telefon zog, auf das Display sah, und das Handy wieder zurück in die Hintertasche seiner Jeans schob.

»Anruf von Leclerc, zum Glück nicht die Klinik«, sagte Theroux beiläufig, nachdem Castel zu ihm aufgeschlossen hatte. »Der kann warten.«

»Hat er die Nachricht gelesen?«

»Keine Ahnung. Keine Zeit jetzt«, erwiderte Theroux hektisch. Sie gingen mit schnellen Schritten auf den Hügel zu, wo der Mann sich vorsichtig rückwärts bewegte, ohne Castel und Theroux aus den Augen zu lassen.

»Monsieur Guerin? Polizei, wir müssen mit Ihnen reden!«, rief Theroux.

Guerin drehte sich um – und lief los.

»Scheiße«, zischte Theroux und schaltete einen Gang hoch. Castel ebenfalls.

Sie sprinteten den Hügel hinauf, was auf dem Schotter nicht so einfach war. Castel hatte mehrfach das Gefühl, dass sie umknicken und stürzen würde. Sie erreichten den Gipfel, wo Castel eine kleine Kamera auf dem Stativ und ein Laptop sah, das auf einem Rucksack lag. Außerdem waren da der Stuhl und das Cello. Guerin spurtete bereits den Abhang auf der anderen Seite hinab. Dort verlief das graue Band der Straße in einer Nadelöhrkurve, und dort parkte auch ein Auto. Kaum zweihundert Meter entfernt. Ein älterer Volvo.

»Stehen bleiben!«, rief Theroux.

Aber Guerin blieb nicht stehen. Schließlich geriet er ins Stolpern, schlitterte über den Schotter – und stürzte. Er überschlug sich einige Male. Dann blieb er liegen.

Castel und Theroux kamen außer Atem bei ihm an.

»Ich habe nichts getan!«, wimmerte er. Sein Gesicht war staubig, die Wange von einem Stein aufgeschlitzt. Er trug einen dunklen Anzug, der ebenfalls voller Staub und nun an einigen Stellen zerrissen war. »Ich habe keine Genehmigung, aber die brauche ich auch nicht, weil …«

»So eine verdammte Scheiße«, zischte Theroux, der seine Waffe zog. »Warum bleiben die Leute nicht stehen, wenn die Polizei ruft, dass sie stehen bleiben sollen, he? Glauben Sie, ich rufe das nur zum Spaß, oder wie?«

»Aufstehen und Hände hinter den Kopf«, sagte Castel und wartete, bis sich Guerin aufgerappelt hatte.

»Ich habe doch nichts getan – ich muss mein Konzert geben, und …«

»Wo sind die Frauen?«, fragte Castel.

Guerin stand auf, nahm die Hände hinter den Kopf. Blut lief ihm über das Gesicht.

»Frauen?«, fragte Guerin. »Welche Frauen?«

»Xenia Bonnet, Kim Ju Lyn, Raffaela Perotti.«

»Wie bitte? Woher soll ich denn das wissen? Das sind doch … Die wurden doch entführt.«

»Genau«, sagte Theroux. Er deutete auf den Gipfel. »Sie kommen jetzt mal mit. Los.«

»Aber …«

Theroux schnauzte: »Wird's bald, Mann? Fängt das

schon wieder an? Die Polizei sagt Ihnen etwas, und Sie nehmen das nicht ernst? Los jetzt!«

Guerin zuckte zusammen und stieg dann vor ihnen den Hügel hinauf, die Hände über dem Kopf.

»Alain, bitte«, sagte Castel.

»Ach, ist doch wahr, immer der gleiche Mist, echt, das regt mich auf!«

»Guerin«, sagte Castel im Gehen, »also, wo sind die Frauen?«

»Ich habe nicht die geringste Ahnung, was Sie meinen.«

»Es ist besser, wenn Sie sofort damit herausrücken. Sie sollten kooperieren.«

»Ich habe nichts mit den Entführungen zu tun, wirklich …«

»Das sagen sie alle«, knurrte Theroux.

»Ich dachte, Sie sind von der Polizei und wollen mir verbieten, mein Konzert zu spielen, weil ich keine Genehmigung habe.«

»Deswegen sind Sie weggelaufen?«

»Ja. Ich bekam plötzlich Angst. Ich … Sie denken doch nicht etwa, ich …«

»Was hatten Sie hier denn vor?«, fragte Castel, als sie den Stuhl, das Cello und das Kamerastativ erreichten.

»Ein Konzert streamen. Meine Ode an den Berg. Live. Ich bereite das seit Wochen vor und kündige es an. Ich wollte renommierte Musiker und Ensembles und Veranstalter dafür interessieren, aber …«

»Alle lehnen Sie bloß ab.«

»Ja.«

»Und da wurden Sie sauer«, sagte Theroux, »und haben die drei Musikerinnen entführt.«

»Ich?«

Theroux stoppte direkt neben dem Cello. »Ja, Sie, wer denn sonst?«

»Aber nein!«

»Erzählen Sie das Ihrer Großmutter.«

Castel hörte, wie Theroux Guerin erklärte, dass der jetzt mitkommen sollte und dass man sein blödes Cello natürlich nicht mitnehmen werde, ob er denn sein Kofferträger sei? Stattdessen packte er ihn im Rücken am Jackett, um ihn abzuführen. Guerin jammerte wegen des Instrumentes und seiner anderen Sachen.

Castel gab einen Stoßseufzer von sich. Sie nahm das Laptop und packte es in den Rucksack, löste die kleine Kamera vom Stativ und steckte sie auch da hinein. Dann schulterte sie den Rucksack, packte das Cello samt Bogen in den Koffer, schnappte sich noch das Stativ und folgte den beiden.

Als sie zum Dienstwagen sah, bemerkte sie den dunklen 850i, der direkt davor parkte. Dort stand auch ein Mann, lässig an die Kühlerhaube gelehnt.

»Jetzt habe ich aber wirklich die Schnauze voll«, murmelte Castel, presste die Zähne aufeinander – und rutschte halb den Hang hinab.

»Was zum Teufel …?«, hörte sie Theroux hinter sich rufen. »Castel? Alles klar?«

Sie machte nur eine abwehrende Geste, bewegte sich weiter hangabwärts, schwer bepackt wie ein Esel auf einer Himalaya-Expedition. Nun erkannte sie den Mann zweifelsfrei, der eine Hand zum Gruß hob und lächelte. Dieses Grinsen, dachte Castel, würde sie Bertrand Vollant gleich aus dem Gesicht prügeln.

37

Franz Schubert hat sein Streichquartett »Der Tod und das Mädchen« im Jahr 1824 komponiert. Fünf Jahre später starb er, vermutlich an Typhus.

Er wurde nur einunddreißig Jahre alt und hinterließ sechshundert Lieder sowie zahlreiche weitere Kompositionen. Schubert mag durch die Krankheiten die eigene Vergänglichkeit bereits gespürt haben, zudem durch den Verlust mehrerer Geschwister und seiner Mutter. Zu seiner Zeit war der Tod aber ohnehin allgegenwärtig.

Matthias Claudius publizierte das Gedicht »Der Tod und das Mädchen« bereits im Jahr 1774. Es befasste sich mit dem mittelalterlichen Motiv des Sensenmannes, der eine junge Frau zu sich holen will, wobei das Mädchen sinnbildlich für das blühende Leben steht. Schubert hatte 1817 zunächst ein gleichnamiges Lied geschrieben, bevor er das Thema für sein Streichquartett erneut aufgriff.

Das Mädchen:
Vorüber! Ach vorüber!
Geh wilder Knochenmann!
Ich bin noch jung, geh Lieber!
Und rühre mich nicht an.

Der Tod:
Gib deine Hand, du schön und zart Gebild!
Bin Freund, und komme nicht zu strafen:
Sei gutes Muts! Ich bin nicht wild,
Sollst sanft in meinen Armen schlafen.

Im Angesicht des Schlimmsten begehrt das Mädchen voller Schrecken und Angst auf, doch der Tod redet beruhigend und verlockend auf es ein. Das Sterben ist nichts Schlimmes, niemand muss sich fürchten, alles ist vergänglich, und es gibt ein gewisses Sehnen nach der Erlösung – so entspricht es dem Bild der Romantik.

Aber am Sterben, das wusste Eric Bouyer, war überhaupt nichts Romantisches. Ganz und gar nicht. Es war entsetzlich, und man musste eine Heidenangst davor haben. Alles Verklärende daran war nichts anderes, als den Schmerz und die Angst zu betäuben. In ihren letzten Wochen hatte er Lorraine Morphine gespritzt und andere Medikamente, zu denen er als ehemaliger Veterinär Zugang hatte. Er wollte nicht, dass sie noch länger litt, und sie wollte es ebenfalls nicht, zumal das Ende vorprogrammiert war.

Das war alles, was er hatte tun können: es ihr erleichtern.

Und wenn es hieß, dass die Zeit alle Wunden heile und man sich an alles gewöhne, war das blanker Unsinn. Die Zeit brachte keine Heilung, und man gewöhnte sich an überhaupt nichts. Im Gegenteil: Mit jedem Tag in der Leere, die Lorraine hinterlassen hatte, wurde es schlimmer. Man wurde wahnsinnig, ohne es zu spüren.

Jeden Tag blickte Eric Bouyer auf Lorraines Cello, das im Wohnzimmer stand, und erinnerte sich oft daran, wie sie es mit ihrem Quartett gespielt hatte. Lorraine war eine sehr gute Cellistin gewesen. Sie selbst wiegelte stets ab und sagte, dass sie die Komplimente sehr zu schätzen wisse, aber Eric in seinem Urteil voreingenommen sei.

Als sie krank wurde, hörte sie mit dem Spielen auf. Es gab Operationen, Bestrahlungen, Chemotherapien, Lymphknoten unter den Achseln, die es ihr unmöglich machten, das Instrument auch nur halten zu können. Trotz allem, was sie im Kampf dagegen getan hatte, waren die Ärzte machtlos und sagten, es sei nur noch eine Frage der Zeit.

Zwei Wochen vor ihrem Tod, bevor sie in den andauernden Dämmerschlaf fiel und Bouyer ständig mit ihrem toten Bruder verwechselte, hatte sie sich noch einmal aufgerafft. Eric war gerade vom Einkaufen gekommen, als er schon draußen das Cello hörte. Leise hatte er das Haus betreten, war die Treppe hinaufgegangen – und dann hatte er sie dasitzen sehen, am Fenster mit dem Cello, und sofort gehört, welches Stück sie spielte.

Es war »Der Tod und das Mädchen«. Sie spielte, wie sie noch nie zuvor gespielt hatte. Nur die Allerbesten vermochten ihr Instrument mit solcher Leidenschaft und Tiefe zu spielen wie Lorraine in diesem Moment. Das wusste Bouyer, der gerne einen Pakt mit dem Teufel geschlossen hätte, wenn nur Lorraine hätte weiterleben dürfen.

Aber sie durfte nicht.

Seither verfolgte ihn das Stück jeden Tag. Der Gedanke daran, es noch einmal so zu hören, wie Lorraine es gespielt hatte, war zu seiner Obsession geworden. Nur noch ein Mal – und dann würde er Schluss machen. Aber dieser Plan ging nun nicht mehr auf, denn wie sollte das Stück ohne Cello gespielt werden?

Bouyer kaute auf dem Zigarillo und wischte mit dem

Handballen über die tränenfeuchten Wangen, während er auf der schmalen Landstraße tief in die Nesque-Schlucht hineinfuhr. Rechts ging es bereits einige hundert Meter hinab. Und mit einem weiteren Blick in den Rückspiegel wurde ihm nun vollends klar, dass er verfolgt wurde.

Es war Albin Leclerc.

»Was macht er da?«, murmelte Bouyer. Seine Stimme klang stets etwas höher, wenn er diese Gespräche führte. Denn Selbstgespräche waren es nicht. Er unterhielt sich mit Lorraine. Sie war zwar tot, aber immer noch omnipräsent: im Haus, in Bouyers Herzen und in seinem Kopf. Ja, manchmal fühlte es sich so an, als sei sie niemals gestorben. Erst hatte er nur manchmal im Musikzimmer mit ihr geredet, um seiner Trauer Luft zu machen. In Gedanken.

Aber mit der Weile war dann die Stimme von Lorraine in seinem Kopf lauter geworden. Es war tröstlich.

»Das ist Leclerc. Wieso ist Leclerc hinter mir? Die ganze Zeit schon?«

Erst hatte Bouyer dem silbernen SUV, der ihm seit Vaison-la-Romaine folgte, keine Bedeutung zugemessen. Doch schließlich war er ihm immer wieder beim Blick nach hinten aufgefallen. Als er nun auch noch auf die Straße abgebogen war, die entlang der Schlucht führte, hatten die Alarmglocken bei ihm Sturm geläutet. Bouyer hatte sich gefragt, wer das sein mochte und warum. Dann war ihm eingefallen, dass Albin Leclerc ja einen solchen Wagen fuhr. Vor einer scharfen Kurve hatte er kurz den Fuß vom Gas genommen, woraufhin der SUV näher herangekommen war. Und da hatte Bouyer im Rückspiegel das schlohweiße Haar des Fahrers erkannt, der zudem ausgesprochen groß war.

Außerdem war Leclerc ja eben am Amphitheater gewesen und hatte Bouyer schließlich vollends davon überzeugt, dass an Sophie Dejardin nicht heranzukommen war, weshalb Bouyer aufgegeben hatte. Überall war Polizei, und auch am Hotel hatte Bouyer schon zuvor festgestellt, dass dort Autos der Gendarmerie parkten. Schließlich hatte Leclerc bestätigt, was Bouyer befürchtete – dass Sophie Dejardin Personenschutz hatte. Und damit war es dann erledigt. Der ganze Aufwand hatte sich nicht gelohnt.

»Er war das, nicht?«, murmelte Bouyer. »Ja, er war das. Er hat das alles gemacht, uns die Polizei auf den Hals gehetzt, damit wir sie nicht kriegen, die Dejardin – und nun? Nun ist alles zerstört. Und er ist schuld. Er. Er hatte doch Guerin verfolgen sollen, den Verrückten? Ja, hat er aber nicht. Haben wir etwas falsch gemacht? Ich weiß es nicht.«

Das Einzige, was Bouyer jetzt noch blieb, war, mit einer unperfekten Version seiner Vision ins Jenseits zu fahren und vorher noch reinen Tisch zu machen mit diesen schnippischen Zicken, von denen keine Lorraine auch nur das Wasser reichen konnte. Sie, die Eric Bouyer ja erst auf die Idee gebracht hatte, ein eigenes Ensemble zusammenzustellen – sie, die ihn trösten wollte und ihm erklärt hatte, was er tun könnte, um »Der Tod und das Mädchen« noch einmal zu hören. Und zwar so, wie es richtig war: mit den besten Musikerinnen der Welt – und mit Lorraines Cello.

Aber wie zum Teufel war Leclerc draufgekommen, dass er sich an Bouyers Fersen heften sollte? Hatte Bouyer nicht alles getan, um Leclerc auf die Spur von Cédric Guerin zu bringen? Er war doch extra in das Café gegangen, in dem Leclerc stets anzutreffen war, hatte ihn ausgehorcht und auf Guerin gebracht. Ja, und Leclerc hatte doch auch angebissen?

Wie dem auch war: Leclerc war hinter ihm her. Er hatte Lunte gerochen, wenngleich sich die Frage stellte, was er nur ahnte und was er wusste. Eine Frage stellte sich jedenfalls nicht, dachte Bouyer, als der kleine Feldweg in Sicht kam: Er würde nicht zulassen, dass Leclerc sich ihm in den Weg stellte. Nicht auf den letzten Metern.

Bouyer schüttelte heftig den Kopf: »Nein, das wird er nicht. Er stellt sich uns nicht in den Weg, nein. Wir gehen den Weg zu Ende.«

Dann dachte er darüber nach, was er nun tun sollte. Er könnte einfach weiterfahren bis nach Sault und abwarten, ob Leclerc ihm bis dahin folgen würde. Dann würde er ganz unverfänglich mit ihm reden. Aber vielleicht wartete dort schon eine Polizeistreife, die Leclerc verständigt hatte? Außerdem … in einer Stadt und unter Menschen … Nein, es war besser, die Angelegenheit gleich zu klären und, falls nötig, Leclerc hier in der Abgeschiedenheit aus dem Weg zu räumen.

Also betätigte Bouyer den Warnblinker, um Leclerc ein Signal zu geben. Dann blinkte er nach rechts und bog in den steinigen Weg ein, der zu einer Felsenspitze führte, die in die Schlucht hineinragte. Weiter unten befand sich die Höhle, die man allerdings von hier aus nicht erreichen konnte. Dazu musste man zurück auf die Straße und noch zwei Kilometer weiterfahren, bevor man an einer anderen Stelle wieder abbog.

Bouyer reduzierte das Tempo und stoppte schließlich. Er sah, dass der SUV ihm auch hierher folgte und ebenfalls in den Weg eingebogen war.

Bouyer nahm die Spritze aus dem Ablagefach, die er für Sophie Dejardin bereits aufgezogen hatte, und steckte sie in die Jackentasche. Dann nahm er das doppelläufige Schrotgewehr aus dem Futteral und stieg aus, genau in dem Moment, als der SUV hinter seinem Wagen zum Halten kam.

38

»Wo steckt er denn nur?«

Veronique konnte sich keinen Reim darauf machen, warum Albin nicht da war und auch keine Nachricht hinterlassen hatte.

Einerseits war sie ja froh, dass er ihr und den Mädchen nicht im Wege stand. Außerdem hatte sie ihn ja gebeten, sich zurückzuziehen, damit sie hier ihre Ruhe hatten. Ihr Kleid und die der Kinder sollten ja eine Überraschung für ihn sein. Er durfte das alles erst beim Termin beim Standesamt sehen, nach dem es dann in die Kirche ging. Das kleine Rathaus in Venasque lag unweit der Kirche und dem Hotel-Restaurant an der Stadtmauer mit der wunderbaren Außenterrasse, wo die Feier stattfinden würde. Aber mittlerweile würde es nicht mehr lange dauern, doch Albin blieb verschwunden.

Manon gab ein genervtes Seufzen von sich. Sie sah wunderschön aus mit ihren hochgesteckten Haaren und den kleinen Blumen darin. Auch Clara, die gerade vor dem Fernseher saß, hatte Blümchen im Haar, die vom Farbton her genau zu ihrem Kleid passten. Manon trug ebenfalls schon ihr Kleid – es war schlicht und champagnerfarben, aber todschick, und man könnte es getrost auch später noch einmal zu schicken, festlichen Anlässen anziehen.

Sie sagte: »Papa hätte ja wenigstens darüber sprechen

können, wo er hin ist. Wahrscheinlich treibt er sich bei Matteo rum.«

»Ich habe Iris gemailt. Sie sagt, dass er nicht bei ihnen ist. Matteo ist auch gar nicht im Café, natürlich nicht. Darum kümmert sich heute ein Cousin. Ich meine, Albins Auto ist weg, Tyson ebenfalls …« Veronique zuckte mit den Schultern und ließ sich von ihrer Tochter Nicole noch ein Glas Sekt bringen, während Charlotte, ihre andere Tochter, Veroniques Kleid bereithielt. Die beiden trugen die Haare ähnlich hochgesteckt wie Manon – was ganz reizend war, wie Veronique fand: Alle drei Töchter von ihnen im gleichen Stil, was eine gewisse Zusammengehörigkeit verdeutlichte.

Natürlich würden sie immer Patchwork bleiben, das war ja klar. Aber von heute an würde es dennoch eine andere Form von Familie sein, und niemand sollte sich nach Veroniques Willen auch nur ansatzweise zurückgesetzt fühlen. Schließlich waren sie alle erwachsen und hatten längst eigenen Nachwuchs, aber Kinder blieben eben Kinder – egal, wie alt sie waren. Man musste stets darauf achten, dass man die Balance hielt, damit sich niemand als Kind erster oder zweiter Klasse fühlen würde – so gut das bei Scheidungskindern möglich war.

Charlotte sagte: »Sollen wir ihn mal anrufen und fragen, wo er steckt?«

Nicole reichte Veronique den Sekt und grinste. »Also, mein Mann hat sich damals in eine Kneipe gesetzt, aber da hat er von seinem Vater fast ein paar Ohrfeigen kassiert, der ihn dort eingesammelt und geschimpft hat: ›Du spinnst wohl! Du kommst zu uns und wartest so lange!‹«

»Na ja«, sagte Veronique, »bei seinen Eltern auf dem

Friedhof wird er ja wohl kaum sein.« Sie stand immer noch in Unterwäsche da, strich ihren Unterrock glatt und nippte an dem Sekt.

Charlotte reichte Veronique schließlich das Kleid.

Es hatte einen ähnlichen Farbton wie das von Manon und Nicole, irgendetwas zwischen Nude und Champagner. In Weiß hätte Veronique nicht heiraten wollen, das wäre lächerlich gewesen. Aber eine Trauung in der Kirche wollte sie schon – das musste sein. Albin hatte noch herumgezetert, ob das Standesamt denn nicht ausreiche und dass er ohnehin nicht gläubig sei. Papperlapapp, hatte Veronique entgegnet, kommt gar nicht in Frage. Geheiratet wird in der Kirche.

Veronique stellte das Glas ab, nahm ihr Kleid und bewunderte es mit einem Seufzer.

»Du wirst so schön aussehen, Mama«, sagte Charlotte.

Veronique nickte.

»Du könntest es später sogar noch zu einem schicken Abendessen tragen. Ihr solltet mal eine Kreuzfahrt machen.«

Veronique hielt sich das Kleid an und nickte. »Wenn mal Zeit dafür ist.«

»Ihr habt doch alle Zeit der Welt.«

»Aber der Laden …«

Nicole sagte: »Ich verstehe sowieso nicht, warum ihr nicht direkt eine Hochzeitsreise macht.«

»Es passt eben gerade nicht«, erwiderte Veronique. »Es ist Sommer, Saison. Wir machen später im Jahr etwas, sagt Albin.«

»Und was?«

Veronique nahm das Kleid wieder ab und zuckte mit

den Schultern. »Das überlegen wir uns noch. Vielleicht im Winter, Skilaufen in den Alpen.«

Manon musste losprusten. »Papa und Skilaufen? Niemals.«

»Wir werden sehen«, seufzte Veronique.

Tatsächlich war die Hochzeitsreise gar kein großes Thema gewesen. Sie hatte es einmal angesprochen, und Albin hatte es mehr oder weniger damit abgebügelt, dass es ja wohl Unsinn sei, im Sommer zu verreisen – quasi von der Sonne in die Sonne. Außerdem habe sie im Laden ja Hochsaison. Nein, dann lieber im Winter irgendetwas machen. Und das war für sie okay gewesen, wenngleich sie sich insgeheim schon gewünscht hätte, sie würden wenigstens ein verlängertes Wochenende wegfahren, und sei es nur ans Meer.

Veronique wechselte das Thema und fragte: »Kommen Antoine und Paul mit den Kindern dann direkt zum Rathaus? Oder erst zur Kirche?«

»Mama«, sagte Nicole, »ich habe doch schon erklärt, dass sie uns abholen. Wie sollten wir denn sonst nach Venasque kommen? Ich werde mit den Schuhen und in dem Kleid sicherlich nicht selber fahren.«

»Ach ja«, sagte Veronique. Das hatte sie in der Aufregung schon wieder ganz vergessen.

»Wer weiß«, sagte Manon, »wahrscheinlich geht Papa mit Tyson spazieren und ist schon in Venasque und sondiert die Lage – oder er besorgt noch dein Hochzeitsgeschenk.«

Veronique wirbelte herum. »Hochzeitsgeschenk? Weißt du da mehr als ich, meine Liebe?«

Manon grinste und zuckte mit den Schultern. »Mein Name ist Hase.«

Clara sagte, ohne vom Fernseher aufzublicken: »Mama

weiß das, aber es ist geheim und niemand darf es verraten, deswegen darfst du auch nicht danach fragen.«

»Manon!« Veronique lachte auf. »Was ist das denn für eine Geheimniskrämerei?«

Manon zuckte wieder mit den Schultern. »Aber ich weiß wirklich nicht, wo er ist. Eigentlich kann es nichts damit zu tun haben. Wir können ihn ja immer noch anrufen. Ein wenig Zeit ist ja noch.«

Veronique nickte. »Na gut, dann muss ich mir wegen deinem Vater also keine Sorgen machen«, sagte sie und zog ihr Kleid an.

39

»Vollant!«, blaffte Castel. Sie atmete schwer und stellte den Rucksack und den Cellokoffer neben dem Dienstwagen ab. »Was soll der Scheiß?«

Vollant lehnte immer noch an dem BMW. »Phantastische Aussicht, nicht?«

Castel schnaubte, ging dann zu ihm hin und stieß ihm gegen die Brust. Genauso gut hätte sie vor eine Betonwand boxen können. Vollant bewegte sich keinen Millimeter.

»Ihr habt mich neulich fast umgefahren. Jetzt folgst du mir. Worauf läuft das hinaus?«

»Darauf, dass du an mich denkst – so wie ich an dich denke. Das ist alles.«

»Leck mich, Vollant!«

»Du hast mit Martinet gesprochen und mich und die anderen mit irgendeinem Scheiß belastet, Cat. Die haben meine Wohnung durchsucht und die der anderen auch. Aber da gibt es nicht einmal meine schmutzigen Unterhosen zu finden.«

»Wie kommst du darauf, dass ich mit irgendeinem Martinet geredet hätte? Wer soll das sein?«

»Ich bin nicht bescheuert, Cat. Du auch nicht. Also verarsch mich nicht.«

»Ich habe keine Ahnung, was ihr da am Laufen habt, Vollant. Ich kann dir nur sagen: Lass mich in Ruhe!«

»Du lässt mich nicht in Ruhe. Ich lasse dich nicht in Ruhe. So einfach ist das. Du beschmutzt das Nest, aus dem du stammst, Cat.«

»Willst du mir drohen? Mich unter Druck setzen?«

»Wie wäre es damit, wenn ich bei der gesamten Brigade durchsickern lasse, dass Castel ihre alten Kollegen mit irgendwelchen unsinnigen Aussagen über Dienstverstöße reinreißt? Dann bekommst du erst richtig Probleme.«

»Martinet hat mir keine Wahl gelassen.«

»Entschuldigung abgelehnt.«

»Das war keine.«

»Dann eben nicht.«

»Was habt ihr denn damals wirklich gemacht? Habt ihr euch die beschlagnahmten Drogen eingesteckt? Regelmäßig?«

»Zumindest sind wir nicht mit einem Schwerkriminellen wie Hadjali ins Bett gegangen und haben uns mit seinem schmutzigen Geld aushalten lassen.«

Castel stieß ihm wieder gegen die Brust.

»Alles klar, Cat?«, rief Theroux herüber, der Guerin gerade in das Auto verfrachtet hatte und jetzt versuchte, das Cello im Kofferraum zu verstauen.

»Alles okay, Alain«, erwiderte sie.

Vollant stieß sich vom BMW ab und öffnete die Tür. »Pass auf dich auf, Cat«, sagte er. »Und pass auf, mit wem du dich einlässt. Martinet ist ein linker Hund. Er benutzt dich für seine Zwecke und wirft dich dann weg wie eine ausgelutschte Zitrone.«

»Danke, dass du dich so um mich sorgst, Vollant. Und danke für das Gespräch. Jetzt bin ich mir wenigstens vollends sicher, dass ihr etwas am Laufen habt.«

Vollant schmunzelte. »Ich habe gar nichts am Laufen. Ich will nur meine Ruhe. Und wenn noch ein kleines Stück Korpsgeist in dir steckt, sprichst du nächstes Mal mit mir, bevor du mit Martinet redest.«

»Komm mir nicht mit Korpsgeist.«

»Ich habe keine Ahnung, was er dir über mich und die anderen erzählt hat.«

»Jedenfalls nicht, dass ihr Briefmarken sammelt.«

»Hat er es dir nur erzählt oder hat er dir irgendwelche Beweise vorgelegt? Ich kann mir nicht vorstellen, dass er welche hat.«

Castel blieb stumm. Martinet hatte ihr in der Tat überhaupt nichts vorgelegt. Andererseits war er bestimmt nicht zum Vergnügen hinter Vollant und seiner Crew her.

»Er hat dir also nur eine Geschichte erzählt und keine Fakten präsentiert«, sagte Vollant und blickte in die Ferne. »Und du glaubst ihm wie eine Anfängerin. Bitte ihn doch darum, dir irgendetwas vorzulegen. Er wird es nicht tun. Weil es nichts gibt.«

»Er hat mir Fragen gestellt. Er hat mir Einsatzvideos von damals gezeigt. Ich habe Antworten gegeben. Das ist alles.«

»Und du hast es getan, weil er irgendetwas gegen dich in der Hand hält.«

Castel zuckte mit den Schultern.

»Schon mal drüber nachgedacht, warum er mir ans Zeug flicken will? Könnte es vielleicht sein, dass es ihm nur um seine Karriere geht? Dass er dringend Erfolge braucht und nach einem Strohhalm greift?«

»Ist das so?«

»Frag Martinet.«

Castel dachte nach. Es mochte stimmen, was Vollant sagte. Martinet konnte man nicht trauen. Allerdings konnte man Vollant genauso wenig trauen. Damit lag die Wahrheit womöglich irgendwo in der Mitte.

»Keine Ahnung, Vollant«, sagte Castel. »Ist mir eigentlich alles ziemlich egal. Genau wie du will ich nur, dass er mich in Ruhe lässt. Und dass du mich in Ruhe lässt. Das ist eigentlich alles.«

Vollant blickte Castel an. »Martinet hat dich schon mal fertiggemacht. Deswegen bist du jetzt hier auf einem bescheuerten Berg und schleppst ein Cello durch die Gegend. Denk mal drüber nach. Und wenn du Gesprächsbedarf hast, melde dich jederzeit bei mir. Wie du mich erreichst, wirst du sicher herausfinden. Meine Telefonnummer ist kein Geheimnis.«

»Denk nicht mal im Traum daran.«

»Martinet will uns beide ficken, Cat. Ich werde es für meinen Teil nicht zulassen. Was du machst, ist deine Sache. Aber zusammen sind wir besser. Zusammen waren wir immer gut damals, oder etwa nicht?«

»Fick dich selbst, Vollant.«

»Wie du meinst, Cat. Und viel Spaß mit deinem Cello. Nettes Hobby.«

Vollant stieg ein. Dann ließ er den Wagen an, gab Gas und fuhr davon.

Castel ging wieder zurück zum Dienstwagen, neben dem Theroux stand und sie groß ansah. Er hatte das Telefon am Ohr.

»Wer war das denn?«, fragte er.

»Ein Geist aus der Vergangenheit.«

»Ein Geist?«

Castel winkte ab.

Theroux nahm das Handy wieder runter. »Ich erreiche Albin nicht«, sagte er. Eine Sekunde später klingelte sein Handy, und er ging dran. Es war aber nicht der Rückruf von Albin.

»Ich muss sofort ins Krankenhaus«, sagte Theroux atemlos zu Castel. »Das Kind kommt.«

40

Vollant kurvte den Mont Ventoux herab. Gleich würde er Calvar einsammeln, der inzwischen Castels Wohnung verkabelt und sich um ihren Computer gekümmert hatte. Falls sie einen Smart-Fernseher hatte, könnten sie dessen Mikro benutzen, was noch unauffälliger war, als eine Wanze zu platzieren. Später würden sie noch ein kleines Programm auf Castels Handy speisen, um ihre Anrufe überwachen zu können – zumindest an die gewählten und angenommenen Rufnummern würden sie gelangen.

Er ging davon aus, dass sie Martinet über ihre Begegnung informieren würde, was auch immer der dann mit der Information anfing. Er ging außerdem davon aus, dass Castel die Botschaft verstanden hatte und mit etwas Glück künftig vorsichtiger wäre.

Anderseits blieb sie eine tickende Zeitbombe. Trotzdem hatte sie wenigstens eine Chance verdient, dachte Vollant. Es brauchte ja niemand zu wissen, dass er mit ihr gesprochen hatte.

Dass Castel nun, wie sie sagte, »verlässlich« wusste, dass da irgendetwas lief – das wusste sie spätestens seit ihrem Termin mit Martinet sowieso. Von daher ging es eher um Schadensbegrenzung, und bevor Cat weiteren, viel schlimmeren Schaden anrichten könnte, würde man sie aus dem Verkehr ziehen müssen. Was schade wäre, dachte Vollant.

Viel besser wäre, wenn sie die Botschaft verstanden hatte, nachdachte und sich das nächste Mal tatsächlich bei ihm meldete, falls Martinet wieder bei ihr vorstellig würde. Er glaubte zwar nicht, dass das geschehen würde, aber man wusste ja nie – immerhin war Castel in der Vergangenheit übel mitgespielt worden. Und er hatte nicht übertrieben, was Martinet anging. Das wusste sie auch.

Wie auch immer, dachte Vollant, und nahm eine scharfe Kurve. Das alles lag so oder so nicht in seinen Händen. Wenn die Zeit für Cat gekommen war, dann war sie gekommen – das konnte heute, morgen oder erst in ein paar Wochen der Fall sein. Oder überhaupt nicht. Die Zukunft würde es zeigen.

41

Albin reduzierte das Tempo, als Bouyer den Warnblinker einschaltete. Das war ein Zeichen, keine Frage. Er musste verstanden haben, dass ihm jemand folgte. Vielleicht hatte er Albin sogar erkannt, und wie es schien, wünschte er eine Unterredung – oder er war an seinem Ziel angekommen.

Bouyer bog in einen Feldweg ein. Albin folgte ihm. Der SUV rumpelte über den groben Stein. Links und rechts streiften die Äste von niedrigen Pinienbüschen an den Seitentüren entlang. Der Weg führte auf ein mit natürlichem Schotter bedecktes Felsplateau, von dem aus man einen spektakulären Blick in die schroffe Nesque-Schlucht hatte. Etwa dreihundert Meter tiefer glitzerte der Fluss wie Quecksilber in der inzwischen hochstehenden Sonne.

Dann hielt Albin an – direkt hinter Bouyers Wagen, um ihm die Ausfahrt zu versperren. Zwar war links und rechts noch ein wenig Platz, aber das war besser als nichts.

Bouyer war ausgestiegen und stand auf der anderen Seite neben seinem Auto. Er blickte zu Albin, der die signalrote Armbinde mit der Aufschrift »Police« aus dem Handschuhfach nahm und sie über den Oberarm zog, um allem, was folgen sollte, einen offiziellen Anstrich zu geben. Dann nahm er das Handy, schnallte sich ab und öffnete die Tür, um auszusteigen.

Chef – willst du das wirklich tun?, ertönte Tysons Stimme von hinten.

»Was denn sonst? Hier sitzen bleiben?«, fragte Albin.

Abwarten und die Gendarmerie anrufen!

»Bis die hier sind, vergeht eine halbe Stunde. So lange kann ich hier nicht sitzen bleiben. Und was soll ich denen sagen? Dass ich eine Vermutung habe? Da könnte ja jeder anrufen. Und bis die verifiziert haben, wer ich bin, oder Theroux oder Castel erreicht haben und sich endlich ins Auto setzen, vergehen weitere wertvolle Minuten. Die Zeit haben wir nicht.«

Aber er hat ein Gewehr.

»Das hätte er auch, wenn ich am Steuer sitzen bleibe, oder etwa nicht?«

Das stimmt.

»Und es heißt noch lange nicht, dass er es auch benutzen wird. Er hat es dabei. Mehr nicht. Ich muss in jedem Fall dringend mit Bouyer reden. Es hilft nichts, Tyson.«

Aber du hast gar nichts, um dich zu verteidigen, falls er dich doch bedroht!

»Ich war schon in ganz anderen Situationen. Und manchmal«, erwiderte Albin und stieg aus, »muss man eben improvisieren.«

Seinen Fehler erkannte Albin nur wenige Sekunden später. Als sich Bouyer um den Wagen herum bewegte, blickte Albin in die doppelläufige Schrotflinte, deren Mündung zunächst auf den Boden gerichtet war, jetzt aber auf Albins Körpermitte zielte. Bouyer stand etwa fünf Meter vor ihm und schwitzte.

»Das ist keine gute Idee«, sagte Albin.

»Haben Sie eine bessere, Leclerc?«

»Eine viel bessere. Sie legen jetzt die Flinte auf den Boden, und dann unterhalten wir uns.«

Bouyer lachte auf. Seine Lippen bewegten sich, aber es kam kein Wort hervor. Als ob er leise mit sich selbst sprach. Oder mit jemandem, der gar nicht da war. »Mit mir reden will er. Worüber will er reden? Die Zeit des Redens ist vorbei. Ich wüsste nicht, worüber. Nein. Nein, nein, wir haben nichts zu bereden, oder? Meinst du auch? Nein, es gibt nichts zu bereden.« Dann rief er zu Albin: »Es gibt nichts zu besprechen!«

»Doch. Zum Beispiel über den Grund, aus dem Sie ein Gewehr auf mich richten.«

»Ich glaube, den Grund erahnen Sie längst.«

»Jetzt bin ich mir sogar sicher«, sagte Albin und inhalierte die würzige Luft. Ein warmer Wind wehte. Es roch nach wilden Kräutern und Pinien. Sein Telefon klingelte. Er zog es aus der Hosentasche. Theroux rief an. Bouyer nahm das Gewehr in Anschlag und zielte auf Albins Kopf.

»Denken Sie nicht mal daran, das Gespräch anzunehmen«, sagte er. »Werfen Sie mir das Handy rüber. Vor die Füße.«

Albin warf das Handy vor seine eigenen Füße.

»Sie halten sich für sehr klug«, sagte Bouyer, der damit offensichtlich nicht zufrieden war. Jetzt sprach er wieder leise mit sich selbst und legte den Kopf leicht zur Seite. »Er denkt, er kann mich aufs Glatteis führen, oder? Das ist ein Trick. Woher weiß er es überhaupt, hm? Keine Ahnung. Aber wir lassen uns nicht reinlegen.«

»Sie zumindest«, erwiderte Albin, »halte ich für ziemlich verrückt.«

Bouyer lachte auf. »Verrückt«, sagte er in einer etwas

höheren Tonlage in dieser flüsternden Stimme. Als wäre er Gollum aus *Der Herr der Ringe*. »Vielleicht sind wir das ja? Nicht mehr in der Spur. Aus der Spur, verrückt geworden. Mag sein, mag sein. Aber macht es was? Nein, es ändert nichts.« Dann blaffte er Albin an: »Nehmen Sie die Hände hoch!«

Albin nahm die Hände hoch. »Das führt zu nichts, Bouyer«, sagte er und log: »Meine Kollegen wissen, dass ich Ihnen folge und wo ich jetzt bin. Gleich wird es hier vor Polizei nur so wimmeln.«

»Sie gehen jetzt langsam auf die Kante zu und drehen sich dann zu mir, so dass ich Ihr Gesicht sehen und sicher sein kann, dass Sie nicht plötzlich etwas Dummes tun werden.«

»Das Dumme tun Sie gerade.«

»Bewegen Sie sich«, sagte Bouyer und machte eine Geste mit dem Gewehrlauf. »Los.«

»Und wenn nicht?«

»Dann werde ich schießen.«

»Sie erschießen mich nicht.«

»Darauf würde ich nicht wetten.«

Albin zweifelte nicht daran, dass Bouyer es ernst meinte. Falls er hinter allem steckte, und danach sah es aus, dann ging der Mord an Kim Ju Lyns Lebensgefährten auf sein Konto. Was zeigte, dass er bereit war, entschlossen zu handeln.

»Okay«, sagte Albin und setzte sich in Bewegung. Seine Schritte knirschten auf dem sandfarbenen Kies. Gleichzeitig ging Bouyer um ihn herum, immer das Gewehr auf Albin gerichtet. »Wo sind die drei Frauen?«, fragte Albin.

»Sie leben noch«, sagte Bouyer.

Sie umkreisten sich wie Duellanten, wie zwei Kater in einem Revierkampf, taxierten einander.

»Wo sind sie?«

»An einem sicheren Ort.«

»Sie sollten aufgeben und mir sagen, wo genau das ist.«

»Beides wird nicht geschehen. Ich bin noch nicht fertig.«

»Wollten Sie Sophie Dejardin ebenfalls entführen?«

»Ich hätte sie gerne in meinem Quartett gehabt. Aber es war zu viel Polizei vor Ort. Ich konnte nicht handeln. Sie haben es verdorben, Leclerc.«

»Geben Sie nicht mir die Schuld an Ihren Taten, Bouyer. Sie sollten es nicht noch schlimmer machen. Legen Sie das Gewehr zur Seite. Dann unterhalten wir uns in aller Ruhe.«

»Daraus schließe ich, dass Sie doch alleine sind, Leclerc, und keine Verstärkung anrücken wird.«

»Das werden Sie in ein paar Minuten wissen. Und es wäre deutlich besser für Sie, wenn Sie dann kein Gewehr in der Hand halten und damit auf mich zielen würden.«

»Sie bluffen doch nur.«

»Wie Sie meinen.«

Schließlich stand Albin an der Felskante. Von hier aus ging es ungefähr dreißig Meter geradewegs nach unten. Der übrige Abhang verlief weniger steil. Dort lagen Geröll und kleinere Felsen. Der Rest war bis zum Ufer der Nesque mit Pinien und dichtem Buschwerk bewachsen. Albin drehte sich um und blinzelte direkt in die Sonne. Bouyer war nur noch als Silhouette zu erkennen. Er war jetzt an Albins vorherigem Standort, nahm kurz das Gewehr runter, um mit einem kräftigen Kolbenstoß das Handy zu zerschlagen, bevor er die Flinte wieder auf Albin richtete und damit nun näher kam.

Albin spürte den Luftzug aus der Schlucht. Der Abgrund befand sich nur etwa einen Meter hinter ihm. Er fragte: »Warum das alles?«

»Sie würden es ohnehin nicht verstehen«, antwortete Bouyer, der schließlich dicht vor Albin stehen blieb. Der konnte jetzt direkt in die beiden Läufe blicken. »Und es tut auch nichts zur Sache.«

»Wollen Sie Geld? Geht es darum?«

Bouyer lachte. »Ganz sicher nicht, nein.«

»Sie haben die drei Frauen mitsamt ihrer Instrumente entführt. Und Sie haben einen Mann ermordet.«

»Das war nicht geplant«, antwortete Bouyer. »Er war an der Tür. Er sollte dort nicht sein, und es ging nicht anders. Es tut uns leid, wirklich, aber es ging nicht anders. Das viele Blut. Der arme junge Mann. Wir konnten es nicht verhindern, aber es war seine eigene Schuld, warum war er denn da?«

»Geben Sie auf, Bouyer. Was auch immer Sie vorhaben – bringen Sie es nicht zu Ende.«

»Das kann ich sowieso nicht, weil mir Sophie Dejardin fehlt und ich kein Cello spiele. Sie hätte das von Lorraine nehmen sollen.« Bouyers Stimme veränderte sich wieder. »Sie hätte es so schön gespielt wie du, oder? Nein, nicht so. So wie du an diesem Tag kann niemand spielen, aber sie wäre nahe herangekommen. Und die anderen hätten sie unterstützt. Es wäre einzigartig gewesen, aber er hat es verdorben, Albin Leclerc hat es verdorben!«

»Die Frauen sollten für Sie spielen?«

»›Der Tod und das Mädchen‹. Aber nun geht es nicht mehr. Albin Leclerc hat es ver-dor-ben! Das ist Ihre Schuld!«

»Der Tod und das Mädchen«.

Jetzt begriff Albin. Bouyer hatte sich sein eigenes Ensemble zusammenstellen wollen. Vorhin in der Arena hatte er das Stück erwähnt und gesagt, dass er alles dafür geben würde, es noch einmal so zu hören, wie seine verstorbene Frau es gespielt hatte. Aber dass er so weit gehen würde … Bouyer war offensichtlich völlig irre und zu allem fähig. Daran zweifelte Albin nun nicht mehr. Der Mann hatte sich bislang gut verstellt und den Irrsinn nicht herausgelassen. Aber nun hatte er sich Bahn gebrochen und war außer Kontrolle geraten, hatte eine Schwelle überschritten. Von der anderen Seite würde er nicht mehr zurückkommen.

»Und jetzt«, sagte Bouyer, »werden Sie einen Unfall haben. Sie sind den Felsen hinabgestürzt. Springen Sie!«

»Nein«, sagte Albin. »Das werde ich ganz sicher nicht.«

»Wenn Sie Glück haben, brechen Sie sich nur die Beine.«

»Das können Sie vergessen.«

»Ich gebe Ihnen eine faire Chance. Es ist besser, als einen Schuss in den Kopf zu bekommen.«

»Sie werden nicht schießen.«

»Sie lassen mir keine Wahl.«

»Es gibt immer eine Wahl, Bouyer. Sie werden Lorraine nicht wieder lebendig machen. Das wissen Sie so gut wie ich.«

»Natürlich weiß ich das. Darum geht es nicht. Sie haben fünf Sekunden Zeit, Leclerc. Dann springen Sie. Oder ich schieße. Ihre Entscheidung.«

Zeit, die Taktik zu ändern, dachte Albin. Denn es gab nur eine Möglichkeit, sich aus dieser Lage zu befreien. Und das war Angriff.

»Worum geht es denn?«, fragte Albin. »Um Ihr jämmerliches Selbstmitleid, Sie Waschlappen? Was würde Lorraine dazu sagen, wenn Sie wüsste, was Sie armer Irrer getan haben? Sie würde Sie verachten …«

Bouyer schüttelte leicht den Kopf. »Nein, nein, das würde sie nicht …«

»… und sich fragen, wie sie sich so sehr in ihrem Mann getäuscht haben kann …«

»… still jetzt, Leclerc …«

»… dass er sich in seinem egoistischen Selbstmitleid suhlt und Menschen tötet und entführt, statt wie ein Mann …«

»Ruhe jetzt!«, schrie Bouyer.

»… damit umzugehen und sein Leben auf die Reihe zu bekommen. Wie war das, Bouyer – haben Sie Ihrer Frau am Ende sogar eine Spritze gegeben, weil Sie zu weich waren, ihr Leid zu ertragen? Haben Sie …«

»Still!«, schrie Bouyer. »Leclerc«, schrie Bouyer, »springen Sie oder ich schieße! Fünf! Vier …«

Bis »drei« wartete Albin nicht ab.

Bouyer stand in seiner Reichweite. Er war deutlich kleiner als Albin und in einer schlechten körperlichen Verfassung. Außerdem hielt Albin die Hände hoch – was Zeit sparen würde, zumindest den Bruchteil einer Sekunde, auf den es ankommen könnte.

Wenn man nach einer langläufigen Waffe griff, verhielt es sich nach den Gesetzen der Physik so, dass man eine recht gute Hebelwirkung hatte. Eine deutlich bessere, als wenn einem jemand mit einer Pistole gegenüberstand.

In Trainingssituationen lernten Polizisten, wie man jemanden entwaffnet. Dabei war es wichtig, dass das Gegenüber abgelenkt war und man selbst entschlossen, schnell und kalt handelte, was natürlich niemals einfach war. Bei einem Angreifer mit einer Pistole gab es unterschiedliche Techniken, sie ihm aus der Hand zu nehmen. Handelte es sich um ein Gewehr, gab es im Grunde nur eine Möglichkeit.

Albin stieß mit der rechten Hand den Gewehrlauf zur Seite, bewegte sich selbst blitzschnell in die andere Richtung und umfasste den Lauf. Ein Schuss krachte. Albin fühlte, wie das Metall in seiner Hand heiß zum Leben erwachte und spürte auch den schneidenden Luftzug. Sein Ohr wurde schlagartig taub. Gleichzeitig machte er einen Schritt nach vorne und schlug dem aufschreienden Bouyer mit der Linken mitten ins Gesicht. Dann wollte er ihm das Knie in den Unterleib rammen, erwischte aber nur den Oberschenkel. Er warf all seine Kraft gegen Bouyer, versuchte, den Arm zu fassen, der noch den Griff des Gewehres umklammert hielt. Er wollte das Gewehr nach oben biegen, um es Bouyer zu entreißen. Aber Bouyer stürzte bereits zur Seite, getroffen von der Wucht von einhundert Kilo Leclerc.

Albin stolperte, hielt immer noch den Lauf umfasst und wurde mit zu Boden gerissen. Bouyers Gesicht war blutverschmiert. Die Nase sah gebrochen aus. Er keuchte auf. Albin rang mit ihm, legte sein Gewicht auf den Lauf der Waffe, um sie Bouyer aus der Hand zu drücken, bohrte sein Knie in Bouyers Oberarm. Im nächsten Moment spürte er einen stechenden Schmerz im Oberschenkel. Als er hinsah, erkannte er eine Spritze. Er schlug Bouyer nochmals ins Gesicht, riss sich dann die Spritze aus dem Fleisch und warf sie fort. Er spürte bereits, wie das Bein taub wurde.

»Sie Scheißkerl«, zischte Albin. »Was war das, was ist das, was …«

Dann schoss Bouyers Kopf voran und traf Albin mitten zwischen die Augen. Er sah Sterne, spürte, wie ihm der Gewehrlauf entglitt. Dann kippte er zur Seite. Seine Sicht war verschwommen. Die Kraft schien aus ihm zu weichen wie die Luft aus einem Ballon, in den eine Nadel gestochen worden war. Es fühlte sich an, als ob sein Kreislauf kurzfristig ins Bodenlose sackte. Sein linkes Bein wurde immer tauber, die Hüfte ebenfalls. Er versuchte, sich aufzurappeln, aber es gelang ihm nicht. Er hatte kein Gefühl mehr im Bein. Es war, als habe es sich mit einem Mal in Gummi verwandelt.

Als Bouyer plötzlich mit dem Gewehr in der Hand über ihm stand, entschied sich Albin, besser liegen zu bleiben und keinen Mucks mehr von sich zu geben.

»Er hält uns nicht auf«, hörte er die zischende Stimme von Bouyer, der sich rückwärts zum Auto bewegte. »Siehst du, er hält uns nicht auf. Er ist ein schwerer Brocken. Nicht leicht, ihn in die Schlucht zu werfen. Aber egal, wird er eben ein schönes Schläfchen in der Sonne halten, und wenn er erwacht, sind wir längst fertig.«

Albin regte sich nicht. Als er das nächste Mal die Augen öffnete, hörte er das Geräusch eines Motors und sah, wie sich Bouyers Wagen dicht an seinem eigenen vorbeidrängte. Es gab ein Geräusch, das klang, als ob man eine Getränkedose zertritt. Dann fiel der Außenspiegel vom SUV ab. Bouyers Wagen fuhr halb auf dem Weg, fräste sich auf der anderen Seite durch das Buschwerk und erwischte noch einen Teil von Albins Kotflügel, bevor er vollständig auf den Weg fuhr und auf die Straße abbog.

Albins Kreislauf schien sich wieder zu stabilisieren. Er rappelte sich auf. Kurz tanzten weiße Flecken vor seinen

Augen, als er vorsichtig aufstand. Er hörte das gedämpfte Bellen von Tyson aus dem Auto. Er sprang immer wieder hoch und war völlig außer sich.

Albins linkes Bein war vollkommen gefühllos. In seiner Hüfte kribbelte es. Was auch immer Bouyer ihm gespritzt hatte, war entweder noch im Begriff, seine volle Wirkung zu entfesseln, oder es würde nicht mehr passieren. Albin sah die Spritze auf dem Boden liegen. Sie war noch zur Hälfte gefüllt. Also hatte er nicht die volle Ladung abbekommen.

Er humpelte vorwärts, zog das Bein nach und sah sein zerstörtes Handy. Er hob es auf, tastete sich dann ab, fand den Autoschlüssel und öffnete die Fahrertür. Sein Kopf fühlte sich geschwollen an, was mit der Spritze oder dem Kopfstoß von Bouyer zu tun haben mochte. In jedem Fall alles besser, als eine Ladung Schrot abzubekommen.

Albin keuchte und wuchtete sich in den Wagen, packte mit den Händen seinen linken Oberschenkel, um das Bein hereinzuziehen und den Fuß auf die Kupplung zu stemmen. Dann ließ er den Wagen an, legte den Rückwärtsgang ein und drehte sich, so gut es ging, nach hinten um. Tyson kläffte immer noch und sprang wie verrückt hoch und runter.

Chef! Chef! O mein Gott! Alles klar? Was machst du da bloß? Kannst du fahren? Du willst doch nicht fahren? Bist du irre?

»Das sehen wir dann«, keuchte Albin, blinzelte und sah dann wieder klar.

Schließlich packte er mit der Linken den Stoff seiner Anzughose und zog das Bein etwas hoch. Die Kupplung rastete ein. Der SUV fuhr los. Albin steuerte rückwärts, bis er die Straße erreichte, presste dann das linke Bein wieder auf das Pedal, schob direkt den zweiten Gang rein und gab Vollgas.

Du entkommst mir nicht, Bouyer, dachte Albin, schnaufte und zog das Bein wieder hoch. Der SUV fuhr an – in die Richtung, in die Bouyer verschwunden war.

42

Die Tür öffnete sich. Der Mann kam herein. Auf der linken Seite lauerte Ju Lyn. Sie machte eine schnelle Bewegung, um ihm den Titanstachel in den Hals zu rammen. Auf der anderen Seite stand Raffaela, die das Cello gepackt hatte, um es dem Mann über den Schädel zu ziehen, damit Ju Lyn erneut zustechen könnte. Und Xenia ... Sie spielte die Rolle des Mannes und stand mit dem Rücken zur Tür, spürte den Stachel am Hals und blickte auf das über ihrem Kopf schwebende Cello.

»Ich weiß nicht«, sagte sie, »ob das so funktionieren wird. Wenn ich jetzt das Gewehr dabeihabe«, sie tat so, als würde sie eine imaginäre Waffe auf Ju Lyn richten, »dann könnte ich zumindest einen Schuss abfeuern.«

»Da kommst du ins Spiel. Du würdest dann ja neben mir stehen und nach der Flinte greifen.«

»Wieso eigentlich ich?«, fragte Xenia und ging von der Tür weg, an der sie gerade die Rolle ihres Entführers simuliert hatte.

»Weil es eine von uns tun muss? Wir haben das doch diskutiert«, fragte Ju Lyn und fuchtelte mit dem scharfen Dorn herum.

Beim Cello gab es unten einen etwa sechzig Zentimeter langen, dünnen Stachel aus Metall, mit dem man das Instrument auf dem Boden aufsetzen konnte. Damit es nicht wegrutschte, war dieser am Ende entweder gummiert oder sehr spitz, wie in diesem Fall. Er war in das Instrument integriert und konnte herausgezogen oder entfernt werden. Und genau das hatte Ju Lyn getan. Eine Fahrlässigkeit von ihrem Entführer, nicht zu berücksichtigen, dass ein solcher Stachel als Stichwaffe genutzt werden konnte. Wenngleich man sicherlich sehr kraftvoll damit zustoßen musste. Aber genau das würde Ju Lyn tun. Das Ding mit beiden Händen fassen und es dem Kerl in den Hals rammen, der ihren Lebensgefährten auf dem Gewissen hatte.

Aus diesem Grund hatten sie die Rollen so verteilt: Ju Lyn würde die wenigsten Skrupel haben, auf den Entführer einzustechen. Raffaela war die Kraftvollste. Sie könnte das Cello wie einen Baseballschläger schwingen und es dem Mann über den Schädel ziehen. Xenia war die Sportlichste und Agilste und würde sich darauf konzentrieren, die Flinte seitlich zu packen und den Lauf nach unten zu drücken.

»Okay«, sagte Xenia. »Dann proben wir es noch mal für mich.«

Ju Lyn nickte. Diesmal stellte sie sich mit dem Rücken zur Tür und tat so, als sei der Metallstab das Gewehr. Xenia platzierte sich neben dem vorherigen Standort von Ju Lyn, ging etwas in die Hocke und streckte ihre Hände griffbereit aus. Raffaela blieb, wo sie war. Ju Lyn zuckte zurück und tat so, als würde ihr der Stab in den Hals gerammt. Sie riss das fiktive Gewehr hoch. Dann keuchte sie und bog sich nach vorn, als ob ihr das Cello über den Schädel gezogen würde. Das Gewehr bewegte sich automatisch nach unten. Xenia schoss heran, packte den Stab, drückte ihn noch weiter nach unten, so dass die Spitze nun auf den Boden deutete.

»Okay«, sagte Raffaela. »Und dann würde ich noch mal ausholen und ihm das Cello ins Gesicht schlagen, und Ju Lyn sticht erneut zu.«

»Vielleicht«, erwiderte Xenia und ließ den Metallstab los, »solltest du ihm auf die Hände schlagen, damit er das Gewehr loslässt?«

»Gute Idee.«

»Und ich«, sagte Ju Lyn, »steche ihm den Dorn dann in den Nacken, wenn er nach vorne gebeugt ist.«

»Besser in die Nieren. Oder noch mal in den Hals. Seitlich«, wendete Raffaela ein. »Im Nacken hast du jede Menge Knochen. Besser irgendwo in die Weichteile.«

Da hatte Raffaela recht, dachte Ju Lyn und nickte.

Xenia fuhr sich durchs Gesicht. »O Mann«, sagte sie. »Wir sollten uns mal zuhören, wie wir darüber reden, einen Menschen zu töten.«

»Ist ja nicht gesagt«, ergänzte Raffaela, »dass er davon stirbt. Hauptsache ist doch, wir kommen hier raus. Der plant nichts Gutes.«

Nein, dachte Ju Lyn, das tat er nicht. Er hatte die Noten von »Der Tod und das Mädchen« hiergelassen, damit sie es einstudierten. Und dass das Cello hier stand, konnte nur bedeuten, dass er entweder noch eine weitere Entführung plante, die einer Cellistin, oder dass er herkommen und selbst spielen würde. Wie auch immer: Es war schwer vorstellbar, dass er sie alle drei wieder freilassen würde.

Wer Dinge tat, wie der Mann sie getan hatte, der war zu weitaus Schlimmerem fähig, und sie hatten nicht vor, es darauf ankommen zu lassen.

Ju Lyn wog den spitzen Stachel in der Hand. Sobald der Mann das nächste Mal durch diese Tür käme, würde er sein blutiges Wunder erleben.

43

Das Heck von Bouyers Wagen verschwand hinter einer scharfen Kurve. Albin sah es kurz aufblitzen und ließ sich dann mit dem SUV wieder etwas zurückfallen.

Zwar würde Bouyer sicher nicht annehmen, dass Albin ihm folgte. Dennoch musste er vorsichtig sein. Und es war verflucht schwierig, mit nur einem funktionsfähigen Bein zu fahren. Außerdem wurde Albin zwischendurch immer wieder schwindelig, was wohl eher an der Spritze lag als an dem Kopfstoß.

So ähnlich musste Bouyer es wohl auch mit Kim Ju Lyn, Raffaela Perotti und Xenia Bonnet gemacht haben, als er sie entführte. Er setzte sie mit einem starken und schnell wirkenden Betäubungsmittel außer Gefecht – mit irgendeinem Stoff, den er als ehemaliger Tierarzt noch vorrätig hatte. Perotti steckte er daraufhin in einen Rollkoffer und transportierte sie zum abgemeldeten Auto seiner verstorbenen Frau. Mit Ju Lyn hat er es wohl ebenso gemacht. Xenia Bonnet muss er beim Joggen überwältigt haben und war dann mit deren Schlüsselkarte ins Hotel gegangen, um ihr Instrument aus dem Zimmer zu holen.

Die Spritze, die Albin abbekommen hatte, war möglicherweise für Sophie Dejardin bestimmt gewesen. Und ihr Cello mitzunehmen – das wäre deutlich schwieriger gewesen als mit den Geigen und der Bratsche, denn ein Cello war deutlich größer. Aber Bouyer hatte ja ohnehin geplant, Dejardin auf dem Cello seiner verstorbenen Frau spielen zu lassen.

Was geschehen wäre, nachdem dieses Quartett Schuberts »Tod und das Mädchen« gespielt hätte, konnte Albin sich nur vage vorstellen. Vielleicht hätte Bouyer die Frauen gehen lassen und sich selbst erschossen. Vielleicht hätte er aber auch, enttäuscht von der Darbietung, alle umgebracht. Und genau das, befürchtete Albin, würde Bouyer wohl jetzt tun, nachdem sein Plan nicht aufgegangen war. Albin rechnete damit, dass er einen erweiterten Suizid begehen würde: seine Geiseln töten und dann sich selbst. Mit ziemlicher Sicherheit war er auf dem Weg dorthin, wo er die Musikerinnen gefangen hielt.

Albin fuhr durch die Kurve. Jetzt war Bouyers Auto in einigen hundert Metern Entfernung auf einem geraden Teilstück wieder zu sehen. Im nächsten Moment verschwand es wieder. Bouyer war nach rechts abgebogen. Dort musste ein Weg oder etwas Ähnliches sein. Albin verlangsamte das Tempo, drückte das linke Bein auf die Kupplung und nahm den Gang raus. Dann ließ er den SUV bis zu der fraglichen Stelle rollen. Tatsächlich führte ein Wirtschaftsweg hinunter in die Schlucht. Bouyers Auto war nicht zu sehen.

Albin trat auf die Bremse und stoppte mitten auf der Straße, stellte den Motor aus und zog die Handbremse an. Gleichzeitig ließ er die Fenster runter.

»Du musst hier bleiben, Tyson«, sagte er und öffnete die Tür. Beim Aussteigen fiel er fast hin, hielt sich aber am Türgriff fest. »Die Fenster bleiben offen, damit du mir nicht erstickst. Und du hast hier eine wichtige Aufgabe. Denn mit etwas Glück sieht ein anderer Autofahrer den

SUV mitten auf der Straße und dich darin, macht sich Sorgen und ruft bei der Polizei an.«

Alles roger, Chef, schien Tyson zu erwidern und blickte Albin durch die Scheibe an. *Pass bloß auf dich auf! Bouyer hat immer noch ein Gewehr und ist brandgefährlich! Wie willst du den denn stoppen?*

»Keine Ahnung. Wir werden sehen«, erwiderte Albin und warf die Tür zu.

Er humpelte um das Auto herum und betrat den Wirtschaftsweg, der mit grobem Schotter bestreut und voller Schlaglöcher war. Rechts lag ein großer Ast. Albin schnappte ihn sich, um ihn als Gehstock zu verwenden. Das machte es etwas besser, aber nicht wesentlich. Inzwischen fühlte sich seine ganze linke Hüfte taub an. Er hatte außerdem ein Kribbeln in den Fingerspitzen. Hoffentlich blieb es dabei.

Der Weg führte steil abwärts, machte zwei Kurven, und dann sah Albin Bouyers Wagen. Er parkte dort, wo es nicht mehr weiterging. Von Bouyer selbst fehlte jede Spur.

Albin bewegte sich weiter vorwärts und folgte einem Pfad, der tiefer in die Schlucht führte. Einige Male stolperte er beinahe – und verharrte dann einen Augenblick, denn er hörte Geräusche. Eine Stimme. War das Bouyer? Es schien so. Er redete offenbar mit sich selbst und konnte lediglich wenige hundert Meter vor Albin sein.

Schließlich lichtete sich der Bewuchs. Auf der anderen Seite der Schlucht sah Albin ein graues Felsmassiv, in das der Fluss kleine Höhlen gewaschen hatte. Eine ähnliche Steinwand befand sich nun auch rechts von Albin. Geröll lag auf dem Boden. Und er sah Bouyer, der sein Gewehr dabeihatte und auf dem Pfad unterwegs war, der sich nun direkt an dem Felsen entlangschlängelte. Auf der linken Seite ging es eine Böschung hinab. Tief unten verlief die beinahe türkisfarbene Nesque. Sie führte nicht viel Wasser und schien an dieser Stelle nicht sonderlich breit zu sein. Hellgraue Steine waren in ihrem Bett zu erkennen und das leise Plätschern des Flusses zu hören, neben Bouyers aufgeregtem Lamentieren. Schließlich stoppte er. Albin blieb ebenfalls stehen und duckte sich hinter einem ockerfarbenen Felsen. Wie es aussah, befand sich Bouyer vor einer Höhle, deren Zugang vermauert worden war. In der Wand war eine große Tür aus verwittertem Holz zu sehen.

Albin ahnte, was und wer sich dahinter befand.

44

Veronique betrachtete sich im Spiegel und war einigermaßen zufrieden. Das Kleid, die Frisur, die Blumen, das Make-up: alles sehr hübsch. Auch die jungen Frauen und Clara sahen wunderschön aus.

Sie ging wieder zurück ins Wohnzimmer und warf einen Blick auf die Uhr. Nur noch etwas über eine Stunde bis zum Termin beim Standesamt. Sie atmete tief durch, nahm ein Taschentuch und tupfte sich damit die Stirn ab. Aufregend, das alles. Sie blickte auf das Handy. Immer noch keine Nachricht von Albin. Sie hatte ihn eben angerufen, aber er war nicht drangegangen. Auch beim zweiten Anruf nicht.

»Manon, hat sich dein Vater inzwischen bei dir gemeldet?«, fragte sie.

Manon war gerade damit beschäftigt, Clara den letzten Feinschliff zu geben und ihr zu erklären, wie und wann sie die Blüten aus dem kleinen Körbchen streuen sollte. »Nein«, erwiderte Manon. »Er wird schon rechtzeitig vor Ort sein, Veronique. Keine Sorge.«

»Dein Wort in Gottes Ohr«, sagte Veronique und überlegte, ob sie noch ein Glas Sekt nehmen sollte, entschied sich dann aber dagegen. Ihr war schon leicht schwindelig. Sie hatte wenig gegessen, aber umso mehr Kaffee und Sekt getrunken.

»Ich frage mich nur, wo er ist«, murmelte Veronique. Ihr sechster Sinn sagte ihr, dass da irgendetwas nicht stimmte. Sie konnte nicht sagen, was es war. Albin meinte immer, ihre Intuition wäre wie das Gespür von Tieren, wenn sie etwas witterten, oder das von ihm, wenn es um Kriminalfälle ging.

»Ich rufe jetzt mal Caterine an.«

Manon blickte auf. »Cat? Warum das denn?«

Veronique zuckte mit den Schultern. »Da er nicht bei Matteo ist, hat Albin ihr ja vielleicht etwas gesagt.« Zeitgleich rief sie bereits Castels Handynummer aus dem Speicher auf und drückte auf Wählen. Kaum eine Sekunde später ging Cat dran und klang gehetzt und überrascht.

»Ja? Veronique?«

»Entschuldige, dass ich dich störe, aber weißt du zufällig, wo Albin steckt?«

»Nein. Keine Ahnung. Wir haben vorhin versucht, ihn zu erreichen. Aber er ging nicht dran. Heute Morgen hatte er mich angerufen. Ich dachte, er ist zu Hause.«

»Nein, ich hatte ihn ja weggeschickt, damit er nicht im Weg steht und das Kleid eine Überraschung für ihn ist. Das gehört sich so. Aber ich erreiche ihn auch nicht.«

»Da kann ich leider nicht helfen. Wir hatten eben noch einen Einsatz, und ich habe jemanden verhaften müssen. Jetzt bin ich auf dem Weg, mich umzuziehen …«

»O je, du hattest noch einen Einsatz?«

»Ja, Albin hat uns auf den Ventoux geschickt. Alles etwas kompliziert.«

»Ob Alain weiß, wo Albin ist?«

Castel lachte auf. »Alain hat noch mehr Stress. Er ist gerade in die Klinik gefahren. Sein Kind kommt.«

»Was? Wie schön! Dann wird er ja sicher nicht zur Feier kommen, sondern hat etwas Besseres zu tun.«

»Ja. Vielleicht ist Albin gerade auf dem Rückweg von Vaison-la-Romaine und fährt direkt zum Standesamt.«

»Vaison?«

»Dort war heute Morgen ein Konzert. Er hat nicht gesagt, ob er dorthin wolle. Aber der Name fiel. Ich weiß es leider wirklich nicht, Veronique. Er wird sicherlich kommen. Vielleicht besorgt er noch etwas wegen dem Hochzeitsgeschenk.«

»Ach. Hat er das gesagt?«

»Ist nur eine Vermutung.«

»Manon hat auch schon etwas wegen dem Geschenk gesagt – was wird denn das bloß sein, meine Güte?«

»Das wird sich ja sehr bald zeigen.«

»Gut. Danke, Caterine. Ich will nicht weiter stören. Ich habe mich nur gewundert, wo er wohl steckt. Tyson hat er auch dabei.«

»Na ja, wenn er weggeschickt wurde, hält er sich ja nur an die Regeln, oder? Wenn er das in anderen Fällen auch mal tun würde … Vielleicht ist er auch mit Tyson spazieren und hat das Handy im Auto gelassen.«

»Ja. Kann sein. Gut, Caterine, dann bis nachher. Oder besser: bis gleich!«

»Ja!«

Veronique legte das Handy wieder zur Seite.

»Und?«, fragte Manon, während Veroniques Töchter von oben kamen, wo sie gerade eben ihr Make-up aufgefrischt hatten.

»Caterine weiß es auch nicht. Und Alains Frau bekommt ihr Kind.«

»Oh!«

»Ja, was für ein Zufall, ausgerechnet heute!«

»Es wird schon alles gutgehen, Mama«, sagte Charlotte.

»Noch ein Sektchen, bevor wir uns auf den Weg machen?«

Veronique wollte ablehnen, nickte aber dann doch. »Na gut«, sagte sie. »Einen noch. Aber in spätestens einer halben Stunde müssen wir los.«

Sie hoffte, dass Albin die Zeit ebenfalls im Blick hatte – wo auch immer er gerade steckte.

45

Eric Bouyer hatte keine Zeit mehr zu verlieren. Da er keine Cellistin bekommen konnte, sollte eben eine der anderen Musikerinnen das Cello spielen. Es würde sich zeigen. Ansonsten eben ohne Cello, egal, er wollte nur noch einmal das Lied hören, und dann wäre er endlich wieder mit Lorraine vereint. Denn ein Leben ohne sie hatte keinen Sinn mehr.

»Es ist zwecklos«, keuchte er und kam vor der Höhle zum Stehen, »zwecklos, und ich komme, ich komme bald, nicht mehr lang, Lorraine.«

Er tastete sein Sakko nach dem Schlüssel ab. In der rechten Tasche hatte er noch einige Schrotpatronen. In der linken fand er den Schlüsselbund. Bouyer klemmte sich die doppelläufige Schrotflinte unter den Arm, die er eben noch mit einer Patrone nachgeladen hatte, und suchte den richtigen Schlüssel heraus.

Er hatte die Höhle bereits vor einigen Jahren entdeckt. Eine richtige Höhle war es eigentlich nicht, vielmehr eine Auswaschung im Felsen, von denen es viele in der Schlucht gab. Diese hier war irgendwann mit Bruchsteinen zugemauert worden. Möglicherweise hatte sie einmal ein Einsiedler genutzt.

Am Fuß der Schlucht gab es eine ähnliche ummauerte Höhle, die Chapelle Saint-Michel, die häufig von Wanderern als Etappenziel aufgesucht wurde. Aber diese hier – das war keine Kapelle. Vielleicht hatte sie einmal Jägern oder Hirten als Unterschlupf gedient. Jedenfalls war er selbst zur Jagd gewesen, als ihm die Höhle aufgefallen war. Die Tür war damals morsch gewesen und das Holz verwittert.

Als Bouyers Plan reifte, sich ein erlesenes Quartett zusammenzustellen, war ihm klar gewesen, dass er einen Rückzugsort brauchte, und hatte sich an diesen Platz erinnert. Er hatte eine passende Tür gekauft und sie eingebaut – kein leichtes Unterfangen, wie sich herausgestellt hatte. Das Ding war so schwer gewesen, als sei es aus Beton, und es hierher den Hang hinabzuschleppen, hatte ihn Blut, Schweiß und Tränen gekostet … Aber schließlich hatte er es geschafft, ein neues Schloss eingebaut, die Fugen mit Zement verschlossen und die Ritzen im Mauerwerk abgedichtet. Die Arbeit an der Höhle war wie Meditation gewesen, und die Aufgabe, die er sich selbst gesetzt hatte, gab seinem Leben wenigstens vorübergehend wieder einen Sinn.

»Ich komme«, stammelte er nun und wollte den Schlüssel ins Schloss stecken, aber seine Hände zitterten vor Aufregung. »Jetzt spielen wir ein Konzert, ja? Ein Konzert spielen wir, wir hören es uns an, das letzte Konzert. Es ist nicht so, wie ich wollte, aber es geht nicht anders, nein, es geht nicht anders …«

»Bouyer!«

Er zuckte zusammen. Wirbelte herum.

»Bouyer, geben Sie auf!«

Was war das? Wer war das? Das war … Das konnte doch wohl nicht wahr sein?

»Leclerc!«, schrie Bouyer.

Ja. Das war Leclerc. Er stand kaum zehn Meter entfernt hinter einem Felsen. Wie kam Leclerc hierhin? Hatte die Betäubung nicht gewirkt? Verflucht, Bouyer hätte ihn erschießen sollen! Es war ein schlimmer Fehler gewesen, ihn einfach liegen zu lassen und nicht zu töten! Doch noch war Zeit, das zu korrigieren.

Bouyer nahm das Gewehr hoch und schoss.

Die Schrotladung erwischte den Felsen an der Oberkante. Staub und kleine Steine spritzen durch die Luft. Leclerc war aber bereits in Deckung gegangen.

»Leclerc«, schrie Bouyer, »Sie werden es nicht verhindern!«

»Legen Sie die Waffe weg!«, rief Leclerc zurück. »Geben Sie auf! Die Polizei wird jeden Moment hier sein!«

Bouyer bewegte sich etwas zur Seite, die Waffe weiter auf Leclercs Versteck gerichtet. Jetzt sah er ihn hinter dem Felsen hocken und schoss erneut. Die Ladung spaltete wieder ein Stück Stein ab. Aber Leclerc schien er erneut verfehlt zu haben, der sich schnell ein Stück zurückbewegt hatte.

Bouyer knickte den Lauf der Flinte nach unten und ging weiter voran. Er zog die beiden leeren Patronen aus dem Lauf und warf sie weg. Er wollte zwei neue aus der Tasche nehmen. Aber sie steckten in der rechten Sakkotasche, weshalb er das Gewehr in die andere Hand wechseln musste, um heranzukommen.

46

Zwei Schüsse, dachte Albin. Ein doppelläufiges Gewehr. Bouyer müsste jetzt nachladen.

Das war seine Chance. Wahrscheinlich die einzige, die ihm blieb.

In der linken Hand hielt er den Knüppel, den er zum Gehen benutzt hatte. Mit der Rechten umfasste er einen Stein von der Größe einer Orange. Er stützte sich auf den Stock, stemmte sich nach oben und holte zeitgleich mit dem Brocken aus wie ein Pitcher beim Baseball.

Er sah Bouyer, der in gerade mal fünf Metern Entfernung mit der Schrotflinte vor ihm stand, um sie neu zu laden. Er blickte auf, sah Albin panisch an. Einige Patronen fielen ihm aus der Hand. Er suchte sofort neue.

Albin hatte keine Zeit zu verlieren. Im Stöckchenwerfen war er gut im Training. Mal sehen, wie sich das mit einem rund einen Kilo schweren Stein verhielt. Er zielte und warf mit aller Kraft. Der Brocken traf Bouyer am Schlüsselbein. Er keuchte auf, taumelte einen Schritt zurück. Das Gewehr fiel beinahe zu Boden.

Albin verließ die Deckung und humpelte auf Bouyer zu. Er griff den Knüppel jetzt mit beiden Händen, um damit zuzuschlagen, sobald er in Reichweite war.

Bouyer hatte sich wieder gefangen. Er schob eine Patrone in den Lauf.

Nur noch zwei Schritte, dachte Albin und holte aus. Bouyer verzichtete auf die zweite Patrone und ließ den Lauf zuschnappen. Albin presste die Zähne aufeinander. Er machte einen großen Schritt – und stieß mit dem Fuß gegen einen Stein und knickte um. Mit dem gelähmten Bein konnte er sich nicht halten. Also fiel er hin, stürzte direkt auf den zurückweichenden Bouyer zu und schlug mit dem Knüppel nach ihm, erwischte ihn aber nur am Oberarm. Dann ging er zu Boden, rollte sich ab und kam auf dem Rücken zum Liegen. Direkt über ihm stand Bouyer.

Das war's dann wohl, dachte Albin.

47

Ju Lyn stellte sich neben der Tür auf und nahm den Cellodorn wie einen Spieß in die Hand. Sie zitterte, kaute auf der Unterlippe und schmeckte Blut.

Raffaela stand ihr gegenüber mit dem Cello. Ihr Blick war gehetzt. Neben sich hörte sie das hektische Atmen von Xenia. Es klang, als sei sie kurz vorm Hyperventilieren.

Eben hatten sie eine Stimme gehört. Der Mann kam, es war so weit. Dann hatte es Schüsse gegeben, lautes Rufen. Sie konnten sich nicht vorstellen, was dort draußen gerade geschah. Aber es gab keinen Zweifel daran, dass die Zeit zum Handeln gekommen war.

In diesem Moment spürte Ju Lyn, dass es etwas ganz anderes war, einen solchen Angriff zu planen, als ihn dann auch umzusetzen. Sie las in den Gesichtern von Raffaela und Xenia, dass es ihnen genauso ging. Xenia hatte eben noch gewimmert und sich die Ohren zugehalten, als die Schüsse krachten. Ju Lyn und Raffaela hatten sie regelrecht in Position zerren müssen.

»Ich glaube«, flüsterte Xenia jetzt, »ich muss mich übergeben.«

Raffaela zischte: »Reiß dich, verdammt nochmal, zusammen. Er hat ein Gewehr. Er wird uns erschießen, wenn wir nichts unternehmen, kapierst du das endlich?«

»Ich … schaffe das nicht.«

»Doch«, flüsterte Ju Lyn. »Du schaffst das. Wir alle schaffen das. Weil wir es schaffen müssen, wenn wir überleben wollen.«

»Was ist draußen nur los?«

»Ich weiß es nicht«, sagte Raffaela. »Vielleicht ist da noch jemand anders. Oder der Kerl schießt in die Luft. Ich weiß nur eines: Sobald er die Tür öffnet, schlage ich ihm den Schädel ein.«

»Gott …« Xenia wimmerte erneut.

»Hey«, flüsterte Ju Lyn und versuchte ein Lächeln. »Stell dir einfach vor, es wäre nur eine weitere Probe.«

»Okay«, flüsterte Xenia zurück und schniefte.

Aber es war keine, dachte Ju Lyn. Es war tödlicher Ernst. Ihr war eiskalt. Gleichzeitig schwitzte sie. Sie hielt den Dorn so fest in der Hand, dass ihre Knöchel weiß hervortraten.

Wer auch immer hier gleich die Tür öffnen würde – sie würde ihm den Spieß mit aller Kraft so tief in den Hals rammen, wie es nur ging.

48

»Leclerc, jetzt ist Schluss!«, schrie Bouyer. »Ich hätte Sie eben schon erledigen sollen! Sie sind eine Plage!«

Albin stützte sich mit den Ellenbogen ab und richtete sich etwas auf. »Bouyer«, sagte er atemlos, »tun Sie das nicht. Geben Sie auf. Machen Sie es nicht noch schlimmer.«

Bouyer wechselte die Flinte in die andere Hand. »Sie brauchen nicht zu betteln!«, rief er. »Das nutzt nichts!«

Dann merkte Bouyer auf und blickte über Albin hinweg. Ein heftiges Rascheln und kratzende Geräusche waren zu vernehmen sowie ein immer lauter werdendes Knurren.

Dann kam Tyson wie eine Rakete aus dem Unterholz geschossen. Er sprang über Albin hinweg direkt auf Bouyer zu, verbiss sich in dessen Hosenbein. Der Mops hatte offensichtlich die Gefahr gewittert, als er die Schüsse hörte, war aus dem Auto gesprungen und seinem Chef hinterhergelaufen.

Bouyer versuchte, Tyson abzuschütteln, was ihm nur leidlich gelang. Schließlich trat er mit dem andern Fuß nach dem Hund und erwischte Tyson seitlich. Der Mops jaulte auf und rollte wie ein Fußball über den steinigen Boden, bevor er wieder auf alle viere kam und sich erneut zum Angriff bereit machte. Bouyer nahm das Gewehr in Anschlag und zielte auf Albins Kopf.

»Auf Wiedersehen, Leclerc«, keuchte er.

Dann geschah etwas. Ein Ruck ging durch Bouyer. Seine Augen weiteten sich mit einem Mal. Der Gewehrlauf senkte sich. Bouyer stolperte einen Schritt vorwärts. Stöhnte. Dann schrie er und wollte sich in den Rücken greifen. Schließlich ging ein weiterer Ruck durch seinen Körper. Er hustete. Das Gewehr fiel ihm aus der Hand. Er holte Luft, was wie ein Gurgeln klang, hustete erneut. Blut quoll ihm aus dem Mund.

Schließlich fiel er um wie ein gefällter Baum und stürzte nach vorn, direkt auf sein Gesicht, wo er regungslos liegen blieb.

Zwei Pfeile steckten tief in seinem Rücken. Sie hatten den Durchmesser von einem Bleistift und mussten sich in die Lungen gebohrt haben. Hinter Bouyer erschien nun ein älterer Mann mit struppigem Bart, dessen Augen ebenfalls vor Schreck geweitet waren. Er trug schmutzige Cargohosen in Olivgrün und hielt einen Jagdbogen in der Hand.

»Scheiße«, keuchte der Mann. »Was für eine Scheiße ist das denn?«

Albin rappelte sich auf, während Tyson angeschossen kam, um ihm das Gesicht abzuschlecken. Offensichtlich hatte ihm der Tritt nur für einen Moment zugesetzt. Albin stand auf und blickte auf den am Boden liegenden Bouyer, unter dessen Körper sich eine Blutlache bildete. Er ging zu ihm, nahm das Gewehr an sich sowie den Schlüsselbund und fühlte dann nach Bouyers Puls. Es war keiner mehr zu spüren.

Der Mann mit dem Bogen kam näher und strich sich besorgt über den Bart.

»Verdammt, ist er …«

Albin klemmte sich die Flinte unter den Arm und nahm den Schlüsselbund vom Boden auf. Dann stand er auf und nickte.

»Er ist tot«, sagte Albin. Er musterte den Mann. »Sie sind doch … Noliot?«

Der Mann nickte. »Und Sie sind Leclerc. Der mich mal verhaftet hat.«

»Ja. Wegen Wilderei, wenn ich mich richtig erinnere. Gut, dass Sie zur Stelle waren.«

Noliot sagte erst nichts. Dann stammelte er: »Ich war jagen. Ich habe durchs Fernglas zwei Leute auf dem Plateau dahinten gesehen, außerdem ein Auto, jemand mit einem Gewehr. Dann ertönt ein Schuss. Ich will die Polizei anrufen, bekomme aber keine Verbindung. Na ja, und dann schaue ich noch mal, dann ist das Auto weg, die Männer auch.«

»Das waren Bouyer und ich. Es waren zwei Autos.«

»Habe nur eins gesehen. Jedenfalls, ich will verschwinden. Dann Geschrei, dieses Mal viel näher. Ich war am anderen Flussufer. Dann höre ich Schüsse und denke mir, was zum Teufel … Noliot, du musst was tun. Ich laufe durch den Fluss zu dieser Seite, und dann sehe ich den Kerl mit dem Gewehr oben auf der Böschung, der auf Sie zielt – na ja, und Sie tragen eine Polizeibinde, oder?«

»Ja«, sagte Albin. »Das tue ich.«

Noliot deutete mit dem Bogen auf die Leiche. »Ich … hatte ja keine Ahnung, was hier los ist. Das war Instinkt, dass ich geschossen habe … Ich wollte ja nicht … Also, der hat auf Sie gezielt. Der hätte Sie sonst umgelegt, oder? Scheiße, und jetzt ist er tot. Ich wollte ihn doch nur aufhalten.« Noliot sah Albin an. Aus seinen Augen sprach die pure Panik. »Bekomme ich jetzt Ärger?«

»Noliot«, sagte Albin und durchsuchte den Schlüsselbund von Bouyer. »Sie haben mir das Leben gerettet und einen verrückten Schwerverbrecher gestoppt. Haben Sie von dem Irren gehört, der die berühmten Musikerinnen entführt hat?«

»Im Radio.«

»Der ist das.«

»Was? Der hier?«

Albin nickte und ging zur Tür, um sie aufzuschließen. »Genau«, sagte Albin. »Der hier. Und ich bin mir sicher, dass er die Frauen hier versteckt hält. Wir werden gleich sehen. Sie bekommen keinen Ärger, Noliot, dafür setze ich mich ein. Machen Sie sich keine Sorgen«, ergänzte Albin und schloss auf. »Sie werden vielmehr einen verdammten Orden bekommen. Haben Sie Ihr Handy dabei?«

»Ja. Aber eben hatte ich keinen Empfang.«

»Probieren Sie es erneut. Wählen Sie den Notruf. Geben Sie unseren Standort durch. Erwähnen Sie meinen Namen.«

Dann öffnete er die Tür.

49

Ein Schlüssel wurde ins Schloss gesteckt. Ju Lyn umfasste den Cellodorn noch fester als zuvor und holte aus. Raffaela auf der anderen Seite der Tür tat dasselbe, und Xenia machte sich ebenfalls bereit zum Angriff.

Eben hatten sie wieder Stimmen vor der Tür gehört. Es war nicht einzuordnen, wem sie gehörten, und nichts zu verstehen gewesen. Hatte es einen Kampf mitsamt der Schießerei gegeben? War das Hundegebell gewesen? War ihr Entführer von einem Wanderer überrascht worden und hatte diesen erschossen? Oder wurde er von einem Kompagnon unterstützt?

All das war völlig unklar und trug zu ihrer Verunsicherung bei. Doch eines war nach wie vor eindeutig: Falls der Mann hier nun hereinkam, würde er sein blaues Wunder erleben. Ju Lyn nahm sich vor, ihn so schnell wie möglich zu entwaffnen, um das Gewehr dann gegen ihn zu richten.

Der Schlüssel knirschte im Schloss. Die Tür ruckte in den Angeln. Dann öffnete sie sich einen Spalt weit. Gleißendes Sonnenlicht fiel ins Innere.

»Hallo?«, sagte die männliche Stimme.

Ju Lyn hielt die Luft an.

Die Tür öffnete sich noch ein Stück.

Ju Lyn holte weiter aus – bereit zuzustoßen. Und Raffaela war ebenfalls bereit zuzuschlagen.

Ju Lyn erkannte einen großen Schatten in der Tür. Es war ein Mann. Er schien ein Gewehr bei sich zu haben.

Showtime, dachte Ju Lyn. Die Tür öffnete sich nun komplett.

»Hallo? Hier ist …«

50

»… die Polizei«, sagte Albin, stieß die Tür vollends auf, blieb aber davor stehen und blickte in eine leere Höhle. Einen Moment später schrie eine Frau auf und stürzte sich auf ihn. Sie hielt etwas in der Hand, mit dem sie nach ihm stach, verfehlte ihn aber knapp. Er machte einen Schritt rückwärts und rief noch einmal: »Polizei!« Der Spieß bohrte sich in den Rahmen der Holztür. Die Frau riss ihn wieder raus und stand damit nun vor Albin, der sicherheitshalber noch einen Schritt zurückwich und beschwörend die Hände anhob.

»Polizei! Sie sind gerettet!«, rief er, während Tyson die Frau anbellte, die geduckt wie eine zum Sprung bereite Wildkatze vor Albin stand und mit dem silbernen spitzen Stab wie mit einer Lanze auf ihn zielte. Sie sah asiatisch aus und außerdem ziemlich schmutzig, ihre schwarzen Haare waren verfilzt.

»Weg mit dem Gewehr!«, schrie sie ihn an. Es war mehr ein Kreischen.

Albin bewegte den Arm, worauf die Flinte zu Boden fiel, die er sich unter die Achsel geklemmt hatte.

»Albin Leclerc«, sagte er, »Polizei Carpentras. Sie sind frei. Ihr Entführer ist tot. Kim Ju Lyn?«

Die Frau nickte langsam, blickte zwischen Albin, Tyson, Noliot, der gerade die Polizei erreicht hatte und telefonierte, und der am Boden liegenden Leiche hin und her. Jetzt erkannte Albin zwei weitere Frauen hinter ihr. Eine hielt ein Cello in der Hand. Die beiden sahen ebenfalls ziemlich mitgenommen aus.

»Sind Sie verletzt?«, fragte Albin.

Ju Lyn schüttelte den Kopf.

»Raffaela Perotti? Xenia Bonnet?«, fragte Albin in Richtung der anderen beiden. Sie nickten. »Ihr Entführer ist tot. Sie sind frei. Alles ist gut. Verstärkung wird gleich kommen. Ihnen geschieht nichts mehr. Es ist vorbei.«

Kim Ju Lyn zitterte. Sie starrte Albin an, nahm seine Polizeiarmbinde wahr, starrte dann wieder auf die Leiche mit den Pfeilen im Rücken.

»Polizei?«, fragte sie. Sie schien etwas zu brauchen, um diese Information zu verarbeiten.

»Ja. Polizei Carpentras. Albin Leclerc. Ich habe Ihren Entführer verfolgt. Es gab eben einen Schusswechsel. Aber er konnte überwältigt werden. Er ist tot. Sie brauchen keine Angst mehr zu haben.«

Albin hörte das Krächzen eines Funkgerätes. Er blickte zur Seite. Zwei uniformierte Gendarmen kamen den Weg herunter. Als sie sahen, was an der Höhle los war, zogen sie unisono ihre Dienstwaffen, während einer in das Mikrophon seines Funkgerätes sprach, das am Revers seiner Einsatzweste klemmte.

»Polizei!«, rief der andere Gendarm mit der schussbereiten Pistole. »Alle auseinander! Und Mademoiselle, lassen Sie fallen, was Sie da in der Hand halten!«

Kim Ju Lyn ließ den Cellodorn fallen. Jetzt erst schien sie zu begreifen, dass sie wirklich frei war. Das taten auch die beiden anderen Frauen, die nun nach draußen kamen. Die eine, bei der es sich um Raffaela Perotti handeln musste, ließ das Cello los. Die andere trug noch Sportkleidung – Xenia Bonnet, die beim Joggen entführt worden war. Die Frauen wirkten zu Albins Erleichterung in der Tat unverletzt und konnten ihr Glück kaum fassen. Sie schnappten nach Luft, begannen zu weinen und gleichzeitig zu lachen und sich gegenseitig zu umarmen.

Die beiden Gendarmen waren jetzt bei Albin, sahen seine »Polizei«-Armbinde, die Leiche, und Noliot, der jetzt aufhörte zu telefonieren.

»Was«, fragte der jüngere Polizist und richtete seine Waffe nun auf den Boden, »zum Teufel, ist hier los? Und wer sind Sie?«

»Albin Leclerc. Polizeilicher Berater, Carpentras«, erklärte Albin und hörte einige Wortfetzen, die der andere Polizist ins Funkgerät sprach. »Ja, der Notruf … Wir sind jetzt hier … Wir brauchen Notarzt, Verstärkung, Spurensicherung, Rettungswagen …«

»Ist das Ihr Wagen da oben auf der Straße?«, fragte der Gendarm. Auf dem Namensschild seiner Uniform stand der Name Texier.

»Das ist meiner.«

»Wir sind Streife gefahren und haben Ihren Wagen mitten auf der Straße gesehen. Ein kleiner Hund sprang heraus und lief hinunter in die Schlucht. Wir hörten Schüsse … Was ist hier los, Leclerc? Ist der Mann da tot?«

»Das ist er«, bestätigte Albin.

Texier hockte sich hin, fühlte nach dem Puls von Bouyer, schüttelte dann den Kopf.

»Können Sie sich ausweisen, Leclerc?«, fragte er und stellte sich wieder hin.

Albin nickte, griff in die Jackentasche und reichte Texier seinen Personalausweis, den abgelaufenen Polizeiausweis und seine Karte, die ihn als polizeilichen Berater auswies. Dann erklärte er, was passiert war und um wen es sich bei der Leiche handelte, während sein Kollege zu den Frauen ging, um ihnen zu sagen, dass gleich Hilfe eintreffen würde.

Aber es war klar, dass die beiden Gendarmen mit der Situation überfordert waren. Sie waren Streife gefahren, hatten vielleicht über Fußball geredet – und dann das hier. Der womöglich größte und aufsehenerregendste Entführungsfall, den es in der Provence je gegeben hatte.

»Der Tote hier ist der Entführer?«, fragte Texier. »Wer hat ihn erschossen? Wie kam das?«

»Ich war das«, sagte Noliot.

Albin erklärte, wie es dazu gekommen war. »Er musste es tun«, sagte Albin. »Er hat damit mein Leben gerettet und außerdem sichergestellt, dass die Entführten befreit werden konnten.«

»Okay. Das werden wir alles noch genau klären. Sie können sich ausweisen? Noliot?«

»Ja«, brummte Noliot.

Albin massierte sich den Nacken. Blickte runter zu Tyson, der keinen Zentimeter von seiner Seite wich. Er hörte bereits Polizeisirenen. Die Kavallerie war im Anmarsch. Es würde nur noch Minuten dauern, bis es hier vor der Höhle zuging wie in einem Taubenschlag.

»Also«, sagte Texier. »Das hier ist ein Riesenschlamassel. Und wenn es wirklich zutrifft, dass das die Entführten sind …«

»Das tut es …«, sagte Albin.

»Sie sind es«, bestätigte sein Kollege, der immer noch bei den Frauen stand.

Texier pfiff durch die Zähne, gab Albin die Papiere zurück und schob schließlich seine Dienstwaffe ins Holster.

Albin steckte die Ausweise wieder ein und sah zu den drei Musikerinnen hinüber. Was sie erlebt hatten, war sicher nur schwer zu ertragen. Sie würden es zeit ihres Lebens nicht vergessen.

Zeit, dachte Albin.

Er warf einen Blick auf die Uhr. Verdammt, dachte er. Verdammt und verflucht.

Er tastete nach seinem Bein. Es war nach wie vor gefühllos. Aber es kribbelte jetzt – wie nach einer Betäubung beim Zahnarzt. Vielleicht war das ein Zeichen dafür, dass die Wirkung nachließ. Dennoch konnte er so wirklich kaum Auto fahren. Und er würde sehr schnell fahren müssen.

»Texier?«, fragte er.

»Ja?«

»Ich muss Sie um etwas bitten. Es ist ein absoluter Notfall. Sind Sie schon mal einen SUV gefahren?«

51

Venasque war ein Ort von kaum tausend Einwohnern. Er lag auf einem Felsplateau, von dem aus man einen weiten Blick über Weinfelder und Obstplantagen in den Tälern von Rieu und Nesque hatte, die hier jedoch weitaus weniger spektakulär als im Canyon verlief. Der Ort war von einer alten Stadtmauer umschlossen, hatte viele kleine Gassen, Galerien, Plätze und Brunnen und galt als eines der schönsten Dörfer des Landes, worauf alle Einwohner sehr stolz waren.

Abgesehen davon hatte Venasque angesichts seiner geringen Größe eine außerordentliche Geschichte, denn es war einmal Bischofssitz gewesen. Die kleine Pfarrkirche im Zentrum stammte aus dem 12. Jahrhundert, das Baptisterium ist aber wohl wesentlich älter und wurde vermutlich bereits vom Bischof Sifredus von Carpentras genutzt, der um 570 in Venasque verstarb und im Vaucluse als Ortsheiliger gilt.

Die Glocke dieser Kirche schlug gerade zur vollen Stunde, als sich Albin Tyson unter den Arm klemmte und loslief. Gendarme Roger Texier hatte den Wagen auf dem kleinen Parkplatz am Brunnen gegenüber der Kirche gestoppt und gesagt, er würde sich von seinem Kollegen abholen lassen. Unterwegs hatte Albin ihm die ganze Geschichte von Bouyer und den Entführungen in allen Details erzählt. Außerdem hatte er zugesagt, jederzeit zu einer Aussage bereit zu sein sowie Roger Texier für seinen Einsatz als Notfallchauffeur gedankt, ihn als außerordentlich wackeren Polizisten gelobt und zum französischen Nationalhelden im Dienste der Liebe und der öffentlichen Sicherheit erklärt. Nicht auszudenken, was geschehen würde, wenn Albin nicht rechtzeitig zu seiner eigenen Trauung käme.

Es ist drei Uhr! Tysons Stimme gellte Albin in den Ohren. *Die Trauung ist um drei Uhr! Lauf!*

Und Albin lief. Er lief, als ginge es um sein Leben, wenngleich er das Bein noch etwas nachzog, aber die Betäubung hatte unterwegs fast komplett nachgelassen. Vom Brunnen aus waren es zum Glück keine hundert Meter bis zum Hotel de Ville, dem Rathaus. Er spurtete über die Grand Rue und kam am Place du Mairie neben dem Office de Tourisme an, wo einige Autos geparkt waren. Aus einem davon stieg gerade Castel und warf hektisch die Fahrertür zu.

Sie war offensichtlich ebenfalls zu spät und in Begleitung ihres Lebensgefährten, dem Kurator Jean Villeneuve aus Aix-en-Provence. Beide bogen mitsamt ihrer kleinen, schwarzen Möpsin Mila um die Ecke – und blieben dann direkt vor dem Eingang zum Hotel de Ville stehen. Castel sah Albin entgeistert und mit offenem Mund an.

»Albin?«

»Ja«, keuchte Albin und stoppte, während die Kirchenglocke ihren letzten Schlag tat.

»Wie sehen Sie denn aus?« Castel beäugte ihn. Albin setzte Tyson ab, der sich sofort schnüffelnd und schwanzwedelnd auf die ebenfalls entzückte Mila stürzte. Dann wollte Albin eilig das Gebäude betreten, aus dem leises Stimmengemurmel zu vernehmen war.

»Moment«, sagte Castel. »Sie sollten sich mal sehen, mein Gott. Das geht so nicht.« Castel klopfte Albin den Staub vom Sakko. Jetzt erst merkte er, dass er aussehen musste, als sei er mindestens durch die Hälfte aller Schützengräben von Verdun gerobbt.

»Castel. Keine Zeit für Erklärungen. Die Entführten sind frei, der Täter ist tot. Es war Eric Bouyer.«

»Was?« Castel band Albin die Krawatte richtig.

»Ja. Aber es ist alles gut. Mehr später.«

Albin hielt still, als Castel ihm mit einem Taschentuch durchs Gesicht wischte. »Okay«, sagte sie. »Ich dachte schon, *wir* wären zu spät, aber …«

Jean Villeneuve sagte: »Ich gebe rasch Bescheid, dass jetzt alle da sind.«

Er wollte gerade reingehen, als ein kleiner, dicklicher Mann im Eingang erschien. Er trug einen schicken Anzug, der allerdings reichlich spannte.

»Der Bräutigam!«, rief Matteo.

»Ja. Ich weiß, ich bin zu spät. Es handelte sich um einen Notfall«, keuchte Albin.

Die Stimme von Manon war von innen zu hören.

»Papa? Ist er da?«

»Ja!«, rief Matteo. »Es war ein Notfall! Aber er ist wohlauf. Wir kommen sofort!«

»Papa ist da!«, rief Manon.

Erleichtertes Seufzen war unter den übrigen Stimmen aus dem Inneren zu vernehmen.

Matteo wendete sich wieder zu Albin und begann, ihm den verbliebenen Staub vom Anzug zu wischen. »Na, du hast Nerven, mein Lieber. Wie siehst du denn aus?«

»Das war nicht geplant. Mord und Totschlag.«

»Da hat er wohl recht«, bestätigte Castel.

»Mehr dazu später«, stammelte Albin hektisch und wollte sich an Matteo vorbeidrängen. »Noch bin ich bloß eine Minute zu spät.«

Matteo hielt ihn auf. »Moment. Immer mit der Ruhe. Hast du deinen Ausweis?«

Der Ausweis!

Albin fuhr es eiskalt durch die Glieder. Er tastete sich ab. Dann fiel ihm ein, dass Texier ihn ihm ja wiedergegeben hatte.

»Habe ich«, sagte Albin und ließ sich noch mal von Castel an der Krawatte zupfen.

Matteo nickte. »Gut. Und die Ringe?«

Die Ringe!

Verdammt. Albin tastete sich erneut ab.

Matteo fragte: »Du hast die Ringe vergessen?«

»Ich …«

»Mach keinen Mist, Albin! Du hast die Ringe nicht?«

Was war nur mit den verfluchten Ringen? Die hatte er natürlich nicht mitgenommen. Gott! Wo hatte er die bloß …

Da grinste Matteo, zog eine kleine Schachtel aus der Sakkotasche und hielt sie Albin hin. Er prustete los.

»Mistkerl«, zischte Albin, dem jetzt wieder einfiel, dass er die Ringe seinem Trauzeugen Matteo zur Aufbewahrung gegeben hatte.

Der amüsierte sich köstlich. Dann klopfte er Albin auf die Schulter und führte ihn ins Rathaus, während Tyson und die Möpsin Mila als Eskorte voranliefen und Castel und Jean folgten.

Der für die Trauungen genutzte Raum war klein. Es

hatte gerade so eben die Familie Platz. Alle anderen mussten an den Wänden stehen. Matteo gesellte sich zu seiner Frau Iris, die mit ihrem schwarzen Kleid und der angesteckten Rose wie eine Tangotänzerin aussah. Sie strahlte über das ganze Gesicht. Castel und ihr Lebensgefährte mussten sich in die Ecke drängen, wo auch die Männer von Veroniques Töchtern standen, damit die Frauen sitzen konnten – Manon zwischen Charlotte und Nicole, und jede hatte ein Kind auf dem Schoß. Als Albin Clara in dem süßen Kleidchen sah, ging ihm sofort das Herz auf.

Und erst recht, als er Veronique sah, die mit der Standesbeamtin vor deren Schreibtisch stand und Albin von oben bis unten musterte. Obwohl Castel und Matteo ihn hergerichtet hatten, musste er immer noch schlimm aussehen. Ganz im Gegenteil zu Veronique, die in ihrem Kleid und mit der hochgesteckten Frisur einfach atemberaubend war.

»Albin«, sagte sie leise, als er zu ihr hinüberging und ihre Hände nahm. »Was ist geschehen?«

Albin war eng ums Herz. Er hatte seine Frau am Tag ihrer Hochzeit auf sich warten lassen. Sein schlechtes Gewissen war riesig. »Es tut mir leid, dass ich zu spät bin. Es kam etwas Unvorhergesehenes dazwischen. Wir haben einen Mörder und Entführer gefasst.«

»Du meine Güte.«

»Die Ereignisse haben sich überstürzt.«

»Und du? Geht es dir gut? Du humpelst ja.«

Albin nickte. »Alles in Ordnung. Ich erzähle dir später alles. Du siehst übrigens hinreißend aus.«

»Aber Opa ist total verstaubt«, rief Clara, worauf alle anfingen zu lachen.

Auch Veronique lachte, was Albin etwas erleichterte.

Sie nahm einen tiefen Atemzug und stieß die Luft dann mit einem Seufzer wieder aus. Sie schaute Albin mit einem »Manches-wird-sich-eben-niemals-ändern«-Blick an, dem ein »Aber-es-ist-halt-so,-wie-es-ist«-Lächeln folgte. Er spürte Veroniques Händedruck.

»Jetzt bist du ja da«, sagte sie.

»Dann können wir ja beginnen«, ergänzte die Standesbeamtin.

Albin nickte. »Ja«, sagte er. »Das können wir.«

52

Die Sonne senkte sich über dem Vaucluse und tauchte die Landschaft in warmes Licht. Bald würde der pfirsichfarbene Ball am Horizont verschwinden und sich der Himmel in der Farbe von Lavendel färben.

Ein lauer Wind wehte den Duft von Thymian und Rosmarin herüber. Dazu gesellte sich auf der kleinen Außenterrasse des Restaurants Les Remparts in Venasque ein köstlicher Duft von Aromen aus der Küche, in der das Abendessen für die Hochzeitsgesellschaft der Familie Leclerc zubereitet wurde, die das Restaurant für diesen Abend gebucht hatte.

Vorab würde es einen Salade César geben, Leberterrine mit einem Chutney aus Rosinen oder gebratenen Ziegenkäse mit Honig und kandierten Früchten. Als Hauptspeise standen gebratener Schweinerücken mit Jus Corsé, Makrelenfilet mit Preiselbeersoße oder in Rotwein gekochte Hühnchenschenkel zur Auswahl. Zum Nachtisch konnte man zwischen einer Crème brûlée à la lavande oder einer Crème anglaise mit einer Insel aus Früchten wählen, oder man nahm Käse, nämlich Faisselle – Ziegenfrischkäse – mit Blaubeerpüree oder Schnittlauch.

Wie man sich auch entschied: Es würde fabelhaft schmecken. Nach dem Essen sollte für ein oder zwei Stunden eine kleine Roma-Band aufspielen. Albin war vor einigen

Wochen auf dem Platz vor dem Papstpalast mehr oder weniger über das Quintett gestolpert, das zur Wallfahrt für die Schwarze Sara nach Saintes-Maries-de-la-Mer gekommen war und den Sommer damit verbrachte, in der Gegend zu spielen. Die fünf beherrschten ihre Instrumente – Kontrabass, Akkordeon, Klarinette, Cajon und Gitarre –, als sei der Teufel hinter ihnen her. Albin hatte sie sofort verpflichtet, denn die Gruppe gefiel ihm außerordentlich gut.

Die Kirchenglocke schlug gerade sieben Uhr. Albin hatte die Restaurantterrasse verlassen, war die Treppe hinabgegangen, um draußen vor der Stadtmauer eine Gitanes zu rauchen. Vorhin noch hatte dieselbe Glocke geschlagen, nachdem der Priester Albin und Veronique vor Gott getraut hatte. Nicht, dass Albin die Kirche irgendwie wichtig gewesen wäre – Veronique aber schon, weshalb er bei der Hochzeitsplanung nur kommentiert hatte, dass zweimal zu heiraten nur zu ihrem Besten sein könne, da doppelt ja bekanntlich besser halte.

Eben war auch Theroux angekommen. Er hatte freudestrahlend berichtet, dass sein neues Kind da war. Ein Mädchen. Drei Kilo schwer, 56 Zentimeter groß. Die Kleine sollte Valerie heißen. Er wollte wenigstens bis zum Essen bleiben, dann aber wieder verschwinden, wofür jeder Verständnis hatte.

Castel wirkte den ganzen Abend über angespannt. Vor einer Stunde hatte sie ein Telefonat geführt und war dazu in den Innenbereich gegangen. Albin war auf dem Weg zur Toilette gewesen und hatte beiläufig den Namen »Martinet« aufgeschnappt. Dann war ihm eingefallen, dass er diesen Namen kannte und es sich um einen Mitarbeiter vom Inlandsgeheimdienst handelte, mit dem Castel schon einmal zu tun gehabt hatte. Ein Name, der Schwierigkeiten bedeutete, soweit sich Albin erinnerte. Außerdem hatte Theroux ihm gerade noch erzählt, dass ihnen ein merkwürdiger Typ in einem Sportwagen auf den Ventoux gefolgt sei und Castel mit dem Glatzkopf eine Auseinandersetzung gehabt hätte. Worum es ging, hatte sie Theroux nicht erzählt.

Jetzt steckte Albin die Gitanes an, sog den Rauch tief in die Lungen und blies eine weiße Wolke in den Himmel. Er dachte an Eric Bouyer und die drei Frauen. Albin fragte sich, wie es ihnen jetzt ging und was mit Noliot war. Er steckte das Feuerzeug zurück in die Tasche und massierte sich den Oberschenkel. Die Betäubung hatte längst nachgelassen. Aber an der Stelle, wo ihn die Nadel erwischt hatte, tat es noch weh – wie nach einer Impfung.

Er hörte Schritte auf der Treppe hinter sich. Es war Matteo. Er hatte sein Sakko längst ausgezogen, die Hemdsärmel aufgekrempelt und die Krawatte abgenommen. Er hielt ein Glas Wasser in der Hand, trank einen großen Schluck und stellte sich schweigend neben Albin, um ebenfalls in den Abendhimmel zu sehen.

»Ich fahre den teuersten Wein und Champagner auf«, sagte Albin, »und du trinkst Wasser.«

Matteo nickte. »Ich muss Maß halten. Hier und da etwas Alkohol, ein Wein oder ein Pastis. Aber dazwischen immer Wasser. Wegen der verfluchten Antibiotika. Ich habe nicht noch einmal vor, durch einen Schlauch in einen Beutel pinkeln zu müssen. Das war die entwürdigendste Erfahrung meines Lebens.«

»Das hast du schon mal erwähnt.«

»Abgesehen davon ist dein Wein nicht so teuer, wie du

vielleicht meinst. Die Aufschläge in der Gastronomie sind enorm, und wenn du die Buchführung im Café auch nur annähernd ernst genommen und nicht so ein Chaos hinterlassen hättest, dann wüsstest du auch, wie man das berechnet.«

»Ich weiß immerhin so viel, dass das, was du für eine Tasse Kaffee verlangst, im Verhältnis zu deinen Kosten Halsabschneiderei ist.«

Matteo lachte auf und trank noch etwas Wasser. »Du sollst nach oben kommen, hat Veronique gesagt. Das Essen wird gleich serviert. Und vor dem Essen sollst du noch eine Rede halten, hat sie gesagt.«

»Klar«, antwortete Albin. Er zog an der Zigarette und stieß den Rauch aus den Nasenlöchern aus. »Ach, da wäre noch etwas«, sagte er.

»Hm?«, machte Matteo.

»Dieser Zettel, der mit Fantomas unterzeichnet war. Darauf stand: ›Mach keinen Scheiß.‹ Das würde man doch nur schreiben, wenn der Empfänger wüsste, was gemeint ist. Also ist es wahrscheinlich, dass dieser Fantomas gegenüber Gilles schon einmal in Erscheinung getreten ist. Es klingt, als ob man bereits miteinander geredet hat. Dazu der Inhalt. Die Warnung setzt voraus, dass der Empfänger und der Sender beide genau wissen, worum es geht.«

»Und?«

»Ich frage mich, ob die Maske in deiner Kammer und diese Warnung etwas miteinander zu tun haben.«

»Was weiß ich von irgendwelchen Zetteln?«

»Man kann Handschriften nebeneinanderhalten, weißt du? Und schlussfolgern, ob sie identisch sind.«

»Keine Ahnung, worauf du hinauswillst. Ist das wichtig?«

Albin rauchte und schwieg.

»Papa?«

Manons Stimme kam von oben. Albin drehte sich herum und sah, dass sie sich über die mit wildem Wein bewachsene Brüstung der Terrasse beugte. »Kommst du jetzt?«

»Ich komme!«, rief er hoch und schnippte die Zigarette fort. Matteo hatte bereits die Beine in die Hand genommen, lief die Treppe hoch und entzog sich ein zweites Mal der Vernehmung in Sachen Fantomas. Andererseits, dachte Albin, war das wirklich wichtig? Er hatte seine Schlüsse so oder so schon gezogen – und vielleicht war es besser, nicht zu viel darüber zu wissen. Wie sich das bei zwielichtigen Helden mit Maske so gehörte.

Schließlich erreichte Albin die Terrasse, wo schon alle an den Tischen saßen und das Entree gereicht wurde. Albin ging zu seinem Platz neben Veronique, nahm das Glas und tippte zweimal mit dem Messer dagegen.

Zunächst trank er es zur Hälfte leer. Dann sagte er: »Ich freue mich, dass ihr alle da seid, um mit uns zu feiern. Früher konnte ich mir nie vorstellen, eine große Familie zu haben. Das ist jetzt anders. Ich habe nun eine große Familie, was wunderbar ist. *Wir* haben eine große Familie.« Er sah zu Veronique. Sie blickte zurück. Lächelnd. Glücklich. Albin fuhr fort. »Was ich aber eigentlich sagen wollte, ist noch etwas anderes. Leider ist mein Handy defekt. Es wurde … na ja, also, dummerweise zertrümmert …« Albin sammelte sich. Er war nicht gut darin, Reden zu schwingen. »Das Gerät ist kaputt, deswegen kann ich nun leider nicht zeigen, was ich Veronique eigentlich zeigen wollte.

Es wären Bilder gewesen. Fotos, die im Zusammenhang zu dem stehen, über das ich gerade sprechen will. Das werde ich zu einem anderen Zeitpunkt nachholen. Und genau das ist ein gutes Stichwort: nachholen. Ich erkläre gleich, was ich damit meine. Ich weiß, dass ihr euch fragt, warum wir keine Hochzeitsreise machen. Der Grund ist einfach: Ich war in der Lage, es Veronique auszureden, damit ich sie damit überraschen kann.« Albin lächelte.

»Waaas?«, machte Veronique und strahlte.

»Also«, fuhr Albin fort, »es ist so.«

53

Nach dem Essen genehmigte sich Albin einen Digestiv. Und dann kam auch schon die Band, was eine nicht minder große Überraschung für alle Anwesenden und vor allem Veronique war. Die Musiker bauten gerade ihre Sachen auf und packten ihre Instrumente aus. Albin ließ sich einen Pastis bringen und nutzte die Gelegenheit, um mit Tyson eine kurze Runde zu gehen. Die Möpsin Mila nahm er ebenfalls mit – zu Tysons großer Freude.

Mit dem eiskalten Pastis in der einen Hand und einer Gitanes in der anderen schlenderte er durch die Gassen von Venasque, die menschenleer waren, während die Hunde vor ihm her tollten. Er ging in Richtung des kaum hundert Meter entfernten Place de Tours mit der Kulisse von drei pittoresk verfallenen Türmen der Stadtbefestigung.

Es wurde allmählich immer dunkler, war aber noch warm. Die Grillen zirpten. Auf dem Platz setzte sich Albin auf eine kleine Mauer aus Bruchsteinen, rauchte und trank den Pastis, während die Hunde herumtollten. Er schmunzelte zufrieden, denn die Überraschung mit der Reise war ihm gelungen. Veronique hatte nicht damit gerechnet – und Manon, die er ja ins Vertrauen gezogen hatte, hatte dichtgehalten.

Eigentlich hatte er Veronique ja ein paar Fotos zeigen wollen, aber die waren auf seinem Handy gespeichert, und das Handy … Na ja. Jedenfalls würden sie in die Karibik fliegen, wo Albin zwei Wochen in einem Hotel auf Martinique gebucht hatte – allerdings erst im nächsten Frühjahr, weil es die bessere Reisezeit war. Die Adresse hatte ihm Bruno Grinamy zugespielt, der die Spurensicherung leitete und längst im Ruhestand sein sollte. Grinamy hatte Albin schon oft von der Insel erzählt, und außerdem klangen ihm die Worte des Gangsterkönigs Louis Rey in den Ohren, der davon geträumt hatte, im Alter eine Strandbar auf Martinique zu führen. Natürlich wäre das niemals etwas für Albin. Er würde wohl auf Dauer vor Langeweile verrückt werden. Andererseits war die Aussicht auf bunte Fischerboote, weiße Strände, türkisfarbenes Wasser, bunte Häuser und ein Paradies unter Palmen ziemlich verlockend.

Veronique war außer sich vor Freude gewesen, weil Albin sie so sehr überrascht hatte, aber auch besorgt, weil sie sich vorstellen musste, was eine solche Reise kosten würde. Aber Albin hatte nur abgewinkt und erklärt, es sei ja besser, als das Ersparte auf dem Konto verrotten zu lassen. Dem hatte niemand etwas entgegenzusetzen gehabt. Am allerwenigsten die Kinder, die unisono meinten, dass Albin und Veronique sich das wirklich verdient hätten und sich die Traumreise unbedingt gönnen sollten.

Schließlich hatte Albin aufgeraucht, löschte die Gitanes an der Mauer und nahm den Filter mit, um ihn in einen Mülleimer zu werfen. Er schnalzte mit der Zunge und rief Tyson und Mila, die sofort angerast kamen, um Albin dann hinterherzutrotten. Eine schwarze Möpsin und ein heller Mops. Die beiden verstanden sich ausgezeichnet. Keine Frage.

Absolut, Chef, schien Tyson zu sagen, *wir verstehen uns.*

»Ich weiß, was du im Schilde führst, Halunke«, erwiderte Albin in Gedanken.

Ich? Ich bin unschuldig.

»Mhm.«

Ich stelle mir nur die Frage, warum für Menschen andere Regeln gelten als für Hunde.

»Worauf willst du hinaus, Tyson?«

Na ja … Tyson blickte auf Milas Hintern, der gerade um die Ecke bog und sich dann auf den Eingang zum Restaurant zubewegte.

»Vergiss es«, sagte Albin.

Siehst du, das meine ich. Es ist unfair, dass Tiere eine Erlaubnis für alles Mögliche brauchen.

»Weil ich dein Chef bin. So sieht's aus.«

Aber Mila und ich passen doch so gut zusammen. Warum dürfen wir nicht auch heiraten?

»Das kannst du vergessen, Tyson. Sie gehört Castel und ihrem Lebensgefährten. Hunde heiraten nicht und wohnen auch nicht zusammen wie Menschen. Das weißt du ganz genau.«

Ich meine ja nur. Ich bin vielleicht heute einfach – etwas sentimental.

»Mach, dass du verschwindest, Tyson!«

Was sich Tyson nicht zweimal sagen ließ. Er spurtete hinter Mila her und verschwand mit ihr im Restaurant. Musik erklang. Die Band legte los.

Albin rieb sich den Oberschenkel. Der Schmerz dort hielt noch an. Und mittlerweile taten ihm alle Knochen weh.

Was für ein außergewöhnlicher Tag. Ein Tag des Lebens und der Freude und zugleich ein Tag des Todes, der Trauer und des Wahnsinns.

Albin fröstelte für einen Moment. Er zitterte regelrecht. Er hätte heute sterben können. Sicher, es war nicht die erste lebensgefährliche Situation, in der er sich befunden hatte. Absolut nicht. Aber man gewöhnte sich nie daran, und der Schock holte einen meist erst später ein, manchmal Tage danach oder mitten in der Nacht im Schlaf.

Albin atmete tief durch, leerte im Gehen sein Glas und kickte ein Steinchen vor sich her.

»Mein Hund will heiraten«, dachte er, während er wieder reinging. »Die Welt wird mit jedem Tag verrückter.«

Seien Sie gespannt auf das nächste Buch:
Im Frühjahr 2023 erscheint
Band 8 der Provence-Krimi-Reihe
von Pierre Lagrange.